케임브리지 카프카 입문

THE CAMBRIDGE INTRODUCTION TO FRANZ KAFKA

케임브리지 카프카 입문

FRANZ KAFKA

옥스퍼드 카프카 연구소 소장
캐롤린 두틀링어 지음

이하늘 옮김

그린비

조, 막스 그리고 클라라에게

한국의 독자들에게

1924년에 카프카가 세상을 뜬 후 한 세기, 100년을 기하는 올해에 『케임브리지 카프카 입문』이 한국의 독자들을 만나게 되어 무척 기쁜 마음입니다. 현대의 한국 문학과 문화 곳곳에 스며 있는 카프카의 어마어마한 반향은 그의 작품이 세계의 사람들에게 타의 추종을 불허하는 호소력을 갖는다는 사실을 보여 줍니다. 한국에서의 카프카 수용은 이제 새로운 세대의 지구촌 독자들에게 카프카의 작품을 소개하는 데에도 활력을 불어넣고 있습니다. 이 책을 쓰면서 저는 카프카를 읽는 즐거움을 나누고, 믿기지 않을 정도로 다양하며 자주 놀라운 그의 작품들을 독자들에게 소개하고자 하였습니다. 카프카의 작품들은 그의 생전에 실로 그러했던 것과 꼭 마찬가지로 오늘날에도 여전히 그 신선함을 간직하고 있으며, 유의미합니다. 모쪼록 이 책이 카프카의 문학적 우주로 떠나는 당신의 여정에 용기를 북돋아 줄 수 있기를 바랍니다.

감사의 말

이 연구는 즈비 마이타르/옥스퍼드대학교 부총장 연구상 Zvi Meitar/Vice-Chancellor Oxford University Research Prize 덕분에 나올 수 있었습니다. 이 프로젝트를 아낌없이 지원해 주신 옥스퍼드대학교 워드햄칼리지와 옥스퍼드대학교 중세 및 현대 언어학과에도 감사드립니다. 카프카에 대한 제 사유는 여기에서 언급하기에는 너무 많은 동료들과 학생들과의 대화를 통해 형성된 것입니다. 특히 리치 로버트슨과 조 해리스의 꼼꼼한 교정 기술, 인용문 번역에 귀중한 도움을 주신 도라 오스본 그리고 린다 브리를 비롯한 케임브리지대학교 출판부 분들의 건설적 피드백과 지지에 감사의 마음을 전합니다.

약어 목록

이 책에서 사용된 약어는 아래 목록과 같다. 출판된 번역본이 있다면 모든 인용문은 영어판을 먼저 참조한 후 독일어 원본을 참조하였고, 각 경우에 페이지 수를 적었다. 이따금 번역문은 출판된 비전에서 암묵적으로 수정하기도 했고, 번역되지 않은 작품의 경우는 저자가 직접 번역하였다.

문학 작품

C   *The Castle*, trans. Anthea Bell, Oxford: Oxford University Press, 2009.

CSS   *The Complete Stories*, ed. Nahum N. Glatzer, New York: Schocken, 1976.

DL   *Drucke zu Lebzeiten*, eds. Wolf Kittler, Hans-Gerd Koch and Gerhard Neumann, Franz Kafka: Schriften, Tagebücher, Briefe: Kritische Ausgabe, Frankfurt/Main: Fischer, 1996.

DLA *Drucke zu Lebzeiten: Apparatband*, eds. Wolf Kittler, Hans-Gerd Koch and Gerhard Neumann, Franz Kafka: Schriften, Tagebücher, Briefe: Kritische Ausgabe, Frankfurt/Main: Fischer, 1996.

HA   *A Hunger Artist and Other Stories*, trans. Joyce Crick, Oxford: Oxford University Press, 2012.

M   *The Metamorphosis and Other Stories*, trans. Joyce Crick, Oxford: Oxford University Press, 2009.

MD   *The Man who Disappeared (America)*, trans. Ritchie Robertson, Oxford: Oxford University Press, 2012.

NS I   *Nachgelassene Schriften und Fragmente I*, ed. Malcolm Pasley, Franz Kafka: Schriften, Tagebücher, Briefe: Kritische Ausgabe, Frankfurt/Main: Fischer, 1993.

NS II   *Nachgelassene Schriften und Fragmente II*, ed. Malcolm Pasley. Franz Kafka: Schriften, Tagebücher, Briefe: Kritische Ausgabe, Frankfurt/Main: Fischer, 1992.

ON   *The Blue Octavo Notebooks*, ed. Max Brod, trans. Ernst Kaiser and Eithne Wilkins, Cambridge, MA: Exact Change, 1991.

P   *Der Proceß*, ed. Malcolm Pasley, Franz Kafka: Schriften, Tagebücher, Briefe: Kritische Ausgabe, Frankfurt/Main: Fischer, 1990.

PA   *Der Proceß: Apparatband*, ed. Malcolm Pasley, Franz Kafka: Schriften, Tagebücher, Briefe: Kritische Ausgabe, Frankfurt/Main: Fischer, 1990.

S   *Das Schloß*, ed. Malcolm Pasley, Franz Kafka: Schriften, Tagebücher, Briefe: Kritische Ausgabe, Frankfurt/Main: Fischer, 1982.

SA   *Das Schloß: Apparatband*, ed. Malcolm Pasley, Franz Kafka: Schriften, Tagebücher, Briefe: Kritische Ausgabe, Frankfurt/Main: Fischer, 1982.

T   *The Trial*, trans. Mike Mitchell, Oxford: Oxford University Press, 2009.

V   *Der Verschollene*, ed. Jost Schillemeit, Franz Kafka: Schriften, Tagebücher, Briefe: Kritische Ausgabe, Frankfurt/Main: Fischer, 1983.

비문학 작품

A   *Amtliche Schrifte*, eds. Klaus Hermsdorf and Benno Wagner, Franz Kafka: Schriften, Tagebücher, Briefe: Kritische Ausgabe, Frankfurt/Main: Fischer, 2004.

B   *Briefe 1902–1924*, ed. Max Brod, Frankfurt/Main: Fischer, 1975.

B1   *Briefe 1900–1912*, ed. Hans-Gerd Koch, Franz Kafka: Schriften, Tagebücher, Briefe: Kritische Ausgabe, Frankfurt/Main: Fischer, 1999.

B2   *Briefe 1913–März 1914*, ed. Hans-Gerd Koch, Franz Kafka: Schriften, Tagebücher, Briefe: Kritische Ausgabe, Frankfurt/Main: Fischer, 2001.

B3   *Briefe April 1914–1917*, ed. Hans-Gerd Koch, Franz Kafka: Schriften, Tagebücher, Briefe: Kritische Ausgabe, Frankfurt/Main: Fischer, 2005.

BE   *Briefe an die Eltern aus den Jahren 1922-1924*, eds. Josef Čermák and Martin Svatoš, Frankfurt/Main: Fischer, 1993.

BF   *Briefe an Felice und andere Korrespondenz aus der Verlobungszeit*, eds. Erich Heller and Jürgen Born, Frankfurt/Main: Fischer, 1998.

BM   *Briefe an Milena*, eds. Jürgen Born and Michael Müller, extended and revised edn., Frankfurt/Main: Fischer, 1999.

D   *The Diaries of Franz Kafka, 1910-1923*, ed. Max Brod, London: Minerva, 1992.

LF   *Letters to Felice*, eds. Erich Heller and Jürgen Born, trans. James Stern and Elisabeth Duckworth, London: Minerva, 1992.

LFFE   *Letters to Friends*, Family and Editors, trans. Richard Winston and Clara Winston, Richmond: Oneworld Classics Ltd, 2011.

LM   *Letters to Milena*, ed. Willy Haas, trans. Tania and James Stern, London: Minerva, 1992.

O   *The Office Writings*, eds. Stanley Corngold, Jack Greenberg and Benno Wagner, trans. Eric Patton with Ruth Hein, Princeton: Princeton University Press, 2008.

TB   *Tagebücher*, eds. Hans-Gerd Koch, Michael Müller and Malcolm Pasley, Franz Kafka: Schriften, Tagebücher, Briefe: Kritische Ausgabe, Frankfurt/Main: Fischer, 1990.

도판 목록

들어가며

카프카는 가장 아이코닉한 현대 작가 중 하나이며 아마도 역대 가장 널리 읽힌 독일어권 작가일 것이다. 한 세기가 지나고도 그의 작품들은 특유의 묘한 매력을 전혀 잃지 않았다. '카프카 산업'은 현기증을 일으킬 정도로 책들과 논문들을 찍어 내고 있는데, 그럼에도 카프카의 영향력은 결코 학계 상아탑에만 국한되지 않는다. 실제로 카프카는 고급문화와 대중문화 사이의 경계를 가로지르는 명성을 가진 몇 안 되는 작가들 중 한 명이다. 그러나 카프카의 불후의, 거의 전 세계적이라 할 인기는 많은 이들에게 그를 피상적이고 모호한 포스트모던적 의미에서 정이 가지 않을 정도로 트렌디하게 보이게 할 수도 있으니, 이는 은총이자 저주라 할 수 있을 것이다. 그렇게도 많은 이들의 관심을 끄는 작품들의 작가는 결코 진정한 실체를 가질 수 없으리라는 의구심을 갖게 만든달까. 카프카의 명성에 의해 우리가 단념하지 않는다 해도, 우리는 이 명성이 제기하는 질문 — 카프카는 어쩌면 분에 넘치게 유명한 것이 아닌가, 진지하게 읽기에는 너무 유명한 것 아닌가? — 을 피할 수 없다. 이러한 논쟁이 보여 주듯, 우리는 카프카에 대해 너무 많은 것을 알면서도 동시에 너무 적게 알고 있는 것이다. 외따로이, 딴 세상에 사는 천재라는 카프카에 대한 신화는 반대로 모든 증거에 저항하는 듯이 보이고, 아버지와의 문제적 관계 — 인정하건대 카프카 자신이 기록한 — 는 흔히 그의 텍스트에 만능 해석 틀로서 적용되곤 한다. 그러나 카프카는 또한 자주 실존주의자, 허무론자, 시오니스트 또는 프로이트주의자로서도 탁월하게 소환되어 왔을 뿐 아니라, 홀로코스트를 예감한 일종의 예언가로서도 인용되어 왔다. 카프카의 명성을 둘러싼 딜레마는 '카프카적(카프카에스크)'Kafkaesque라는 용어로 요약된다. '셰익스피어적', '프루스트적' 또는 '와일드적' 같은 유사한 신조어들과는 대조적으로, '카프카적'이라는 표현은 형용사뿐만 아니라 명사로서도 사용된다. '카프카적인 것'이라는 용어는 문학적 맥락에 국한되는 것이 아니라 광범위한 예술적 기법, 상황 그리고 경험을 위한 약칭이 되었다. 『옥스퍼드 영어 사전』은 이 용어를 "프란츠 카프카의 글 또는 그와 관련된 글에 관계되는; 카프카가 묘사하는 상황의 사태 혹은 마음의 상태와 유사한"이라 정의한다. 이 적절히 모호하고도 유의어 반복적인 정의는 이 용어가 카프카 글의 어떤 면을 지칭하는지를 열어 둔 채로 남겨 두고, '카프카적'이라는 단어는 실제로 상이한, 심지어 양립 불가능한 방식으로 사용된다. 이것은 카프카의 별나고 어두우면서도 코믹한 줄거리(한 남자가 결코 설명되지 않는 곤충으로 변신한달지, 또 다른 남자는 동일하게 불가사의한, 얼굴 없는 기관에 의해 체포된달지)를 지칭할 수 있고, 그의 텍스트를 지배하는 부조리하고 억압적인 분위기 일반을 일컬을 수도 있으며, 또는 독자의 예상에 반항하고, 단정적인 해석에 저항하는 특수한 내러티브 기술을 일컬을 수도 있다.

그러므로 카프카적인 것의 개념은 이를 유비쿼터스적인 것으로 만들 만큼 충분히 모호하나, 이 편재성은 또 다른 문제를 야기한다. 이는 카프카 텍스트들에 대해 뭔가 인지할 수 있고 구분할 수 있는, 심지어 유니크한 무엇인가가 있음을 암시하면서도, 동시에 이 특성이 카프카 텍스트에만 국한되는 것이 아니라 전이되고 모방되거나 혹은 진정으로 패러디될 수 있음을 시사한다. 더욱이, 위의 카프카의 음울하게 코믹한 줄거리에 대한 필자의 예가 암시하듯, 이 핵심 의미의 용어는 단 두 편의 텍스트에서 비롯되었을 것이니, 바로 『변신』과 『심판』이 그것이다. 카프카의 의심의 여지 없이 가장 유명한 이 두 작품이 잔혹한 아버지, 경계를 넘는 욕망과 미로 같고 얼굴 없는 기관을 끌어들이면서 카프카의 우주의 깔끔한 두 폭 제단화diptych를 구성하는 것처럼 보임에도 불구하고, 『변신』과 『심판』은 문제적인 쇼케이스들이기도 하다. 나중에 더 자세히 보게 되겠지만, 카프카는 전자의 결말을 좋아하지 않았고, 비정형적이고 실험적인 방식으로 후자를 쓰고자 덤벼들었다. 궁극적으로, 그는 두 텍스트 모두에 대해 만족하지 않았다. 그러므로 『심판』과 『변신』이 그의 글들에서 보다 보편적으로 상징적인 것이 되었다면 이는 그의 덜 알려진 작품들, 더 다채롭고 보다 이해하기 쉬운 이미지를 희생시킨 결과일 것이다.

이 책의 목적은 카프카 텍스트로 돌아가서 내적 긴장들과 복잡성을 조심스럽게 읽어 냄으로써 그러한 이미지를 제공하는 데 있다. 이 목적을 위해, 필자는 카프카의 레토릭과 스타일 ── 줄거리가 전개되는 구불구불한, 종종 모순적이거나 패러독스한 방식 그리고 그의 텍스트의 문법적 복잡성 ── 에 특별히 주목하고자 한다. 카프카를 잘 읽기 위해, 즉 왜 그가 ── 정당하게 ── 가장 유명한 현대 작가들 중 한 사람인지를 제대로 인식하기 위해서는, 단순히 죄와 권력, 처벌과 소외라는 큰 '헤드라인' 주제들만을 찾는 것이 아니라, 그를 천천히 그리고 면밀히 읽어야 한다. 이는 우리가 카프카를 읽으며 부닥뜨리게 되는 하나의 중심적인 도전이다. 또 다른 도전은 카프카의 작품이 무엇인지에 대한 우리의 이해와 관련된다. 카프카의 글을 들여다보는 첫 번째 통찰력을 얻길 원하는 독자들에게 그의 세권의 장편 소설들과 많은 단편들의 판본들은 자연스러운 출발점이지만, 여기에서부터 우리는 문제에 봉착하게 된다. 소설들과 단편을 포함한 카프카 글 대부분은 미완성 상태로 남았으며, 과정 중에 있기 때문이다. 이 텍스트들을 자족적이고 일관성 있는 작품들로 읽는 것은 카프카 텍스트의 유동적 성질을 왜곡하며 오해하게 만든다. 그의 작품 중 많은 부분이 무정형의, (종종 간헐적인) 글의 흐름으로부터 생겨나는데, 그 글 흐름이 완결된 작품들로서는 카프카 자신에 의해서나 그의 편집자들에 의해서 오로지 소급적으로만 흐르게 되기 때문이다.

　이 입문서의 목적 중 하나는 카프카 텍스트에서 '주변부적인 것'으로 묘사될 수 있을 것 ── 대부분 영어로 번역되지 않은 생략, 수정, 대안적 형식, 단편 그리고 폐기된 초안 ── 에 주목함으로써 카프카 텍스트의 유동적이고 잠정적인 성격에 주의를 환기하는 것이다. 이에 더해, 필자는 잘 알려진 텍스트와 덜 알려진 텍스트를 병치하고자 하였다. 그 결과는 구체적이며, 그의 가장 유명한 작품들이라는 좁은 범위를 넘어 몇 번이고 다시 읽을 가치가 있는 작가, 더욱 흥미로운 카프카일 것이다. 필자는 이것이 독자들에게 공간적 제약으로 여기서 논하지 못한 텍스트들을 탐험할 때 유용할 도구와 인센티브를 제공하길 바란다. 이는 카프카의 보다 긴 작품들,「사냥꾼 그라쿠스」,「나이 든 독신주의자, 블룸펠트」그리고「마을 선생」, 취라우 아포리즘Zürau aphorisms 및 다른 많은 텍스트와 단편을 포함한다.

목차

케임브리지 카프카 입문

THE CAMBRIDGE INTRODUCTION TO
FRANZ KAFKA

일러두기

1 이 책은 Carolin Duttlinger, *The Cambridge Introduction to Franz Kafka*(Cambridge University Press, 2013)를 완역한 것이다.

2 카프카의 작품이 인용되는 경우, 기출간된 한국어 번역본의 문장을 따르되 맥락에 따라 옮긴이가 수정했다. 본문 중 독자의 이해를 돕기 위해 옮긴이가 부연한 내용은 대괄호([ ])로 표시했다.

3 단행본·정기 간행물 등의 제목에는 겹낫표(『 』)를, 논문·단편·영화 등의 제목에는 낫표(「 」)를 사용했다.

4 외국어 고유명사는 2002년 국립국어원에서 펴낸 외래어표기법을 따르되, 일부는 관례대로 쓰이는 것 또는 현지 발음을 따랐다.

1장

일생

최근 명쾌한 두 권의 카프카 전기가 출판되었다. 페터-앙드레
알트와 라이너 슈타흐 둘 다 인정받지 못한 비운의 천재로서
의 카프카 — 그의 작품들이 그가 살았던 시대와는 거의 연관
성이 없는 — 에 대한 클리셰를 거부한다.[1] 외적으로 평탄한 카
프카의 삶 와중에도 결정적인 시점에서는 정치적 사건들의 영
향이 그의 글에 흔적을 남겼고, 그는 당대 문화적 발전과 논쟁
에 대한 면밀한 관찰자였다. 더욱이, 카프카는 외떨어진 것과
는 거리가 먼 사람이었다. 그는 프라하에서 유대 관계가 긴밀
한 작가와 지식인 그룹의 일원이었을 뿐만 아니라, 여행도 참

---

1 Peter-André Alt, *Franz Kafka: Der ewige Sohn*, Munich: Beck, 2005; Reiner Stach, *Kafka: The Decisive Years*, trans. Shelley Frisch, San Diego, CA: Harcourt, 2005. 라이너 슈타흐가
쓴 3부작 전기의 두 번째 책인 *Kafka: Die Jahre der Erkenntnis*, Frankfurt/Main: Fischer,
2008의 영어판은 Princeton University Press에서 2013년에 출판되었고, 페터-앙드레 알
트가 쓴 전기의 영어판은 Northwestern University Press에서([옮긴이] 2018년에 출판되
었다).

많이 다녔다. 카프카 작품 중 오직 일부만이 그의 생전에 출판되었고, 그가 확실히 베스트셀러 작가는 아니었을지라도, 당시 잘나가는 작가들과 출판사들에게 상당한 존중을 받는 인물이었다.

1883~1912
유년기, 청년기 그리고 첫 직장

카프카는 1883년 7월 3일에 헤르만 카프카(1852~1931)와 그의 아내 율리에 뢰비(1856~1934)의 장남으로 태어났다. 유대인 도살업자의 여섯 아이들 중 하나였던 헤르만은 남쪽의 작은 보헤미안 마을에서 곤궁을 겪으며 자랐다. 이와 반대로 율리에의 부모는 부유했고 그들의 조상 중에는 의사, 상인, 탈무드 학자가 여럿 있었다. 카프카의 부모는 사회적 배경과 성격 면에서는 매우 상이했지만, 둘 다 근면하고 야심 있는 이들이었다. 그들은 1870년대에 프라하로 이사를 왔고, 경제적 성공으로 안락한 삶의 방식을 누릴 수 있었다. 그 세대의 많은 유대인들이 그랬듯 그들은 주류 사회에 동화되었고, 자유주의적 부르주아의 가치를 받아들였으며, 그 결과 그들의 종교적 근본과 전통으로부터는 멀어졌다.

카프카가 1883년에 태어난 후, 카프카 집안은 게오르크와 하인리히란 이름의 두 아들을 두었지만, 둘 다 유아기에 죽고 말았으니(1886년과 1888년), 그들의 죽음은 카프카의 어린 시절의 이른 시기에 그림자를 드리웠을 것이다. 카프카 집안은 그다음에 세 명의 딸들을 낳는다. 가브리엘레('엘리', 1889~1942), 발레리('발리', 1890~1942) 그리고 훗날 카프카와 유독 우애가 돈독했던 막내 오틸리에('오틀라', 1892~1943). 헤르만 카프카는 프라하의 중심부에서 남성복 매장을 운영했다. 그는 성공적이지만 지배적인 사업가여서, 그의 성마른 기질은 직원들 및 가족과의 관계에 영향을 미쳤다. 조용하고 예민한 아이였던 카프카는 아버지의 불같은 성미를 견디기 어려워했다. 카프카는 물질적으로 풍요로운 어린 시절을 보냈지만, 어머니가 가게에서 아버지의 일을 돕느라 바빴기에 주로 여러 명의 유모들과 나중에는 프랑스어를 하는 가정교사에게 보살핌을 받았다. 사업이 번창하면서 카프카 가족은 1895년에서 1907년 사이에 무려 일곱 번이나 보다 좋은 집으로 이사를 했다.

카프카가家는 아이들을 유대인 중산층의 출세 지향적 언어였던 독일어를 사용하도록 양육하였다. 또한 카프카는 학교에서 불어, 체코어, 라틴어 그리고 그리스어를 배웠다. 1901년에 그는 프라하의 찰스대학교에 화학을 공부하고자 입학했다. 겨우 2주 만에 분명 부모님을 기쁘게 하려는 요량으로 법으로 전공을 바꾸었지만, 이 학과 역시 그의 흥미와는 그다지 맞지 않았다. 그다음 학기에 카프카는 독문학과 미술사 수업을 들었고, 심지어 뮌헨에서 문학을 공부할 생각까지 했다. 결국 그는 미적지근한 마음으로 법학 학위를 계속 밟으며, 대신 학과 공부 밖에서 지적 자극을 찾아다녔다. 독문과 학생 단체가 마련한 강연, 토론, 독회에서 카프카는 그의 평생 친구, 같은 법학과 학생이자 신예 작가였던 막스 브로트를 알게 된다. 브로트는 그에게 맹인 작가 오스카 바움과 철학과 학생 펠릭스 벨취를 소개시켜 주었다. 이들은 함께 독회 모임을 만드는데, 이는 나중에 브로트가 '프라하 서클'이라고 부르게 될 핵심이 된다. 1909년과 1911년 사이에 카프카는 주로 브로트와 함께 스위스, 이탈리아, 파리 그리고 바이마르, 라이프치히, 베를린으로 여행을 다녔다.

법학 시험에 고전하던 카프카는 1906년에 최하점으로 법학 박사 학위를 받는다. 프라하의 법원에서 1년간 직업 경험을 한 후 그가 얻은 첫 직장은 트리에스테에 기반을 둔 프라하 지점 보험 회사였다. 긴 근무 시간과 변변찮은 임금이 불만스러웠던 카프카는 1908년에 국영인 보헤미아 왕국의 노동자 산재 보험 기관으로 일터를 옮겨 그곳에서 1922년 조기 퇴직하기까지 쭉 일했다. 새로운 역할을 맡은 그는 보험 청구를 처리했고 현장 근무 조건을 점검하여 사고를 예방하는 일에 관여하였다. 이 새 일자리의 큰 매력은 무엇보다도 시간적 여유였다. 카프카는 8시에서 2시까지만 일을 하면 되었기에, 자신의 문학적 야망을 추구할 시간을 남겨 둘 수 있었다. 그가 보험 일을 여전히 글쓰기의 큰 방해물로 여기긴 했지만 말이다.

그의 직업에 대한 때로는 유머러스하고, 때로는 절망적인 불평은 그의 편지와 일기에서 되풀이되는 주제이지만, 카프카는 헌신적이고 유능한 직원이었다. 그가 연구소를 위해 쓴 기사들과 보고들은 그의 문체적 재주는 물론이고 그의 전문 지식과 근로자의 안전에 대한 열정적인 헌신 또한 보여 준다. 실제로 오스트리아인과 후속 체코 임원은 카프카를 매우 높이 평가했다. 그는 그다지 대단치 않은 직급에서 시작하였지만 빠르게 승진을 거듭하였고, 특히 그가 훗날 병에 걸렸을 때에 상사들은 존중 어린 마음으로 그를 너그러이 대우했다.

1912~1917
약진, 연애 그리고 위기

1912년이 되자 카프카의 경력은 착실히 다져졌다. 그는 당시 미혼의 아들딸들이 흔히 하던 관습에 따라 여전히 부모님과 함께 살았고, 때론 로맨틱한 유희에 탐닉하기도 했고 사창가를 방문하기도 했지만 ― 당대 그 같은 계층의 젊은 남자들에게 흔한 취미였다 ― 아직 진지한 연애를 해 본 적은 없었다. 카프카는 브로트의 격려에 힘입어 일기를 썼는데, 이는 그에게 정기적인 글쓰기 연습뿐만 아니라 그의 문학적 상상력을 위한 연료로서의 의미를 가졌다. 이 시기에 그는 두 편의 미완성 소설을 썼고, 몇몇 짧은 이야기들을 신문과 잡지에 출간했다. 브로트의 소개로 카프카는 라이프치히에 기반을 둔 출판인이자 카프카의 단편 모음집인 『관찰』을 출판하는 데 동의한 쿠르트 볼프를 만났

그림 1 | 부다페스트에서 카프카와 펠리체 바우어(1917년 7월)

다. 1912년 8월, 『관찰』 마무리 손질을 하던 중에 카프카는 베를린 출신의 성공한 직장 여성으로 사무용품을 만드는 회사에 다니던 펠리체 바우어를 만난다. 카프카가 펠리체에게 편지를 쓰기까지는 한 달이 넘게 걸렸지만, 일단 서신 교환이 시작되고 나서는 둘은 매우 빠르게 친밀해졌다. 카프카가 쓴 편지만 남아 있긴 하지만, 카프카와 펠리체는 수백 통의 서신을 교환했다. 그들은 5년이라는 연애 기간 동안 그다지 자주 만나지 않았고, 1916년에는 마리앙바드의 온천 도시에서 둘만의 소중한 며칠을 보내긴 했지만, 보통은 카프카의 업무적 책무를 감안하여 겨우 몇 시간씩만 만나곤 했다.

카프카의 초반의 득의양양함은 곧 커져 가는 의심으로 바뀌었다 — 그의 문학적 소명을 이해하는 펠리체의 능력에 대한 의심뿐만 아니라, 자신이 결혼 생활에 맞는 사람인지에 대한 의심이기도 했다. 지독히 고통스러워하며 자책하는 편지들에서 그는 자신이 남편감으로 알맞은 사람이 아니라는 걸 설득하고자 했다. 한 유명한 편지에서 그는 자신이 생각하는 이상적인 존재 방식이 "나의 필기도구와 램프가 있는, 잠긴 넓은 지하실의 가장 깊숙한 방에 앉아 있는 것"(1913년 1월 14~15일; LF 156/B2 40)이라고 설명한다. 그는 그렇게 완전히 고립된 상태에서만 자신의 창의적 가능성을 발휘할 수 있으리라 생각했다. 펠리체는 처음엔 카프카의 자발적 금욕주의에 굴하지 않아서, 그들은 1914년 5월에 베를린에서 약혼을 했다. 그러나 겨우 두 달 후에, 그녀는 약혼을 파기했다. 몇 달 후에 카프카와 펠리체는 연락을 재개하였고, 1917년 8월에 둘은 다시금 약혼을 한 다.(그림 1 참조) 얼마 지나지 않아 카프카는 결핵 진단을 받고 약혼을 영원히 끝냈다.

펠리체와의 관계는 카프카에게 가장 어려웠지만, 개인적 인 의미에서도 창조적인 의미에서도 가장 발달에 중요했다고 할 수 있다. 그가 베를린으로 첫 편지를 보낸 다음 날, 그는 문 학적 약진이라 할 수 있을 단편 소설 「선고」를 썼다. 1912년에 서 1917년 사이의 5년 동안 카프카는 두 권의 장편 소설뿐만 아 니라 그의 가장 유명한 단편 소설들도 써냈다. 이 산문 작품들 과 카프카의 편지들을 면밀히 비교하면 많은 교차 연결점들이 드러나니, 카프카의 창조적인 글쓰기로서의 야행성 공간을 공 유했던, 펠리체와의 광범위한 서신 교환은 영감의 원천이자 자 기 성찰의 공간이었던 것이다.

1914년 8월에 1차 세계대전이 발발했을 때 카프카는 그의 일기에 다음과 같이 썼다. "독일이 러시아에 선전포고를 하였 다 ― 오후에 수영."(1914년 8월 2일; D 301/TB 543) 이 간결한 내 용은 심심찮게 카프카의 정치적 무관심에 대한 증거로 인용되 곤 하지만, 보다 복잡한 사정을 은폐한다. 그 여름, 카프카는 자 신의 삶을 급격히 바꿀 준비를 하던 중이었다. 그는 보험사를 떠나 프리랜서 작가로서 베를린이나 뮌헨으로 이사 가고 싶어 했다. 전쟁이 이 계획에 종지부를 찍은 셈이었다. 군사 퍼레이 드와 애국적 연설들로 인해 미루어지긴 했지만, 1916년에 카프 카는 부득부득 입대하고자 애썼다. 이 계획은 카프카가 직장에 꼭 필요하다고 주장하는 그의 보험사 상사에 의해 좌절되었다. 카프카는 분노하여 심지어 사임하겠다고까지 하며 협박하였다. 펠리체에게 쓴 한 편지에서 "군인이 되는 것은 나에게 행운일 것이다"(1915년 5월 3일; LF 493/B1 133)라고 적었을 정도로 그는 간절했다. 카프카는 동부 유대인 피난민들과 그의 매제들 그리고 보험사로 내려온 많은 부상당한 군인들에게 직접 들어 분명히 전쟁의 참혹한 현실을 인지하고 있었을 것이다. 그렇다면 그는 왜 그렇게도 간절히 입대하고 싶어 했을까? 카프카의 전기 작가인 라이너 슈타흐는 군인이 되고자 하는 그의 열망은 나이브한 애국심이 아니라 더 기본적인 동기, 즉 매일매일 반복되는 죽어 가는 일상에서 어떤 대가를 치르더라도 벗어나고 싶은 충동에 의해 추동되었을 것이라고 주장한다.[2]

1917~1924
병, 성찰, 늦은 행복

카프카의 삶에서 또 다른 커다란 전환점은 그를 결국 죽음으로 이끌게 되는 질병의 발발이었다. 1917년 8월, 그는 야간성 출혈에 시달렸다. 그가 즉각적으로 최악을 예상했음에도, 공식적으로 결핵 진단을 받기까지는 몇 달이 걸렸다. 이 상황에 직면한

---

2 Stach, *Jahre der Erkenntnis*, p. 90.

카프카는 급진적 변화를 꾀하였다. 그는 펠리체 바우어와의 관계를 끝냈을 뿐만 아니라 6개월간 휴직하였고, 이 기간 동안 북부 보헤미안 마을 취라우에서 그의 여동생 오틀라와 함께 살았다. 이 시간 동안 그는 소위 말하는 취라우아포리즘——내러티브적 픽션에서 벗어나는 전환성을 나타내는 짧고, 성찰적인 작품들——을 썼다.

1919년 여름, 카프카는 다시 약혼했으니, 이번 상대는 체코-유대교 회당 하인의 딸인 27세 율리에 보리체크였다. 카프카의 부모는 율리에의 과거에 대한 낯 뜨거운 이야기를 들추어내는 사립 탐정을 고용하여 이 결혼을 방해하려 했지만 결국에 그들의 결혼 계획은 훨씬 사소한 이유로 성사되지 못했으니, 결혼식 이틀 전에 공동 연립 주택을 확보하지 못해 결혼식을 연기하기로 결정 내린 것이었다. 그들의 관계는 점점 멀어지다가, 1920년 봄에 카프카가 언론인이자 번역가인 체코인 밀레나 예센스카를 만났을 때 결국 결딴나고 만다. 빈에 살던 밀레나는 카프카의 「스토커」를 체코어로 번역하였다. 그녀는 아버지의 뜻에 반하여 유대인 문학 평론가인 에른스트 폴락과 결혼했지만, 그들의 결혼은 기반이 약했고, 그녀와 카프카는 곧 강렬하고도 열정적인 편지 쓰기를 시작하였다. 메란에서 온천 휴양을 마치고 돌아오는 길에 카프카는 빈에서 밀레나와 행복한 나흘을 보냈다. 그녀는 남편에게 불륜에 대해 말했지만, 카프카는 그들 관계에서 미래를 보지 못하여 곧 멀어졌다.

카프카의 마지막이자 거의 틀림없이 가장 행복한 관계는

1923년 여름 발트해 연안의 뮈리츠에서 휴가를 보내던 중 만난 25세의 도라 디아만트와의 관계였을 것이다. 폴란드의 초정통파 하시디즘 가족과 절연한 도라는 유대인 휴가 캠프에서 일했고 히브리어를 홍보하는 시오니즘 단체의 일원이었다. 그녀는 병이 말기에 이른 카프카의 동반자가 되었다. 1923년 가을, 카프카는 베를린에서 도라와 함께 살기 위해 프라하를 떠나는 중대한 조치를 취했다. 높은 인플레이션으로 카프카의 연금이 평가절하되는 바람의 그들의 재정 상황이 극도로 어려웠음에도 행복하고 생산적인 시간이었다. 그들은 프라하에서 온 식량 꾸러미에 의존하였고, 쇠약해진 건강 때문에 카프카는 점점 집에 매여 있게 되었다. 1924년 3월에 그는 하는 수 없이 베를린을 떠나 고향으로 돌아가야 했다. 빈의 한 진료소에서 그의 결핵이 후두로 확산된 것이 판명되었다.

카프카는 마지막 몇 주를 하下오스트리아주의 오르트만시에 있는 한 요양원에서 보낸 후 클로스터노이부르크시에서 가까운 조용한 마을인 키얼링에서 지냈다. 그곳에서 그는 처음에는 약간의 여행을 할 수 있었지만, 그 뒤에는 건강이 빠르게 악화되었다. 말하기, 삼키기, 숨 쉬기는 고문이 되었고 모르핀 주사로만 완화되었다. 카프카는 당시 일반적이지만 무의미한 치료 조치로서 말을 하지 말라고 지시받았고, 도라와 그의 친구 로베르트 클롭슈토크와는 서면으로 의사소통하였다. 편지에서 그는 도라의 아버지에게 그녀와의 결혼을 허락해 줄 것을 요청하였으나 거절당했다. 그는 막스 브로트, 여동생 오틀라, 매제

카를 헤르만 및 삼촌 지그프리트 뢰비의 방문을 받았다. 죽기 전날 쓴 가슴 아프게 낙관적인 편지에서 그는 부모에게 방문을 연기할 것을 요청했으니, 마지막 문장은 다음과 같았다. "그러면 친애하는 부모님, 지금은 보지 않는 것이 어떨지요?"(1924년 6월 2일; LFFE 415/BE 82) 6월 3일, 호흡이 너무 힘들어진 카프카는 의대생이었던 클롭슈토크에게 모르핀 과다 투여를 요청하며 "나를 죽이지 않으면 넌 살인자야"라고 말했다고 한다. 카프카는 1924년 6월 3일 정오경에 도라의 곁에서 사망했다. 그는 프라하 근처 슈트라슈니츠 구역의 유대인 묘지에 묻혔다.

2장

맥락

여느 작가와 마찬가지로 카프카 역시 자신이 속한 문화적·지적·정치적 맥락에 영향을 받았다. 자신의 일기와 편지에서 그는 여러 사건과 만남을 돌이켜 보곤 한다. 이러한 경험의 울림이 그의 창작 속에서는 보다 미묘하며 덜 직접적인지라, 이는 카프카가 역사적 맥락과 별 관련 없는 작품을 쓰는 유아론唯我論적 작가라는 고질적인 클리셰를 만드는 데 일조해 왔다. 이어지는 섹션에서는 일반적인 상황과 구체적이고 개인적인 함축 모두를 살펴보며, 카프카의 삶과 시대를 형성한 세 가지 정황을 포착할 것이다.

현대 도시: 아방가르드, 대중문화, 병리학

20세기 초는 급격한 사회 변화, 기술의 현대화와 예술적 혁신의 시기였다. 전례 없는 문학 운동의 폭발이 있었고, '모더니즘'은 공존하는 아방가르드 운동의 다양성을 가리키는 하나의 포괄적 용어일 따름이었다. 표현주의, 상징주의, 아르누보, 다다이즘 그리고 미래주의는 대립하고 자주 상충되는 의제들을 추구했지만, 모두 19세기 문학을 지배했던 현실주의와 자연주의의 원칙에서 멀어졌다는 점에서 특징적이다. 이제 초점은 더 이상 바깥 현실의 면밀하고 준과학적인 관찰에 있는 것이 아니라, 환상, 꿈 그리고 욕망과 같은 내면 상태와 심리적 과정의 묘사로 옮겨졌다. 동시에, 1900년경에 쓰여진 텍스트들은 깊은 위기의 감각을 표현한다 —— 점점 더 복잡해지고, 파편화된 세계 속 개인의 위기뿐 아니라 언어의 위기를 말이다. 오스트리아 작가 후고 폰 호프만스탈과 로베르트 무질을 포함한 많은 모더니즘 작가들과 사상가들이 관습에 매여 있는 언어가 진정성과 경험을 표현할 수 있는지에 대해, 즉 언어의 능력에 의문을 제기했다. 이는 자아의 경계와 인간 존재가 갖는 이성의 한계를 극복하는 방법으로 신비주의에 대한 흥미를 되살렸다.

이 스펙트럼의 반대편 극에서, 20세기 초에는 도시 대중문화 —— 뮤직홀, 버라이어티 극장 그리고 무엇보다 중요한 영화관 —— 의 출현을 목도하게 된다. 1920년대 독일의 비평가 지그프리트 크라카우어는 이러한 대중 엔터테인먼트의 장소를 직장인들이 그들의 단조로운 일상으로부터는 물론이고, 보다 존재론적 의미에서 정신적 노숙의 상태spiritual homelessness에서 벗어나려 도피처를 찾는 '오락의 사원'으로 묘사하였다.

크라카우어의 논평이 암시하듯, 도시의 삶은 그것을 비판하는 이들뿐만 아니라 옹호하는 이들 또한 양산하였다. 19세기 중반 이후로 도시로 몰려든 많은 사람들은 무엇보다도 도시가 갖는 경제적 기회에 매혹되었다. 도시들은 사회적 이동과 계층, 젠더 그리고 종교 면에서 더 큰 평등을 향해 나아가는 점진적인 움직임을 가능케 하는 굉장한 용광로였다. 1900년대 초에 여성들은 특히 사무실에서 보다 많은 유급 일자리를 차지하기 시작하였다. 전통적 도덕 가치가 그러하였듯 일반적으로 부르주아 가족 구조는 그대로 남아 있었음에도, 이는 성적 관계에 대한 보다 자유로운 태도를 가져왔다.

개인이 긴밀한 공동체의 일부인 마을이나 작은 도시에서의 삶과 비교하였을 때 도시는 붐비고, 제멋대로 뻗어 있고, 익명적이다. 그리고 흔히 익명성은 다른 이들의 침입적 시선에 노출되는 느낌을 수반하면서 프라이버시의 부족과 긴밀히 연관된다. 많은 사람들이 도시의 스릴에 매료되었고, 많은 작가들은 도시 생활의 속도와 흥분에 영감을 받았지만, 바로 이러한 면은 또한 비판을 받고 심지어는 병적이라 여겨졌다. 이 시대의 통용어 중 하나는 미국의 정신과 의사 조지 M. 비어드가 그의 책 『미국의 신경과민증』American Nervousness(1880)에서 만든 용어인 신경 쇠약이었다. 신경 쇠약은 일종의 과민 증세로, 일

반적인 무력함으로뿐만 아니라 (도시) 자극과 인상에 대한 고
조된 병리적 민감성으로 나타난다.

그러나 모든 사람이 이러한 전개를 본질적으로 부정적으
로 본 것은 아니었다. 도시의 사회적·심리적 파급 효과를 분
석한 최초의 비평가는 독일 사회학자인 게오르크 짐멜이었다.
1903년 그의 에세이 「대도시와 정신생활」에서, 그는 "빠르고 지
속적인 변화 및 외부와 내부의 자극"이 도시 거주자들로 하여
금 감정에 오염되지 않은 순수하게 이성적인 방식으로 사람
들 및 사물들과 상호작용하도록 훈련하여 "정신생활의 강화"
를 가져온다고 주장한다.[3] 짐멜은 이러한 변화를 기존의 경험
방식에서 벗어나 유통 및 교환의 추상적 시스템인 현대 '화폐
경제'의 요구에 적응할 수 있는 기회라며 높이 평가한다. 그의
발견은 또 다른 현대사회학의 창시자인 막스 베버에 의해 보
다 부정적인 용어로 반복된다. 베버는 현대 사회를 '탈주술화'
되고 합리성과 효율성의 원칙에 의해 지배되는 것으로 묘사한
다. 그의 사상의 정수를 담고 있는 연구인 『프로테스탄트 윤리
와 자본주의 정신』(1904~1905)에서 베버는 현대 자본주의에는
사실 개인이 신의 은총의 표시인 경제적 성공에 스스로를 헌신
하려 모든 세속적 즐거움을 저버리길 요구하는 프로테스탄트
가치가 스며 있다고 주장한다. 현대 자본주의에서, 이 물질적

---

3   Georg Simmel, "The Metropolis and Mental Life", *The Blackwell City Reader*, eds. Gary Bridge
and Sophie Watson, 2nd edn., Oxford: Wiley-Blackwell, 2010, pp. 103~110(pp. 103~104).

부에 대한 프로테스탄트적 관심은 정신적 핵심을 결여한 채로 "강철처럼 단단한 껍데기"로 변하였다.[4] 프로테스탄트의 선배들과 달리, 현대의 '관료주의적 인간'은 도덕적 지침에 대한 내면의 감각이 부족하여 오로지 정치 기관과 다른 조직들에 의해 외부로부터 부여된 규칙에 의존한다.

카프카 글은 그 시대의 사회학적 이론을 반영한다. 『실종자』와 같은 많은 그의 텍스트가 도시의 빠른 속도를 즐기는 동시에 또한 처리되거나 통일될 수 없는 이질적 자극의 끝없는 연속, 감각 과부하의 위험을 보여 준다. 하지만 그의 개인적 삶에서 카프카는 모더니티의 중압으로부터 거리를 두고자 했다. 열정적으로 영화관을 들락거렸던 만큼 도시의 삶을 즐기는 그였지만, 소박한 전원의 삶에 대한 생각에도 그는 깊이 매혹되었다. 그는 프라하 외곽의 탁아소에서 때때로 정원 일을 하기도 했고, 1917~1918년에는 취라우의 보헤미안 마을에서 농장을 운영하는 여동생 오틀라와 몇 달을 보냈다. 도시 생활과 산업화의 압박에 대한 반응으로 채식주의와 자연주의에서 (특히 여성을 위한) 보다 편하고 건강한 옷의 주창 그리고 다양한 운동 체계에 이르기까지 20세기 초에 각양각색의 대안적인 건강 운동이 등장하였다. 카프카는 채식주의자였고, 음식 한 입을 서른두 번씩 씹는 플레처라이징Fletcherizing이라는 식이 요법을 따랐

4   Max Weber, *The Protestant Ethic and the 'Spirit' of Capitalism and Other Writings*, eds., trans. and intro. Peter Baehr and Gordon C. Welles, London: Penguin, 2002, p. 121.

다. 뿐만 아니라, 그는 노를 젓고 수영을 하고 매일같이 체조를 하는 일상을 유지했다. 이러한 건강한 삶의 방식에도 불구하고, 카프카는 대부분의 그의 성인 생활 동안 신경 쇠약 상태로 고통받았고, 결핵 진단을 받기 훨씬 이전부터 체력을 회복하고자 요양원에서 휴가를 보냈다.

정신분석과 세대 간 갈등

사회학은 1900년경에 형성된 담론 중 하나였고, 다른 하나는 정신분석이었다. 정신분석의 주창자인 빈의 의사 지그문트 프로이트는 심리적 과정과 역학 그리고 정신이 외부, 가족 그리고 사회적 구조에 의해 차례로 형성되는 방식을 탐구하는 데 착수하였다.

1900년에 프로이트는 정신분석학을 그 시대의 문화적 지도에 확실히 새겨 넣은 『꿈의 해석』을 출판하였다. 그의 글에서 프로이트는 히스테리, 노이로제 그리고 정신병과 같은 병리적 상태들을 종교, 가족의 삶 그리고 섹슈얼리티와 같은 '주류적' 문제들과 함께 다루었다. 전공이 신경학이었던 프로이트는, 주장컨대 그의 가장 큰 영향은 예술 안에 있었음에도 항상 정신분석학이 과학 중 하나로 고려되어야 한다고 주장했다. 그의 글은 꿈속에서의 작업과 문학적 텍스트의 구조 사이의 유사점을 끌어내며 창의성의 기원과 상상력의 작동을 탐구한다. 프로이트는 널리 읽히고 있었고, 그는 자주 자신의 이론을 설명하기 위해 예술과 문학의 예를 사용하였다. 소포클레스의 드라마 속 '오이디푸스 렉스'의 이름을 딴 오이디푸스 콤플렉스가 가장 유명한 예이다. 또 다른 것은 독일 낭만주의 작가인 E.T.A. 호프만의 중편 소설 「모래 사나이」(1816)를 이용한 '언캐니'The Uncanny에 대한 그의 에세이다. 실제로, 프로이트는 일찍이 자신의 특정 환자의 치료에 대한 설명인 사례 연구가 "단편 소설처럼 읽히고, 누군가는 이 연구들이 진지한 과학의 압인이 결여된 것이라 말할 수도 있다"는 것을 인정하였다.[5]

이는 프로이트의 이론들이 그의 시대의 과학적 이론들과 양립할 수 없었다는 것을 말하는 건 아니다. 1886년 연구에서 오스트리아의 물리학자 에른스트 마흐는 "자아는 구원될 수 없다"고 단언하며 자아가 안정적이고 자급자족적인 독립체가 아니라 감각적 인상의 일시적 흐름의 산물이라 주장했다. 그의 글에서 프로이트는 점차 자아에 대한 유사하게 탈중심화된 모델을 발전시키게 된다. 그에게, 정신은 세 가지 상충하는 힘들의 장소이다. 원시적 충동과 욕망의 현장인 이드id, 내면화된 도덕적 가치를 유지하기 위해 노력하는 일종의 심리적 경찰력인 초자아super-ego. 그리고 이 둘 사이를 중재하고자 하는 '현실원리'인 자아ego. 만약 이 균형이 흐트러지면, 신경증과 강박증

---

5 Sigmund Freud, *The Standard Edition of the Complete Psychological Works of Sigmund Freud*, ed. and trans. James Strachey, 24 vols., London: Hogarth Press, 1973, II, p. 160.

이 주체를 통제하게 된다. 치료자로서 프로이트의 목적은 그의 환자들이 그들의 무의식적 동기에 맞서서 그들에 대한 통제력을 다시금 회복할 수 있게 하는 것이었다. 그의 유명한 말처럼 "이드가 있었던 곳에, 자아가 있을지어니".[6]

모더니즘 작가들은 프로이트의 이론에 대해 반신반의하며 응답했고, 카프카 역시 예외가 아니었다. 카프카 텍스트는 어느 정도 정신분석 이론을 참조하지 않고는 이해될 수 없지만, 그럼에도 정신분석을 카프카 텍스트의 '숨겨진' 의미를 여는 열쇠로 사용하는 것은 환원주의적일 것이다. 우리가 다음 챕터에서 보게 될 것처럼, 카프카가 정신분석적 모델을 이용할 때마다, 그는 그것을 독창적인 방식으로 각색하고 전복시킨다.

많은 모더니스트 작가들과 달리, 카프카는 정신요법을 받은 적도 없고, 체계적인 방식으로 정신분석 이론들을 읽은 것도 아니었다. 그의 친구 빌리 하스Willy Haas에게 보내는 편지에서, 카프카는 프로이트에 대한 그의 태도를 무지와 감탄의 혼합으로 묘사한다. "내 확신컨대, 우리는 프로이트의 글에서 전례 없는 것들을 읽을 수 있다네. 아쉽게도 난 그에 대해서는 아는 것이 너무 적고 그의 제자들에 대해서만 잘 알다 보니 프로이트에 대해선 크지만 공허한 존경심을 가지고 있을 뿐이야."(1912년 7월 19일; B1 162)

정신분석학은 카프카가 읽었던 문학 저널에서도, 그가 종

---

6 *Ibid.*, XXII, p. 80.

종 참여하곤 했던 베르타 환타의 철학 살롱에서도 그리고 그가 브로트 및 펠릭스 벨취와 함께 결성한 독서 모임에서도 논의되 었다. 또 다른 접점은 문학 비평을 통해서였다. 1917년의 한 편 지에서 카프카는 프로이트의 제자인 빌헬름 슈테켈의 『변신』 해석을 언급한다. 그가 슈테켈을 "프로이트를 작은 변화로 축 소하는 사람"(1917년 9월 23일; LFFE 145/B3 327)으로 무시하듯 묘 사함에도 불구하고, 카프카의 편지는 중요한 점을 드러낸다. 모더니스트 작가들이 정신분석에 관심을 가졌던 이유들 중 하 나가 정신분석학자들이 자신들의 발견을 문학 텍스트에 적용 하면서 그들에게 결국 관심을 가졌기 때문이라는 사실 말이다.

카프카는 정신분석 이론을 그것의 모더니스트 논쟁에 대 한 지적인 기여 면에서는 존중했지만, 심리학적 (자기) 분석이 란 프로젝트에 대해서는 회의적이었다. 인간 경험의 복잡성 을 반영하기에는 너무 단순하다고 생각했기 때문이다. 1917년 에 그는 "외부 세계를 관찰하는 것과 같이 내면 세계를 관찰하 는 것은 불가능하다. 심리학은 아마도 전체적으로 볼 때 우리 자신의 한계를 갉아먹는 의인화의 한 형태일 것"이라고 적는 다.(ON 14/NS II 32)

심리 분석에 대한 보다 직접적인 연결은 카프카가 카리스 마가 있으면서도 논란이 많은 정신분석가인 오토 그로스를 알 게 되면서 구축되었다. 카프카는 1917년에 그로스를 만났고, 『권력에의 의지에 대항하는 투쟁을 위한 저널』*Journal for the Fight against the Will to Power*이란 새로운 정기 간행물을 창간하려는 그로

스의 계획에 열광하였다. 그로스는 그의 아버지 한스 그로스
가 아들을 약물 남용과 '반부르주아적' 생활 방식을 문제 삼아
정신병원에 입원시켰던 1913년에 화제가 되었다. 한스 그로스
는 학생 카프카가 프라하에서 그의 강의를 들었던 저명한 법학
교수였다. 광범위한 항의의 결과로 오토 그로스는 석방되었다.
그의 이야기는 표현주의 문학과 카프카 자신의 글에서 두드러
진 주제였던 아버지에 의해 아들이 잔혹하게 억압되는 아버지
와 아들의 갈등의 전형을 보여 주면서 많은 젊은 작가들과 지
식인들에게 반향을 불러일으켰다.

그런데 그로스의 이야기는 카프카에게 훨씬 더 개인적
인 이유로 와닿았을 것이다. 카프카는 거의 평생을 그의 부모
와 함께 살았고 자주 가족 관계의 억압적 성격, 특히 그의 아버
지 헤르만과의 어려운 관계에 대해 언급하였다. 이 관계에 대
한 그의 가장 자세한 설명은 1919년에 그가 쓴 이른바 「아버지
에게 보내는 편지」—— 실제로 그는 이 편지를 결코 아버지에게
주지 않았다 —— 에서 찾을 수 있다. 그의 어린 시절부터 글을
쓰는 시기까지 아버지와의 삶을 추적하는 이 긴 편지는 카프카
가 자서전을 쓰는 데 이르게 된 과정과 유사하다. 되풀이되는
주제는 어떻게 헤르만 카프카의 지배적인 존재가 그의 아들의
발달을 저해하고, 스스로를 영영 부족하다고 느끼게 만들었는
지이다.

카프카의 편지는 자기는 가볍게 무시하는 규칙을 자식들
에게는 강요하는 위선자인 옹졸한 폭군의 상을 묘사한다. 한

중요한 장면은 어린 시절의 카프카가 우는 바람에 부모님의 수면을 방해했다는 이유로 밤에 집 밖으로 쫓겨나 추위에 떨며 서 있었던 기억이고, 다른 하나는 열여섯 살이 된 아들이 성적 억압을 극복하기 위해 사창가를 방문해야 한다는 아버지의 둔감한 충고이다. 카프카가 그의 편지에서 언급하듯, 그의 아들의 눈에 아버지는 자신의 상스러운 제안에 더럽혀지지 않은 상태였다. "이런 모든 것 너머에 있는, 흠 잡을 데 없는 유부남… 그래서 세상은 오로지 당신과 나로 구성되어 있기에 ─ 나에게는 꽤나 명백해 보이는 생각 ─ 세상의 순수함은 당신과 함께 끝나 버렸고, 당신의 조언으로 인해 세상의 더러움은 나와 함께 시작되었다."(M 132~133/NS II 203~204) 편지는 생생하게 상기된 에피소드들로 가득 차 있는데, 카프카는 이를 아버지의 절대적 권위에 대한 거의 신화적 이미지를 구축하는 데 사용한다. 이 구절에서, 카프카는 순수한 아버지와 더러운 아들 사이에 절대적인 구분을 만든다. 또 다른 구절에서, 그는 아버지의 몸이 지구 전체에 걸쳐 뻗어 나갈 정도로 아버지의 사이즈를 정신적으로 과장한다.(M 136/NS II 210) 그런가 하면 편지 곳곳에는 아버지에 대한 카프카의 비난이 경탄의 감각과 얽혀 있다. 헤르만 카프카는 신체적으로, 직업적으로 그리고 특히 남편과 아버지로서 남성성의 모델 ─ 그의 아들은 그것에 결코 열망할 수 없다고 느낀 ─ 을 구현한다. 카프카는 결혼을 하고 아버지가 될 가망을 두려워하면서도, 이것을 가장 높은 목표 중 하나로 여겼다.

카프카의 「아버지에게 보내는 편지」는 고백적 글과 픽션 사이 어딘가에 위치한 양면적인 기록이다. 이 텍스트가 덧칠하는 헤르만 카프카의 이미지는 무시무시하고 섬뜩하다. 만약 이것이 그의 어린 시절의 트라우마를 극복하려는 카프카의 시도였다면, 이 편지는 외려 그의 힘을 빼앗는 감각을 굳히며 거의 반대의 효과를 가져오지 않았을까 싶다. 그럼에도 불구하고 이 편지는 또한 수사학적 걸작으로, 카프카가 법률을 공부하며 익혔을 세부적인 것에 대한 예리한 시선과, 논쟁하고 상대의 입장을 예상하는 변증법적 방법을 보여 준다. 대부분이 독백이지만, 마지막에 가서는 카프카가 아버지로 하여금 아들의 고발에 답하도록 하여 아들의 주장을 뒤집으면서 일종의 반전이 있다. 여기서 카프카는 그의 내러티브에 대한 통제권을 포기하는 듯 보이지만, 이 움직임은 사실상 이중의 반전, 즉 옹호자의 속임수일 수 있다. 아버지의 입에 말을 불어넣음으로써, 카프카는 그의 복화술사가 되고 아버지는 이 오이디푸스적 드라마에서 꼭두각시 인형으로 전락하는 것이다.

카프카의 프라하: 다문화주의, 유대주의, 시오니즘

1900년경의 유럽의 문화 중심지를 생각할 때, 우리는 파리와 런던, 빈과 베를린 같은 도시들을 떠올린다. 보통 프라하는 이 문화 지도에 등장하지 않지만, 그럼에도 커지는 민족주의적 긴장이 영향을 미치는 다국어적이고 다민족적인 독특한 장소였다. 1900년경, 프라하는 여전히 비교적 작고 지방 소도시스럽긴 했지만, 인구는 급격하게 증가하고 있었다. 1900년에 프라하에는 대략 20만 명의 사람들이 거주했지만, 1925년에는 70만 명 이상으로 성장하였다. 1918년까지, 프라하는 독일어를 사용하는 소수의 엘리트에 의해 통치되는 다민족 국가인 합스부르크 제국의 일부였다. 그러나 19세기 중반 이후로 주변 보헤미아로부터 사람들이 대거 유입되면서 체코의 인구는 꾸준히 증가하고 있었다. 1848년에는 인구의 3분의 2가 독일어를 사용했지만, 1880년에는 이 비율이 14퍼센트로 감소하였고, 1910년에는 다시 반으로 줄어 7퍼센트 미만이 되었다. 동시에, 체코 민족주의자들의 운동이 지지를 얻으며 독일어를 사용하는 소수민족들에게 점점 더 압박을 가하고 있었다.

프라하에서의 권력 균형은 합스부르크 군주제의 종말과 다민족 제국의 해체를 가져온 1차 세계대전을 기점으로 급격하게 바뀌었다. 1918년 10월, 프라하를 수도로 체코슬로바키아 공화국이 설립되었다. 1939년에 프라하는 새로 건립된 '보헤미아와 모라비아 보호국'Protectorate of Bohemia and Moravia에서 프라하를 수도로 삼은 나치에 의해 침공되었다. 그 당시 보헤미아에 살았던 약 12만 명의 유대인들 중 대략 7만 8,000명이 나치에 의해 살해되었다. 이 희생자들에는 카프카의 세 누이 — 엘리, 발리, 오틀라 — 가 포함된다.

프라하는 상대적인 고립과 내부의 긴장에도 불구하고 —

아니 혹은 아마도 바로 그 때문에 ── 작가들에게 특히 생산적인 공간이었다. 카프카와 그의 친구 막스 브로트는 언어적으로 그리고 문화적으로 고립된 소수의 독일어를 사용하는 ── 이 상황이 틀림없이 그들 고유의 글쓰기를 형성했을 것이다 ── (주로 유대인) 작가들의, 작지만 성공적인 그룹의 하나였다. 그러나 많은, 보다 유명한 프라하의 작가들은 일찍이 이 도시를 떠났다. 라이너 마리아 릴케 외에도, 이들은 환상 소설 『골렘』의 작가인 구스타프 마이링크, 표현주의자 프란츠 베르펠, 작가이자 삽화가인 알프레드 쿠빈 그리고 저널리스트인 에곤 에르빈 키쉬를 포함한다. 프라하에 대한 카프카의 태도는 다분히 양가적이었음에도, 그는 거의 그의 삶 전반에 걸쳐 이 도시에 남았던 몇 안 되는 이들 중 한 명이었다. 카프카는 친구 오스카 폴락에게 썼다. "프라하는 나를 놓아주지 않는다. … 이 늙은 노파는 발톱을 갖고 있다."(1920년 12월 20일;LFFE 5/B1 17)

그의 일기에서, 카프카는 독일어를 사용하는 프라하의 작가들이 직면한 상황을 '소수민족 문학의 인물평'을 작성하며 반영했다. 그의 목록은 '갈등', '원칙의 부재', '마이너/소수자의 주제' 그리고 '정치와의 연결'(1911년 12월 27일;D 150~151/TB 326)과 같은 특징들을 포함한다. 질 들뢰즈와 펠릭스 가타리는 1975년 그들의 카프카 연구 『카프카: 소수적인 문학을 위하여』에서 카프카의 모델을 개발한다. 그들이 주장하듯, 주요 언어로 쓰이지만 소수적 지위에서 쓰여진 문학을 의미하는 '소수적인 문학'에서 심지어 가장 작은 개인적 관심사도 정치적이며

"모든 것이 집단적인 가치를 갖는다".[7] 카프카의 경우, 이 언어적 소수자 지위는 민족적 지위와 결합되어 있었다. 1900년 초에 프라하에 사는 대부분의 독일어 사용자들은 유대인 혈통을 가진 이들이었다. 그들은 성장하는 민족주의의 풍토 속에서 특히 불안정한 위치에 있었고 자주 은밀한 차별 혹은 공공연한 적대감의 표적이 되었다.

카프카 시대의 유대교는 일관된 운동이 아니라, 내부적으로 분열되어 있었다. 기성세대의 많은 유럽 유대인들은 서구 사회의 주류로 통합되는 동화同化의 프로젝트에 전념하였다. 이와 대조적으로 카프카의 세대는 그들의 부모 세대의 동화에 대한 열망에 비판적으로 반응했다. 그들은 동유럽의 이디시어를 사용하는 유대인들을 정신적 부활을 위한 모델로 보았고, 유럽 전역에서 증가하는 반유대주의의 물결에 자극을 받아 대안적인 관점을 위해 시오니즘으로 눈을 돌렸다. 시오니스트 운동은 1948년 이스라엘 건국으로 정점에 달한 팔레스타인에서의 유대인 국가 건국을 위한 캠페인이었다. 그러나 20세기 초에 시오니즘은 서유럽의 유대인들에게 널리 지지되는 것은 아니었다. 많은 이들이 유대인 국가에 대한 생각을 불필요하거나 유토피아적이거나 혹은 — 동유럽 국가들의 경우에서와 같이 — 신에 의해 부과된 유대인 망명에 대한 반란으로 간주했다.

---

7 Gilles Deleuze and Félix Guattari, *Kafka: Toward a Minor Literature*, trans. Dana Polan, Minneapolis: University of Minnesota Press, 1986, p. 17.

따라서 많은 지식인들이 서구 사회 내에서 유대 문화의 르네상스 대신에, 르네상스가 특히 문학이라는 매체를 통하여 달성되어야 하는 것으로 주장했다.

카프카의 많은 가까운 친구들 — 그의 학창 시절 친구인 후고 베르크만과, 나중에는 막스 브로트, 펠릭스 벨취 그리고 오스카 바움 — 이 시오니즘의 지지자들이었다. 프라하에서는 철학자 마르틴 부버 같은 저명한 연사들의 강연을 조직하는 학생 단체 '바르 코크바'Bar Kochba를 통해 이 운동이 활발해졌다. 카프카가 참석한 이 강연들에서, 부버는 서유럽 유대인들의 동화된 도시 생활 방식을 동유럽 유대인들의 진정한, 시골의 생활 방식과 대조하였다. 비록 카프카가 유대교, 시오니즘 그리고 자신의 유대인 정체성에 갖는 태도가 복잡하고 양면적임에도, 동유럽과 서유럽의 유대교 전통 사이의 이러한 대립은 카프카의 편지와 일기에서 반복적으로 나타나는 주제이다. 「아버지에게 보내는 편지」에서 카프카는 아버지가 자신의 유대교적 유산을 너무 희석시킨 탓에 아들에게 물려줄 것이 아무것도 없다고 비판한다. 시나고그 방문과 그의 조카의 할례에 대한 카프카의 일기 속 설명은 명백한 거리 둠의 감각을 드러내지만, 카프카는 그의 부족한 종교적 뿌리를 만회하고자 애썼다. 전환점은 카프카가 1911~1912년 겨울에 참석한 공연을 통해 이디시어 극단을 알게 된 것이었다. 그는 배우들과 친분을 맺었고 심지어 이디시어에 대한 공개 강연을 함으로써 이 그룹을 위해 기금을 모으는 것을 도왔다. 그는 몇몇 하시드 민담집을 포함하여 유대인의 역사, 문화 그리고 문학에 대해 널리 읽었다. 1차 세계대전 동안, 그는 프라하를 통과하는 동유럽 난민들을 도왔고, 1916년에는 친구 게오르크 랑거와 함께 마리앙바드에 있는 벨츠Belz의 랍비를 방문했다. 프라하 출신의 체코어를 사용하는 유대인 랑거 자신은 벨츠의 하시딕 공동체에서 살았다. 러시아 군대에서 마리앙바드로 도망친 랍비에 대한 카프카의 설명은 호기심과 의심 그리고 매혹의 혼합을 드러낸다.

1914년부터 지속적으로 카프카는 히브리어를 독학했고 간헐적으로 수업도 받았다. 그가 친구들의 시오니즘적 열정을 약간 미심쩍게 여기긴 했지만, 그는 다양한 시오니즘 행사에 참석하였고 1923년에는 팔레스타인으로의 이민을 진지하게 고려했다. 이 계획은 그의 건강 악화로 중단되었다. 결국 그는 대신 베를린으로 가서 히브리어 공부를 계속했고, 『탈무드』에 대한 강의도 들었다. 카프카가 유대주의, 시오니즘 그리고 동유럽의 이디시 문화에 참여한 것은 반복적이면서도 간헐적이었다. 이것은 계속해서 카프카를 피했던 전통에 그가 매혹되었다는 것을 증명한다. 밀레나 예센스카에게 보낸 한 편지에서 그는 스스로를 서구 유대인으로 강조하며 정의한다.

우리 둘 다 서구 유대인들의 전형적인 예를 충분히 알고 있죠. 나는 내가 아는 한 그들 중에서도 가장 전형적인 서구 유대인일 거예요. 이것은, 과장되게 표현하자면, 단 1초도 나에게 거저 주어지지 않고, 아무것도 나에게 주어지지 않으며, 현재와 미래뿐만 아니라 과거까지도 모든 것은 얻어 내야 한다는 것을 의미해요.(1920년 11월;LM 174/BM 294)

그러니까 역설적으로, 카프카의 유대적 뿌리에 대한 관심은 뿌리 없음의 감각에서 기인한 것이다. 그의 문학 텍스트는 모티프와 스토리라인을 통해서뿐만 아니라 쓰기, 읽기 그리고 해석에 깔려 있는 모델을 통해 대부분 암묵적이지만 무수한 유대적 전통에 대한 참조를 포함하고 있다. 그러나 궁극적으로 카프카의 종교적 경험은 오로지 부정적인 것 — 즉 망상과 금단의 상태와 같은 — 에서만 파악될 수 있었다. 그가 게오르크 랑거와 함께 벨츠의 랍비를 방문한 후 브로트에게 썼듯이 말이다. "랑거는 이 모든 것에서 더 깊은 의미를 찾으려 하거나 찾았다고 생각하더군. 내게 더 깊은 의미라는 것은 아무것도 없다는 것이고, 내 생각엔 이 정도면 제법 충분해."(1916년 7월 중순;LFFE 122/B2 180)

3장

작품

초기작

카프카는 1890년대 중반에 집필 활동을 시작했지만, 후에 자신이 1912년 이전에 썼던 많은 이야기, 일기 기록 그리고 편지를 없애 버렸다. 초기 텍스트 중 소수만이 살아남았으니, 가장 실질적인 것은 산문 이야기인 「어느 투쟁의 기록」, 「시골의 결혼 준비」 ― 둘 다 카프카 생전에는 출판되지 않았다 ― 와 그의 첫 책이자 짧은 산문 텍스트의 모음집인 『관찰』(1912)이다. 비평가들이 이 초기 작품들이 카프카의 '성숙한' 스타일을 대표하지 않는다고 주장해 왔기에, 이 텍스트들은 그의 후기 작품들에 비해 훨씬 적게 주목을 받아 왔다. 그러나 이 초기의 텍스트들은 우리가 두 가지 이유로 주목할 가치가 있다. 첫째로, 이 텍스트들은 훨씬 덜 친숙한 카프카 ― 보다 자유롭게 다양한 서술 기법을 실험하는 작가, 그의 텍스트들에 데카당스, 인

상주의, 표현주의는 물론 영화의 '새로운' 매체와 같은 아방가
르드 운동의 영향을 반영하는 작가 — 의 텍스트를 보여 준다.
둘째로, 이러한 초기의 텍스트들은 카프카의 더 유명한 작품들
과 사뭇 다르다는 인상을 줄 수 있음에도, 카프카의 후기 텍스
트들을 정의하는 많은 주제와 스타일적 특징 또한 포함하기에,
사실 그의 초기 작품부터 마지막 작품을 관통하는 강한 연속성
이 있다고 할 수 있다.

「어느 투쟁의 기록」

카프카가 1904년과 1910년 사이에 간헐적으로 작업한 「어느 투
쟁의 기록」은 복합적이고 다층적인 텍스트로, 서로 다른 가닥
과 관점을 능숙하게 엮어 낸다. 이름이 밝혀지지 않은 일인칭
화자는 파티에서 그의 애인에 대해 말해 주는 지인을 만난다.
그들은 함께 파티장을 떠나 야밤의 도시를 정처 없이 떠돈다.
중간 부분에서, 플롯은 초현실적인 쪽으로 방향을 튼다. 화자
는 그 지인의 어깨에 말을 타듯 올라타곤 도시를 벗어나 숲으
로 가게 한다. 거기서 그는 '탄원자'라는 다른 캐릭터와의 만남
에 대해 이야기하는 어마어마하게 뚱뚱한 남자를 만난다. 이
중간 부분의 끝에서 뚱뚱한 남자는 폭포 아래로 쓸려 가고, 이
야기는 숲을 거닐면서 대화를 계속하는 원래의 화자와 그의 지
인에게 돌아온다.

대부분의 등장인물들은 고유의 이름보다는 별명으로 언

급되는데, 이는 표현주의 드라마에서 일반적으로 사용되는 기법으로, 등장인물 유형이 보다 일반적인 사회적 역학을 대표한다. 표현주의 연극은 종종 아버지와 아들 간의, 사회 계층 간의, 혹은 세대 간의 갈등을 중심으로 돌아간다. 제목에서 알 수 있듯 이 모티프는 「어느 투쟁의 기록」에서도 중심적이지만, 여기서 투쟁은 명시적으로 사회적이거나 정치적 차원을 점유하지 않고 대부분 심리학적 차원에 머문다. 첫 번째 부분에서 내성적인 화자는 명랑하고 외향적인 지인에게서 벗어나고자 애쓰지만, 두 번째 부분에서는 그가 지인의 어깨에 올라타더니 유쾌하게 무심한 척하면서 갑자기 우위를 점한다. "나는 웃었고 용감히 몸을 떨었다."(CSS 21/NS I 73) 다른 곳에서와 마찬가지로 여기에서 등장인물 간의 관계는 적대적이면서도 불안정하고 갑작스러운 반전을 겪는다.

그렇다면 '투쟁'은 본문의 핵심 단어이지만, 이 제목은 문체적 특성을 가리키기도 한다. '기록/묘사'Beschreibung라는 용어는 관습적으로 사실주의적 내러티브를 암시하고, 사실 이 이야기는 거리의 이름과 다른 주요 지형지물에서 알 수 있듯이 그 시대의 프라하를 알아볼 수 있게끔 배경으로 하는 카프카의 유일한 텍스트이다. 그러나 이러한 현실주의적 설정은 현실과 상상의 경계가 모호해지는 점점 더 희한한 이야기의 배경을 형성한다. 따라서, 화자는 그의 기분에 맞게 주변 풍경을 바꿀 수 있고, 중간 부분의 인물들인 뚱뚱한 남자와 탄원자는 화자의 상상의 산물보다도 덜 실제적인 인물들이다. 흥미롭게도, 화자가 도시를 떠나 프라하 한가운데 있는 휴양지인 로렌치베르크(페트르진)로 가면서 이야기는 더욱 꿈결 같아진다. 도시가 사회적 관계의 영역인 반면, 자연은 마음의 비이성적 충동을 일으킨다. 우리가 보게 될 것처럼, 도시와 시골의 대조는 『관찰』과 「시골의 결혼 준비」 모두와 같이 카프카의 초기 글에서 반복되는 주제이다.

「시골의 결혼 준비」

「시골의 결혼 준비」(1906~1907; 1909)는 「어느 투쟁의 기록」보다 더 관습적으로 사실적인 텍스트이다. 젊은 남자인 에두아르트 라반은 베티라는 소녀와 약혼하고, 그녀를 방문하기 위해 도시에 있는 그의 아파트를 떠나 시골로 여행한다. 카프카가 소설이라 언급한 이 텍스트는 미완성이다. 이 텍스트는 라반이 해가 진 후 마을에 도착하자마자 중단된다. 베티 자신은 결코 모습을 드러내지 않는다. 따라서 사실상의 줄거리는 매우 간단하다. 삼인칭 서술의 상당 부분을 도시와 라반이 여행 중에 만나는 사람들에 대한 묘사가 차지한다. 이 텍스트는 도시의 거리 장면으로 시작되는데 이 장면은 행인, 그들의 외모, 신체 언어와 행동을 연상시킨다. 이 모든 것은 카프카가 가장 좋아하는 책 중 하나였던 귀스타브 플로베르의 『감정 교육』(1869)과 같은 현실주의 소설의 영향을 반영하는 초연한 시각에서 묘사된다.

그러나 이 텍스트는 외부 세계를 설명할 뿐만 아니라 우리에게 주인공의 마음에 대한 자세한 통찰을 제공한다. 라반은 약혼자에게 거리감을 느끼고 — 그는 그녀의 눈 색깔조차 기억하지 못한다 — 방문의 전망을 두려워한다. 이 불안감은 시골에 대한 본능적인 혐오감과 뒤섞여 있다. 활기찬 도시와 대조적으로 시골은 조용하고, 어둡고, 불가해하면서도 묘하게 매혹적이다.

철로의 반대편에 있는 포플러 나무들 뒤에는 숨 멎게 어마어마한 풍경이 있었다. 빈터를 통한 어두운 광경이었을까, 숲이었을까, 연못이었을까, 아니면 사람들이 이미 잠들어 있는 집이었을까, 교회 첨탑이었을까, 아니면 언덕 사이의 협곡이었을까? 아무도 감히 그곳에 갈 엄두를 못 내겠지만, 또 누가 스스로를 억제할 수 있을까?(CSS 67/NS I 36~37)

시골 풍경에 대한 라반의 양가적 반응은 약혼녀에 대한 그의 태도를 반영한다. 결혼은 아직 펼쳐지지 않은 미지의 영역이고, 주인공을 집어삼킬 위험이 있으나, 시골과 마찬가지로 매력이 없는 것은 또 아니다. 라반은 카프카 텍스트들에 등장하는 일련의 독신자들 중 한 사람이다. 그들에게 — 카프카 자신에게 그러하듯 — 결혼은 대단히 양가적인 가망에 다름 아니다. 동료애와 안정감을 떠올리게 하는 상태이지만 또한 책임감이라는 속박을 연상시키기도 하기 때문이다.

라반은 자신의 시골 방문에 대해 고민하느라 많은 시간을 보내고, 그 방문을 연기할 궁리를 하느라 애쓴다. 그는 자신이 직접 가는 대신, 그의 '옷을 입은 몸' 같은─ 그 자신이 침대에 누워 있는 동안 그의 사회적 의무를 살피는─ 대체물을 보낼 수 있지 않을까 상상한다. "침대에 누워 커다란 딱정벌레, 사슴벌레나 왕풍뎅이의 모양을 상상해 보는 거지."(CSS 56/NS I 17~18)『변신』에서 딱정벌레로의 변신이라는 모티프는, 환상에서 현실로 승격되는 과정에서 안락한 도피주의의 분위기를 잃게 된다.

초기 일기: 창의적인 실험실

이 두 가지 예가 보여 주듯, 젊은 카프카는 매우 다양한 스타일과 문학적 기법을 실험하였고, 면밀히 관찰하는 사실주의와 내면을 바라보는─ 어떤 점에서는 꿈결 같거나 초현실주의적인─ 글쓰기 방식 사이를 오간다. 이 두 가지 요소가 카프카의 문학적 발전에서 중요한 역할을 하는 또 다른 텍스트적 매체에도 있으니, 바로 그의 일기이다.

그의 현존하는 일기의 절반은 독일 비평판에서 1,000페이지 이상에 달하며, 1912년까지 거슬러 올라간다. 그의 일기는 작가 지망생인 카프카가 글쓰기 루틴을 확립하게 하는 데 도움을 주었고, 그의 글쓰기─ 그가 창작 글쓰기로 이어지길 바란─에 일종의 속력이 붙게 하였다. 일기의 주된 목적은 일상의 사건을 기록하는 것이 아니라, 관찰과 성찰의 연습이었다. 카프카는 그의 내면 상태와 그의 문학 작품에 대해 언급하고, 영향과 영감에 주목한다. 게다가 꿈, 백일몽 또는 반의식적semi-conscious 생각과 환상을 기록할 때 그는 자기 마음의 전-이성적인 부분을 파고든다. 비록 카프카의 산문 스타일이 냉정하고 제어되어 있음에도, 그의 창의적 접근은 글쓰기 과정에 대한 정신의 의식적 통제를 느슨하게 하기 위한 자동기술écriture automatique 혹은 초현실주의 기술과 어느 정도 유사성을 갖는다.

내면을 바라보는 성찰은 초기 일기의 중요한 구성 요소 중 하나이지만 또한 관찰의 연습이기도 하다. 카프카는 일상생활에서 마주치는 ─ 특히 보헤미아의 여타 지역, 독일, 이탈리아 그리고 프랑스를 여행하며 만나는 ─ 광경들과 사람들을 묘사한다. 특별한 영감의 원천은 배우 이착 뢰비가 이끄는 이디시어 연극 그룹을 방문한 것이었다. 카프카는 1911년에서 1912년에 걸친 가을과 겨울 이들의 공연에 정기적으로 참석했다. 그는 배우들의 바디랭귀지와 얼굴 표정 같은 비언어적 요소들을 강조하면서 그가 받은 인상을 매우 상세하게 기록한다. 이 일기 기재 사항들은 제스처가 중심적인 역할을 하는 그의 후기 문학 텍스트를 예상케 하며, 이야기에 불가해한 층을 추가한다.

카프카는, 그의 친구들이 증언하듯, 예술에 깊은 관심을 가진 시각 지향적인 사람이었다. 사실, 그는 막스 브로트가 회상하듯 재능 있는 데생 화가이기도 해서 학생 시절 강의 노트 여백에 그림을 그리곤 하였다. 표현적인 포즈로 포착된, 펜과

그림 2 | 카프카의 그림

잉크로 그린 그의 아이코닉한 중성적 인물 그림들의 상당수는 그의 학생 시절로 거슬러 올라가고(그림 2 참조) 그림은 아마도 글쓰기에 대한 반대 항으로 그의 취미 중 하나로 남았다. 주로 사람들을 그린 작은 스케치는 그의 노트, 일기, 편지와 엽서에서 찾을 수 있다. 카프카의 또 다른 관심사는 (덜 실용적이긴 했어도) 사진이었다. 그는 스스로가 카메라를 소유하지는 않았던 것 같지만 예리한 시선을 가지고 있었고, 특히 펠리체 바우어와의 서신 교환에서 분명히 나타나듯 사랑하는 사람의 사진에 대해 거의 충족 불가능한 갈망을 보여 주는 사진 수집가였다. 그의 편지에서 알 수 있듯이, 사진들은 카프카에게 직접적이라기보단 수수께끼 같고 때로는 심지어 현실에 대해 소외시키는 관점을 제공했다. 하지만 사진의 불안한 본질에도 불구하고 카프카는 사진을 다른, 심지어 더 최근의 시각 매체와 호의적으로 대조했다. 보헤미안의 프리트란트 타운으로 가는 출장에서 카프카는 삼차원 혹은 '입체' 사진이라 불리는 슬라이드 쇼인 「카이저 파노라마」Kaiser Panorama를 방문했다. 그의 일기에서, 이 방문에 대한 설명은 영화와 사진 사이의 비교를 촉발한다. "사진은 눈에 현실의 모든 휴식을 제공하기에 영화관에서보다 훨씬 생생하다. 시네마는 휴식 없는 움직임을 그 속의 이미지들에 전한다. 눈의 휴식이 더 중요해 보인다."(D 430/TB 937) 카프카는 열광적인 영화 애호가였고, 일기에서 그는 종종 그의 영화 관람에서 특정한 장면을 포착하고자 애쓴다. 이 인상들이 너무 빨리 움직이고 규정하기 힘든 것으로 밝혀지긴 하지만 말이다. 20세기 초, 작가들은 영화라는 새로운 매체에서 영감을 얻어, 예컨대 대조적인 이미지들의 문학적 '몽타주'를 통하여 영화적 방식으로 글을 쓰려고 노력했다. 그러나 「카이저 파노라마」 쇼에 대한 카프카의 일기 속 설명이 보여 주듯, 그는 이 매체의 문학적 잠재력에 대해서는 회의적이었다. 그에게 사진의 정적인 성격은 약점이 아니라 장점이었고, 그것은 보다 사색적이고 통제된 인식 방식의 범위를 제공하였다. 현대 생활의 복잡성을 묘사하기 위해, 작가는 속도를 줄이거나 또는 뚜렷한 이미지로 인상의 흐름을 저지할 수 있어야 하는데 바로 이것이 카프카가 자신의 픽션에서 하는 일이다.

이 과정은 「시골의 결혼 준비」에서 그 흔적을 찾을 수 있다. 도입부의 거리 장면은 이 기획을 중단한 뒤 2년 후인 1909년에 카프카가 텍스트로 돌아와 두 가지 새로운 도입부를 시도하였기에 총 세 버전으로 존재한다. 초기의 버전이 끊임없이 변화하는 장면으로, 세부 사항 없이 스케치된 사람들과 차량이 뒤섞이는 반면에, 세 번째 버전에서는 이 유동성이 자기 자신을 포함하는 서사 '프레임'의 연속으로 대체된다. 「카이저 파노라마」에 대한 자신의 논평을 예기하며 카프카는 몇몇 보행자들에게 각각 분리된 단락을 부여하며 클로즈업하지만 이 마지막 버전은 또한 가장 짧고, 오프닝 장면 너머로는 발전하지 않는다. 이 세 번째 시도 후에 카프카는 이 소설 프로젝트를 영영 포기하고 그 대신 더 짧은 산문 형식을 시도했다.

『관찰』

카프카는 그의 첫 번째 책인 『관찰』의 출판으로 지금까지의 그의 문학적 업적을 살펴본다. 1912년에 출판된 이 책에는 열여덟 편의 짧은 산문 텍스트를 모아 놓았는데, 그중 가장 이른 것은 적어도 1906년으로 거슬러 올라간다. 그중 네 편은 「어느 투쟁의 기록」에서 발췌한 것이고, 다른 글들은 일기에서 가져온 것이다. 텍스트는 형식, 스타일, 주제 면에서 매우 다양하다. 몇몇은 보다 관습적인 의미에서 그렇지만, 다른 것들은 줄거리나 눈에 띄는 등장인물을 거의 가지고 있지 않다. 이 책의 제목은 카프카 초기 작품의 두 가지 주요 구성 요소들을 요약한다. 독일어 Betrachtung은 '사색', '명상'은 물론 '관찰'도 의미한다. 두 가지 의미 모두 컬렉션 전체에 반영되며, 보다 추상적이고 성찰적인 작품과 함께 면밀히 관찰된 장면들을 담고 있다.

비록 카프카가 그의 첫 번째 책에 대해 양가적으로 느꼈고, 그가 고른 짧은 텍스트들이 정말 출판될 만한지에 대해 확신하지 못했음에도, 『관찰』은 그 시대의 문학적 풍토에 상당히 잘 어울렸다. 짧은 산문 쓰기는 작가들이 새로운 서술 형식과 기술을 실험했던 20세기 초에 번성한 장르였다. 도시의 빠른 속도는 19세기 현실주의의 전형적인 포괄적이고 통일된 표현을 거스르는 인식의 단편적 모드를 초래했다. 하지만 짧은 산문 텍스트는 단지 현대 생활의 불균형을 반영하는 것일까? 빈의 작가 알프레트 폴가는 그의 에세이 「작은 형식」The Small Form(1926)에서 짧은 형식이 "짧은 호흡에 필요한 효과"일 수 있

다는 사실을 인정하면서도, 이 방식의 글쓰기를 "오늘날 요구
되는 글쓰기에 완전히 적합하다"고 옹호하며, 짧은 텍스트들
이 "쓰여진 고층 건물들"보다 "시대의 긴장과 필요"에 더 잘 맞
는다고 주장한다.[8] 이 주장은 비평가 발터 벤야민에 의해 반복
된다. 그에게 짧은 산문은 "근엄하고, 섬세하며, 얼굴 없는 것"
에 대해 절실히 필요한 감수성을 길러 주는 것이었다.[9] 『관찰』
은 10년 이상 앞서 등장했음에도, 이러한 언급들과 조화를 이
룬다. 이 책에 실린 텍스트들은 종종 짧은 만남, 일시적인 기분
그리고 보통 모르고 지나치게 되는 눈에 띄지 않는 세부 사항
들을 중심으로 돌아간다. 많은 작품들이 의도적으로 일관성이
없고, 내러티브의 운동성은 클라이맥스나 해결 없이 사그라든
다; 그 밖의 작품들은 줄거리조차 없고 종종 '만약 ~라면'과 같
은 구성을 포함하는 사고 실험에 가깝다. 텍스트의 '작음'과 명
백한 단순함 속에, 『관찰』 텍스트는 우리 주변의 '엄숙하고, 섬
세하며, 얼굴 없는 것들'에 주목한다. 그러나 그렇게 함으로써,
이 텍스트는 불확실성과 위기의 근본적 분위기를 암시하며 인
간의 상태에 대한 보다 큰 질문을 제기한다. 이것은 이 책의 마
지막 페이지에 실린 두 편의 가장 짧은 텍스트에서 드러난다.

8 Alfred Polgar, "The Small Form", *The Vienna Coffeehouse Wits, 1890-1938*, ed., trans. and intro. Harold B. Segel, West Lafayette, IN: Purdue University Press, 1993, pp. 279~281 (p. 280).

9 Walter Benjamin, "Drei Bücher", *Gesammelte Schriften*, ed. Rolf Tiedemann and Hermann Schweppenhäuser, 7 vols., paperback edn., Frankfurt/Main: Suhrkamp, 1991, III, pp. 107~113 (p. 110).

「인디언이 되고 싶은 마음」에서 운동 감각이 묘사되는 반면, 「나무들」에서는 뿌리와 안정성이 묘사되거나 혹은 그런 것처럼 보인다. 사실상, 두 텍스트는 자신의 전제를 무효로 만든다.

「인디언이 되고 싶은 마음」은 바라는 환상을 묘사하는 한 문장으로 구성되어 있다. 해설자는 말을 타고 있는 인디언이 되기를 갈망하지만, 이 이미지에서는 모든 구별되는 특징들이 점차 제거된다.

진짜 인디언이라면, 달리는 말에 서슴없이 올라타고, 비스듬히 공기를 가르며, 진동하는 땅 위에서 이따금씩 짧게 전율을 느낄 수 있다면, 마침내는 박차도 없는 박차를 내던질 때까지, 마침내는 고삐 없는 말고삐를 내던질 때까지, 그리하여 앞에 보이는 땅이라곤 매끈하게 다듬어진 광야뿐일 때까지, 벌써 말 목덜미도 말 머리도 없이.(M 15/DL 32~33)

미국 서부, 카우보이와 인디언에 대한 이야기와 영화들은 카프카의 시대에 매우 인기 있었다. 그들은 사회적 관습의 손을 타지 않은 보다 진정한 삶에 대한 모험심을 전달했다. 그래서 인디언이라는 인물은 가시적인 문화적 기준점을 제공하지만, 이 전제는 말타기가 점점 더 추상적이 되면서 해체된다. 기수는 거의 눈에 보이지 않는 풍경을 가로질러 달리며 박차, 고삐 그리고 결국에는 그의 말까지 버린다. 인디언이 되고 싶은 마음은 이 정체성을 구성하는 특징들이 점차 제거되는 추상화의 과정으로 실현된다. 텍스트는 시작하기 위해 현실적인 명분을 사용하지만 내러티브가 저절로 계속되면서 이 수단을 점차 포기한다. 남은 것은 순수한 움직임의 감각일 뿐이니, 이 움직임이란 공간을 가로지르는 것이면서도 텍스트의 움직임이기도 하다. "매끈하게 다듬어진"의 매끄러움은 펜이 자유롭게 미끄러질 수 있는 빈 페이지와 유사하지만, 마지막 사실주의적 기준점이 포기되면서 텍스트는 멈춘다.

더 짧은 글인 「나무들」은 「인디언이 되고 싶은 마음」이 갖고 있는 추진력을 유지하면서도 지연시키면서 이 작품에 답한다. 이 글은 마치 주장이나 질문에 대한 응답에서와 같이 "왜냐하면"Denn으로 시작한다. 이 오프닝은 즉각적이면서도 불안정한 느낌을 준다.

왜냐하면 우리는 눈 속의 나무줄기와도 같기에. 겉으로 보기에 그것들은 미끄러질 듯 놓여 있는 것 같아서 살짝만 밀어도 밀어내 버릴 수 있을 것만 같다. 아니, 그럴 수는 없다, 그것들이 땅바닥에 단단하게 결합되어 있기에. 그러나 보라, 그것마저도 그저 그렇게 보일 뿐이다.(M 15/DL 33)

「인디언이 되고 싶은 마음」이 말을 타는 속도를 반영하는 하나의 긴 문장으로 구성되어 있는 반면, 「나무들」은 네 개의 짧은 문장들로 구성되어 이 글을 보다 침착하게 만들면서도 더 멈칫거리게 한다. 이 텍스트는 눈 속에 나무줄기의 이미지를 세 단계로 정교화한다. 이것은 나무와 나무의 뿌리에 대한 사전 지식이 없는 관찰자에게 보이는 피상적인 첫인상으로 시작한다. 그러고 나서 상식적인 관점으로 이것이 어떻게 묘사될 수 있을지로 대응한다. 그러나 마지막 문장은 환상과 현실에 대한 겉보기에 분명한 대립을 뒤집는다. 직접적인 어조로, 독자에게 두 번째 해석 자체가 그저 환상일 뿐이라고 하는 것이다. 이 주장은 원점으로 돌아온 것처럼 보이지만, 최종 주장은 첫 번째 주장을 명시적으로 복귀시키지 않으면서 두 번째 주장을 폐기할 뿐이다.

깊이와 표면, 진실과 외양의 이 유희는 현기증 나는 효과를 갖는다. 텍스트가 겉으로 보기에는 안정적인 주제를 다룸에도, 이는 자체적으로 불안정한 모멘텀을 만든다. 일단 우리가 수수께끼 같은 결론에 도달하면, 우리는 우리 자신이 다시 처음으로 돌아와 있다는 것을 알게 된다. 우리가 눈 속의 나무줄기와도 '같다'는 것이 무엇을 의미하는가? 만약 본문이 일종의 알레고리로 의도된 것이라면, 그것은 명확한 교훈이나 결론을 제공하지 않는다. 「인디언이 되고 싶은 마음」에서처럼, 어떠한 확신의 감각도 텍스트의 모멘텀에 의해 무너진다. 비록 독자로서 — 인간으로서 — 우리는 의미와 안정성을 찾지만, 두 텍스트 모두가 암시하듯 이는 상상의 도약에 의해 기각된다. 이 도약은 해방적일 수 있지만, 불안정성과 불확실성도 야기할 수 있다.

「나무들」과 「인디언이 되고 싶은 마음」은 『관찰』의 몇 가

지 핵심적 특징들을 전형적으로 보여 준다. 많은 카프카의 초
기 텍스트는 언뜻 보기에는 복잡하지 않은 것처럼 보이지만,
나무줄기처럼 숨겨진 깊이를 가지고 있다. 종종 사건들이 조건
부로 이야기되면서 가설적 성격을 부여하는 반면에, 다른 곳에
서 현실은 환상에 완벽하게 합쳐진다. 일부 텍스트들은 비인
칭 대명사 '사람'(독일어: man, 영어: one) 또는 집합적 '우리'(독일
어: wir, 영어: we)를 사용하여 독자들을 그들의 성찰 속으로 끌어
들인다. 어떤 작품들은 열린 채로 남아 있고, 또 다른 작품들에
서는 결말이 이전에 나온 것들의 기반을 약화시킨다. 전반적으
로,『관찰』은 독자들이 각각의 개별 텍스트에 대한 자신의 위
치를 재평가하도록 요구하면서 단편적이고 살짝 어지러운 독
서 경험을 만든다.

『관찰』의 이야기들은 이동과 정체 사이에서 진동한다. 도
시를 떠돌던 인물들이 조용한 집으로 돌아오는 반면, 정적인
관찰자는 산책자flâncurs로 변한다. 도시를 걷는 것은 삶의 단조로
움을 벗어나는 한 가지 방법이다. 또 다른 탈출 경로는 환상과
상상의 세계로 인도하지만, 두 전략 모두 외려 갈피를 못 잡게
할 수 있다. 실제로, 카프카의 많은 인물들이 자신과 주변으로
부터 소외되어 불확실함을 느낀다.

대표적인 예가 "이 세상, 이 도시, 내 가족에서 나의 지위
가 완전히 불확실한"(M 12/DL 27)「승객」의 주인공이다. 그가
여행하는 전차의 움직임은 이러한 불안정성을 구체화하면서
도, 그의 시선이 한 소녀에 의해 포착되면 분위기가 바뀐다. 그

녀는 "마치 내가 그녀를 만져 보기라도 한 것처럼 내게 확실하게 보"이고(M 12/DL 27) 이어지는 것은 그녀의 몸에 대한 침범 수준의 상세한 묘사이다. 이러한 분위기의 변화는 등장인물들이 그들의 주의를 사로잡는 어떤 광경에 의해 갑작스럽게 자의식에서 밀려나는 카프카의 초기 작품에서 전형적이다. 도시는 어떤 이들에게는 에로틱함으로 가득 차 있고, 또 다른 이들에게는 재앙인, 온갖 마주침의 장소이다.

「사기꾼의 탈을 벗기다」에서, 주인공은 사기꾼의 접근에 넘어가 희생양이 될 뻔한다. 반면, 「스쳐 지나가는 사람들」에서는 한 사람이 다른 사람에게 쫓기는 광경은 단순히 이 쫓기는 상황 뒤에 있는 가능한 이유를 사색하는 구경꾼에게는 아무런 반응을 일으키지 않는다. 하나의 해석을 결정할 수 없어서, 그는 아무것도 하지 않는다. 여기에서는 다른 곳에서와 마찬가지로 성찰이 행동을 방해한다. 이 텍스트는 개인적인 관점으로부터 이야기되지 않고, 비인칭의 구성("어떤 사람이 밤에 산책로를 따라 거닐 때…"(M 12/DL 26))을 포함하며, 이는 이야기에 가설적 차원을 부여한다.

이 구조는 여러 텍스트에서 사용된다. 「갑작스러운 산책」에서는 밤 동안 집이 잠긴 후에 산책을 나가고자 하는 즉흥적인 결정이 자유와 득의의 감각을 깨운다. 이 텍스트가 결론짓듯 "만약 늦은 시간에 어떤 이가 자기 친구를 찾아가 그가 어떻게 지내는지를 본다면, 이 모든 것은 더욱 강렬해질 것이다".(M 8/DL 18) 도시를 거닐기 위해 집을 나서는 것은 사회성의 가능성을 내포한다. 도시의 북적거림에서 집의 외로움으로 향하는 반대의 움직임은 「상인」과 「집으로 가는 길」에 묘사되어 있다. 후자의 이야기에서, 거리를 걷는 화자는 도시를 활기차게 걸어가면서 주변과 한 몸이라고 느끼지만, 일단 집에 도착하자 그의 기분은 갑작스럽게 바뀐다. "나의 방에 들어오면 나는 조금 생각에 잠긴다. 그렇다고 층계를 올라오며 생각할 만한 것을 발견한 것도 아니다. 창문을 활짝 열어도, 정원에서 여전히 연주되는 음악도, 내겐 그다지 도움이 되지 않는다."(M 11/DL 25~26) 방의 고독 속에서, 외부의 자극이 없는 상태에서, 자아는 빈 껍데기로 밝혀지고, 심지어 다른 이야기에서는 외부 세계와의 연결을 제공하는 창문도 이 공허감을 메울 수 없다.

바깥의 북적임과 대비되는 내면의 공허함은 여러 주인공들에게 나타나는 유령이다. 이 모음집에서 가장 뼈아픈 글 중 하나는 「독신자의 불행」이다. 이 글은 몸이 아프게 되면 "몇 주일씩이나 텅 빈 방을 바라보아야 하는"(M 9/DL 21) 나이 든 독신자의 외로운 삶을 그린다. 다시 한 번, 이 상황은 사고 실험으로 제시된다. 화자는 그런 삶을 사는 것이 어떨지 상상해 보려고 애쓰고 "그렇게 될 게지. 다만 오늘날이나 후에는 실제에서도 하나의 육신과 하나의 진짜 머리, 그러니까 손으로 치기 위한 이마를 가지고 있는 존재로 서 있으리란 것을 제외하곤 말이다"(M 9/DL 21)라고 결론짓는다. 이 텍스트는 「인디언이 되고 싶은 마음」에 대응 항을 형성한다. 후자의 글에서 말의 머리를 포함한 물리적 현실은 점차 폐기되는 반면, 「독신자의 불행」에서는 이것이 강조되어 재확인된다. 여기서, 실제 머리는 이 상상 속 미래의 자아를 화자의 — 그리고 독자의 — 현재의 실제 몸과 연결시킨다. 카프카의 사고 실험은 종래의 이야기들과 비교했을 때 보다 추상적이고 다층적이지만, 놀랍게도 즉각적일 수 있어서 특정 상황에 대한 우리 자신의 반응에 직면하도록 강요한다.

『관찰』의 대부분의 텍스트는 도시를 배경으로 하고 있지만 그 대응점으로 이 모음집에는 또한 시골을 배경으로 한 이야기도 포함되어 있으며, 특히 오프닝 작품인「국도의 아이들」이 그러하다. 여기서, 자연은 보다 진정성 있고 목가적인 존재를 의미한다. 그 텍스트는 몽환적인 분위기를 갖는다. 여름 저녁, 이 어린 화자는 부모님의 정원에서 그네에 앉아 들판에서 일을 마치고 집으로 돌아오는 길에 그의 집을 지나가는 사람들을 하릴없이 바라본다. 그(또는 그녀 — 화자의 성별은 언급되지 않는다)는 또한 저녁 식사를 위해 집으로 들어가기 전에 새들의 비행을 눈으로 따라간다.

이 오프닝은 관찰자가 홀로 창밖의 북적임을 바라보는 『관찰』의 도시에 대한 텍스트들과 어느 정도의 유사성을 갖지만, 여기서의 설정은 목가적 — 거의 낙원 같은 — 이며, 어린 주인공은 카프카의 도시 거주자들 특유의 불안감을 전혀 나타내지 않는다. 이 아이는 저녁 식사 후 집 밖에 모인 친구들이 부르자 홀로 있다가 무리에게로 자연스럽게 이동한다. 아이들이 도랑에 뛰어들기 위해 너도나도 시골길을 달려 내려가면서

집 안의 장면이 한밤중의 모험으로 변한다. 이야기는 아이들이 서로에게 박차를 가하는 짧은 대화로 중단된다. 반복되는 명령어 "이리 와!"는 무한한 에너지와 추진력을 전달한다. 정말이지, "아무것도 우리를 막을 수 없었다".(M 5/DL 12) 이 중간 부분에서 이야기의 관점이 '나'에서 '우리'(그리고 비인칭 '사람'_one 으로도)로 바뀐다. 아이들은 어른의 세계와 구분되는 그들 자신의 공동체를 형성하였다. 이는 역할극 ── 그들은 이국적인 동물, 군인 그리고 인디언이 된다 ── 그리고 노래하는 것을 포함한다. "당신의 목소리가 다른 사람들과 합쳐질 때, 그것은 낚싯바늘에 이끌려 가는 듯했다."(M 5/DL 13) 이러한 공동체 의식은 카프카에게 거의 돌아오지 않을 이상적인 것이지만 노래가 공동체를 형성하는 힘은 그의 마지막 이야기인 「요제피네, 여가수 또는 서씨족」(1924)에서 다시 언급된다. 하지만 「국도의 아이들」이 정원에서 혼자 있는 아이로 시작되는 것처럼, 이 이야기는 좀 더 개인주의적인 분위기로 끝난다. 다른 아이들이 집으로 돌아왔을 때, 화자는 마을 전설에 따르면 잠을 자지 않는 사람들의 고향인 대도시를 향해 여행을 시작한다. 여기서 그는 멀리서 지나가는 환히 조명이 켜진 기차의 모습에서 영감을 받았을지도 모른다. 이야기는 정원의 독립된 낙원에서 열린 나라로 옮겨 가고, 주인공이 미지의 세계로 여행을 떠나면서 주인공을 떠난다.

모음집의 마지막 작품인 「불행」에서는 오프닝 스토리의 여러 모티프가 다시 나온다. 「국도의 아이들」에서처럼, 이는 일인칭 화자가 들려주는 실질적인 이야기이다. 다시 한 번 카프카는 외로운 총각의 모습으로 돌아가지만, 이번에는 초현실적인 반전이 있다. 내적 혼란의 상태에서, 일인칭 화자는 '경마장'처럼 자신 앞에 뻗어 있는 자신의 방을 서성이고 있다.(M 15/DL 33) 「인디언이 되고 싶은 마음」에서와 같이, 이 동작의 역동성은 첫 단락을 구성하는 긴 문장 하나로 전달된다. 처음에 화자는 자신의 불행에 몰두하지만, 한 아이가 그의 방에 "작은 유령으로"(M 15/DL 34) 들어서자 이 상태에서 벗어난다 ── 수수께끼 같은 표현인데, 이는 이 방문자의 정체를 감질나게 할 정도로 모호하게 남긴다. 이것은 진짜 아이인가, '진짜' 유령인가 혹은 화자의 상상력의 산물인가?

화자가 어린 방문객과 이어 나가는 대화는 모호하고 앞뒤가 맞지 않아 실제 대화가 아닌 내면의 독백을 닮았다. 화자는 자신을 소개하며 그의 손님이 정말 그를 보고 싶었는지 묻고는 그러면서도 아이가 늦었다고 비난한다. 그는 이웃들이 자신의 방문객에 대해 알게 될까 봐 걱정하다가, 다소 긴장된 대화 도중에 갑자기 촛불을 켜려고 테이블에 마치 혼자인 것처럼 앉는다. 마침내, 그는 자신의 방을 나와 계단에서 다른 세입자와 대화를 나누는데, 그는 자신의 유령 같은 방문자에 대해 말하면서 "그럼 내가 정말 유령을 믿는다고 생각하시나요? 하지만 믿지 않는다고 해도 무슨 소용이 있겠습니까?"(M 18/DL 38)라고 선언한다.

「불행」은 내면과 외면, 상상과 현실 사이를 오간다. 자신

의 방을 서성일 때, 화자는 자기 반영의 깊은 곳까지 끌려가고,
이 모티프는 이어지는 아이와의 대화에서 계속된다. 아이에게
그는 다음과 같이 말한다. "당신의 본성은 나의 본성입니다. 그
리고 내가 만약 본성에 의해 당신에게 친절하게 행동한다면,
당신도 달리 행동해서는 안 됩니다."(M 17/DL 37) 성별이 불확
실한 이 아이는 화자의 상상력을 형상화한 것일 수 있지만 그
의 도플갱어나 또 다른 자아이기도 하며, 어쩌면 화자 자신의
어린 시절 자아를 형상화한 것일 수도 있다. 아이를 모티프로,
「불행」은 맨 처음 이야기로 거슬러 올라간다.「국도의 아이들」
이 여름 목가를 묘사하는 반면,「불행」은 암울한 11월 밤을 배
경으로 한다. 자유와 공동체의 시간이었던 어린 시절은『관찰』
의 끝에서 유령 같은 망령으로 되돌아오며, 행복한 기억이 아
닌 화자 마음의 어두운 면을 형상화한다. 그가 이웃에게 말한
것처럼, "본래의 불안은 유령의 원인에 대한 불안입니다. 그리
고 그 불안은 여전히 남아 있습니다".(M 18/DL 38~39)
　함께 읽어 보면『관찰』의 작품들은 성숙과 쇠퇴의 이야기
로, 어른이 되는 이야기를 들려준다. 행복한 아이는 외로운 독
신남이 되기 위해 마을을 떠나 도시로 향한다. 그렇기는 하지
만,「국도의 아이들」이 차후의 텍스트들에서 다시 등장하는 인
디언의 형상과 지나가는 사람들의 관찰과 같은 다양한 모티프
를 포함하고 있는 것처럼, 어린 시절부터 성인 시절까지 마을
에서 도시로 향하는 것은 젊은 화자의 의식적인 이동이다. 그
를 도시로 유혹하는 것은 절대 잠이 들지 않는 사람들이 살고

있다는 사실이다. 이 사람들, 즉 "바보들"(M 5/DL 14)은 초기의 글과 그 너머에서 카프카 텍스트를 채우고 있는 인물들이다. 그의 작품들은, 숙면을 취할 수는 없지만 그들의 불행한 삶이 카프카의 문학적 상상력을 위한 토양을 제공하는 독신자, 몽상가, 방랑자 들로 가득 차 있다. 평생 불면증에 시달리던 카프카에게 밤은 영감을 주는 시간이었다. 이는, 우리가 보게 되겠지만, 친숙한 것이 언캐니하게 변하며, 어린 시절의 기억이 성인의 삶의 공포로부터 아무런 보호를 제공하지 못하는 「선고」에서 그 어느 곳에서보다 분명하게 드러난다.

「선고」와 『변신』

「선고」

「선고」의 집필은 카프카 인생의 전환점과 일치한다. 1912년 8월 13일, 그는 베를린에서 프라하를 방문하러 온 미래의 약혼녀 펠리체 바우어를 만났다. 9월 20일, 카프카는 베를린으로 첫 편지를 보냈고, 이는 그에게 가장 발전적이면서도 가장 많은 갈등을 불러일으키는 관계의 시작이 된다. 이틀 후인 9월 22~23일 밤, 카프카는 흔히 그의 약진이자 '성숙한' 첫 작품으로 간주되는 「선고」를 썼다. 가족과 친구들에게 이야기를 읽어 준 후, 카프카는 이렇게 덧붙인다. "내 눈에 눈물이 고였다. 이 이야기가 의심의 여지가 없다는 사실이 확인되었다."(1912년 9월 25일; D

214/TB 463) 보통 자기비판적인 카프카는 심지어 몇 년이 지난 후에도 이 의견을 고수하였다.

「선고」는 카프카의 가장 불안정한 텍스트 중 하나이다. 이 이야기에서 아버지는 성인이 된 아들을 갑자기 불충실함과 배신을 이유로 비난하고 그에게 물에 빠져 죽을 것을 선고한다 ── 아들은 주저하지 않고 이 판결을 받아들이다. 가족 관계가 카프카의 초기 글에서는 배경에서만 맴돌았다면, 1912~1913년에 쓰여진 텍스트에서는 이제 중심에 온다. 이 점에 있어 카프카는 혼자가 아니다. 아버지와 아들 사이의 갈등은 모더니즘 문학에서, 특히 아버지가 전형적으로 폭압적이고 시대에 뒤떨어진 사회 질서를 나타내는 독일 표현주의에서 두드러진 주제이다. 이 글들에서는 자식의 반란 ── 심지어는 부친 살해 ── 이 사회와 정치적 변화의 촉매제가 된다. 이 줄거리는 지그문트 프로이트와 그의 유명한 이론인 '오이디푸스 콤플렉스'의 어마어마한 영향력을 반영하는데, 이 이론은 자신도 모르게 아버지를 죽이고 어머니와 결혼하는 그리스 왕에 대한 소포클레스의 비극 「오이디푸스 렉스」(BC 429~BC 425년경)를 모델로 한다. 프로이트는 이 고대 그리스 비극을 어머니에 대한 어린 아들의 애정이 아버지를 경쟁자이자 적으로 간주하게 하는 현대 핵가족 내의 심리학적 역학의 청사진으로 사용한다. 「선고」를 쓴 후에, 카프카는 그의 일기에서 '물론 프로이트에 대한 생각'(1912년 9월 23일;D 213/TB 461)을 쓴다. 하지만 「선고」는 또한 중요한 방식으로 프로이트의 이론에서 벗어난다. 우선, 카프카의 가족은 어머니가 2년 전에 돌아가시면서 아버지와 아들로만 구성되어 불완전하다. 가장 중요한 것은, 이 이야기가 부친 살해와 정반대로 끝난다는 것이다. 나이 든 아버지가 아들에 대해 절대적이고 치명적인 권위를 행사한다.

겉으로 보기에는, 게오르크 벤데만은 모범적인 아들이다. 그는 부유한 여성과 약혼했고 가업을 물려받아 그 규모와 이익을 크게 늘렸다. 처음에, 우리는 그가 『관찰』 속 외로운 독신자들이 흔히 그러듯 창밖을 응시하는 것을 본다. 그러나 게오르크의 경우, 이러한 행동은 멜랑콜리가 아니라 그가 자신의 업적을 돌이켜 보면서 하는 만족스러운 성찰을 의미한다. 이러한 성찰은 사업을 시작하기 위해 러시아로 이주한 그의 어린 시절 친구에게 보내는 편지에서 촉발된다. 게오르크의 어린 시절 잔존물로서의 친구는 친숙하면서도 낯설다. 그는 아버지의 역할을 맡기 위해 게오르크가 뒤에 남겨 두어야 했던 정체성을 나타낸다. 따라서, 게오르크는 애정과 거리감 사이에서 괴로워한다. 그는 친구에게 실패한 사업을 포기하고 고향으로 돌아오라고 충고해야 하는 걸까?

따라서 이 이야기의 첫 번째 부분은 대부분 그의 친구에 대한 게오르크의 성찰을 다루고 있기 때문에 별다른 일이 일어나지 않는다. 많은 카프카 글과 마찬가지로 「선고」는 사건에 대한 주인공의 관점과 해석에 의해 채색된 삼인칭 서술이다. 이것은 그의 친구에 대한 게오르크의 이미지가 얼마나 정확한지를 판단하기 어렵게 한다. 이야기의 나머지는 대부분 대화로 구성되어 있다. 편지를 다 쓴 후, 게오르크는 아버지를 만나러 간다. 이어지는 것은 그의 친구가 다시 한 번 중심적 역할을 하는, 점점 더 초현실적이 되는 대화이다. 아버지는 아직도 가운을 입은 채로 어머니를 추모하기 위해 사당으로 변한 방에 앉아 있다. 노쇠한 기운이 역력하지만 그가 아들을 맞이하기 위해 일어났을 때, 게오르크는 "우리 아버지는 여전히 거인"(M 22/DL 50)이라고 생각하지 않을 수 없다. 그렇다면 처음부터 아버지는 강함과 약함을 함께 갖고 있는 모호한 인물이다. 고분고분 그는 게오르크가 그의 옷을 벗기게 내버려두지만, 게오르크가 아기처럼 그를 침대에 데리고 갈 때 외양과 현실 사이의 분명한 격차가 벌어진다. "그가 침대에 눕자 모든 것이 괜찮아 보였다." 게오르크가 아버지에게 물을 때 '~같아 보이다'라는 동사가 다시 나타난다. "내가 잘 덮인 거냐?" … 그러곤 게오르크의 대답에 특히 주의를 기울이는 것 같아 보였다."(M 25/DL 55) 이러한 표현은 불확실과 불안의 미묘한 감각을 만들어 낸다. 게오르크가 "걱정 마세요, 잘 덮였어요"(M 25/DL 55)라고 대답하자, 이 안심시키는 발언은 극적인 변화를 유발한다.

"아니야!" 아버지는 자기 질문에 대한 대답에 충격을 받은 듯이 이렇게 소리를 치면서 순간 이불이 완전히 펼쳐질 정도로 힘차게 걷어차고 침대에 꼿꼿이 섰다. 한쪽 손만 가볍게 천장에 대고 말이다. "네가 날 덮어 주려고 한다는 건 알고 있다, 내 자식아. 하지만 난 아직 덮이지 않았어. 그리고 마지막 힘이긴

하지만, 너 정도 상대하기엔 충분해. 그러고도 남지."(M 26/DL 56)

게오르크가 아버지가 침대에 잘 덮였고, 잘 "덮여 있다"고 안심시키려 할 때, 아버지는 이 말 뒤의 더 음흉한 의도 — 그를 영원히 덮어 (파묻어) 버리려는 게오르크의 욕망 — 를 알아차린다. 반대로, 아버지는 자신의 여전히 건장한 몸뿐만 아니라, 사업과 가족에서 그의 지위를 찬탈하려는 아들의 의도를 알아내는 능력에서 그 스스로 새로 발견한 힘을 얻는다.

언어는 그들의 투쟁의 현장이 된다. 처음에, 게오르크는 그의 친구에게 편지를 쓸 때 그가 해야 할 말과 하지 말아야 할 말을 저울질하며 언어를 통제하에 두고 있는 것처럼 보인다. 그래서 그는 "어떤 상당히 하찮은 사람과 똑같이 하찮은 어떤 아가씨와"의 약혼을 자기 자신의 일에서 정신을 분산시키는 데 사용하지만, 이 사건을 세 개의 별개의 편지에서 언급함으로써, 무심코 친구의 의심을 불러일으킨다. 이러한 '프로이디언 슬립'은 사건들에 대한 게오르크의 버전에 대항하여, 아들의 말에서 이중의 의미를 포착하고 비밀리에 그가 친구에게 편지를 써 왔다는 것을 드러내는 아버지와의 대화에서 더욱 두드러진다. 아버지가 "네가 나한테서 필기도구를 뺏는 걸 잊어서 내가 그에게 편지를 썼다"(M 27/DL 59)고 신나서 말할 때 말이다. 아버지와 아들은 문자와 구어를 둘러싼 싸움에 갇혀 있고, 이 싸움에서 아버지가 승리를 거두는 것으로 드러난다. 게오르크가 점점 더 조용해지고, 그의 대답이 혼란스럽고 효과가 없게 되자, 아버지는 낮 뜨거운 숨겨진 의미에 대한 아들의 모든 발언을 해부하면서 악의에 찬 날카로운 분석가로 변한다.

명백한 의미와 잠재적 의미, 외양과 현실 사이의 격차는 이야기 전체를 관통한다. 그의 아버지가 스스로를 친구의 대리인이라고 부를 때 게오르크는 충동적으로 '코미디언!'이라고 외치지만 곧바로 입을 닫는다. 다시, 아버지는 이 무심코 튀어나온 말을 재빨리 포착하며 "그래, 물론 내가 코미디를 한 거지! 코미디! 딱 좋은 말이야!"(M 27/DL 58)라고 언명한다. '코미디'와 '코미디언'은 이 이야기의 핵심 단어이다. 가정에서든 직장에서든, 우리가 하는 역할은 '자연스러운' 것이 아니라 시간이 지남에 따라 습득되는 것이다. 아버지의 코미디 연기는 인생을 그로테스크한 익살극으로 만들고 아버지를 자신의 아들에게 낯선 사람으로 만들기에 재미있기는커녕 심히 동요하게 한다.

그러나 이 수행적 모델에 대항하는 것은 또 다른, 정체성의 보다 '자연스러운' 개념이다. 아버지는 침대 위로 뛰어올라 게오르크를 '내 자식'(독일어로는 mein Früchtchen, '내 작은 열매')이라 부르며 이야기의 마지막 부분에서 다음과 같은 이미지를 덧쌓는다.

너는 어찌나 느리게 성장하던지! 네 엄마는 세상을 떠나야 했어. 살아서 이 기쁜 날을 보지도 못하고 말이야. 네 친구는 러시아에서 망할 게다 — 3년 전에 갠 이미 누렇게 떠서는 내다 버려도 될 정도였으니 말이다. 그리고 내가 어떻게 지내는진 네가 보면 아는 거고.(M 28/DL 60)

아버지는 인간의 삶을 묘사하기 위해 성장, 성숙 그리고 부패라는 유기적 은유를 사용한다. 그러나 게오르크의 경우, 이 자연스러운 주기는 갑자기 끊긴다. 가족과 사회에서 그에게 지정된 역할을 맡기 위해 성장한 그는 성숙하고 나이 들어 가는 것이 허용되지 않고, 전성기에 '수확'될 것이다. 가장 충격적인 것은, 아버지가 이 치명적인 궤적이 처음부터 정해져 있었고 이것이 실제로 결실을 맺기 전에 죽은 그의 어머니가 이를 간절히 기다렸다고 밝힌 것이다.

아버지의 마지막 선언은 이러한 필연성을 굳힌다. "결국, 넌 정말 순진한 아이였지 — 하지만 더 정확히는 넌 악마 같은 인간이었어! 그러니까 알아 둬라. 나는 지금 너에게 물에 빠져 죽으라고 선고한다!"(M 28/DL 60) 여기서 아버지는 아들의 인생 이야기를 출구 없는 방식으로 다시 쓴다. 어린 시절의 순수함은 악으로 바뀌어야만 하는데, 사실 둘은 똑같고 게오르크는 그의 주장의 논리에 휩쓸려 아버지의 판결을 실행하기 위해 집을 뛰쳐나온다. 그가 죽는 순간은 카프카 이야기의 쓰라린 아이러니를 강조한다. "친애하는 부모님, 저는 항상 당신들을 사랑했습니다"라고 그는 스스로 물에 뛰어들기 전에 "부드럽게" 말한다.(M 28/DL 60) 게오르크의 주장은 부모를 향한 그의 사랑을 감사히 여길 줄 몰랐던 부모에 대한 결백의 마지막 항의로 읽힐 수 있지만, 그의 운명을 봉인하는 것은 정확히 이러한 지속적인 헌신이다. 궁극적으로, 카프카의 아들들은 아버지들이 휘두르는 힘과 공격성에 의해서가 아니라, 부모들과 그들을 연결시키고 모든 저항을 쓸어버리는 감정적 유대에 의해 짓눌리고 파괴된다.

마지막 문장에서, 이야기는 게오르크의 자살로부터 멀어진다. "이 순간 다리 위에서는 정말이지 교통 왕래가 끊이지 않고 있었다."(M 28/DL 62) 독일어 Verkehr는 카프카 텍스트의 핵심 단어이다. 이 단어는 '교통'을 의미할 뿐만 아니라 '순환'과 상품, 돈, 편지, 정보 그리고 몸의 '교환' 또한 의미한다.[10] 게다가 Verkehr는 '성행위'로도 번역될 수 있고, 카프카는 친구 막스 브로트에게 마지막 문장을 쓸 때 자신이 사정에 대해 생각하고 있다고 말했다. 현대적 삶의 북적거림은 게오르크의 죽음을 삼켜 버리고, 진행 중인 창조/생식(pro)creative 활동이 그의 죽음 위를 덮어쓴다. 여기서 카프카 텍스트에서 자주 볼 수 있듯, 결말 또한 새로운 시작이다. 사실, 카프카에게 「선고」는 창조적 활동의 폭풍을 촉발하였다. 그는 펠리체 바우어와 열렬한 서신 교환을 시작하였고, 그 후 몇 개월에 걸쳐 그의 첫 번째 소설인 『실종자』와 중편 소설 『변신』도 집필하였다.

---

10 카프카 작품에 대한 개념의 중심성에 대해서는 다음을 참조하라. Mark Anderson, *Kafka's Clothes: Ornament and Aestheticism in the Habsburg Fin de Siècle*, Oxford: Oxford University Press, 1992, pp. 22~23과 여러 곳.

이 창조적인 추진력은 또한 그 자체로 비판적 자기 성찰로 나타난다. 카프카는 「선고」를 하룻밤 사이에 썼고, 그것을 끝낸 직후 이 경험을 묘사하고자 한다.

끔찍한 긴장과 기쁨, 어떻게 이야기가 내가 물속에서 나아가는 것처럼 내 앞에서 전개되었던지. 이 밤 동안 나는 몇 번이고 내 스스로의 무게를 등에 지고 있었다. 어떻게 이 모든 것이 감히 행해질 수 있는지, 어떻게 모든 것을 위해, 가장 이상한 생각들을 위해, 그 안에서 그들이 사라지고 다시 일어서는 큰불이 기다리고 있는지. … 오직 이런 식으로만, 오직 이런 일관성을 가지고만, 몸과 영혼을 완전히 열어 글이 쓰여질 수 있었다.(1912년 9월 23일;D 212~213/TB 460~461)

글쓰기 과정은 기쁨과 소모, 파괴와 갱신, 부담감은 물론 공중부양하는 감각이라는 상반된 연관성을 만들어 낸다. 그것은 육체와 영혼의 경계를 넘나드는 친밀하면서도 심오하게 이질적인 경험이다. 이 카타르시스적인 경험은 그 후로 몇 달 동안 카프카를 사로잡았고, 그의 작가적 자아상의 필수적인 부분이 되었다. 1913년에 그는 다음과 같이 쓴다. "이야기는 진짜 출산처럼 내게서 나왔고, 오물과 점액으로 덮여 있었고, 오직 나만이 몸 자체에 닿을 수 있는 손과 그러고픈 욕망을 갖고 있었다."(1913년 2월 11일;D 214/TB 491) 여기서 은유적인 '몸을 여는 것'은 출산의 이미지로 변한다. 그 생산물은 불결하고 혐오스럽지만, 그 엉망진창이 카프카의 글쓰기에 대한 유기적인 개념의 일부를 형성한다. 더 긴 프로젝트를 진행할 때도 카프카는 계획을 세우지 않았고, 기존의 텍스트를 다시 쓰는 일도 거의 없었다. 실제의 몸처럼, 텍스트는 잘라 내고 바꾸는 것이 적합하지 않은 유기적 전체이다.

이 방법은 장점도 있지만 심각한 단점도 있다. 카프카의 노트가 보여 주듯 그의 대부분의 텍스트는 미완성이며, 많은 글이 한두 문장 후에 버려졌다. 만약 텍스트가 유기적 전체라면 텍스트의 핵심, 본질은 첫 번째 문장 안에 담겨 있어야 한다. 만약 시작에 이 창의적 번뜩임이 부족하다면, 아무리 애써도 그것을 살릴 수 없을 것이다. 카프카에게 「선고」의 황홀한 창작은 미래의 모든 노력을 위한 기준점이 되지만, 달성하기 어려운 이상임이 밝혀진다. 몇 주 후인 1912년 11월에, 그는 『변신』 작업을 시작하였다. 여기서 물리적이든, 심리적이든 혹은 텍스트적이든, 통합의 개념은 혹독한 시험대에 놓인다.

『변신』

『변신』은 아마도 카프카의 가장 유명한 텍스트일 것이다. 1912년 11월과 12월에 쓰여진, 일어나 보니 거대한 벌레로 변신한 판매원 그레고르 잠자의 이야기는 합리적 설명을 거부하는 악몽 같은 상황인 '카프카에스크'의 상징이 되었다. 「선고」에서와 마찬가지로, 이 이야기는 가족 관계에 대한 이야기 —— 아버지와 아들 사이의 갈등뿐만 아니라 남매 사이의 갈등에 대한 — 이다. 그러나 많은 면에서, 『변신』은 사실 카프카 텍스트 중 오히려 비전형적이라고 할 수 있다. 그의 글은 자주 이상하고 설명할 수 없는 상황을 다루긴 하지만, 현실주의의 관습을 그렇게 공공연하게 부수는 경우는 거의 없다. 한 가지 가능한 예외는 카프카의 동물 이야기인데, 주인공들은 인간의 이성과 언어 능력을 가지지만 심지어 여기서도 인간과 동물의 경계를 구분하는 필수적인 경계는 온전히 남아 있다. 『변신』에서는 이 경계가 횡단되면서 이 작품을 카프카의 표현주의로 분류되는 가장 환상적인 이야기로 만든다. 이 라벨은 부분적으로만 정확하다. 이 텍스트의 전제는 환상적일 수 있지만, 그것의 서술적 어조는 매우 다른 방향을 지시한다. 『변신』을 읽을 때 우리를 의아하게 하는 것 중 하나는 그레고르의 변신이 서술되는 절제되고 차분하며 사실적인 방식이다. 이 서술에는 우리가 그런 충격적인 발견과 연관 지을 공포, 충격, 놀라움과 같은 감정이 전혀 없다.

이것은 상황의 기이함을 손상시키는 대신 모든 것을 더 당혹스럽게 만든다. 곤충의 몸 안에 갇힌 남자 그레고르 잠자처럼, 카프카 텍스트는 기묘한 혼성체이다. 이것은 문체상으로 외부 현실에 대한 상세하고 초연한 묘사로 19세기 사실주의 전통을 상기시키지만, 이는 문학적 모더니즘의 특징인 내면을 바라보는 심리적 서술과 결합된다. 삼인칭으로 쓰여진 이 이야기는 자주 그레고르의 개인적인 관점에 의해 채색되면서도, 때때로 사건에 대해 비인칭 화자가 논평을 한다. 두 가지의 서술 방식, 즉 개인적인 것과 전지적인 것을 구분하기는 때때로 매우 어렵다.

이 이야기의 첫 문장이 좋은 예이다: "그레고르 잠자가 어느 날 아침 불안한 꿈에서 깨어났을 때, 그는 자신이 괴물 같은 해충으로 변신했다는 사실을 발견했다."(M 29/DL 115, 그림 3 참조) 그레고르가 방금 깨어났다는 것을 언급하면서 텍스트는 우리가 이어지는 이야기를 꿈으로 일축하는 것을 막지만, 그럼에도 재귀동사 'sich finden'(자신을 발견하다)은 이 발견에 주관적이라 어쩌면 신뢰할 수 없을지도 모르는 차원을 부여한다. 그레고르가 실제로 변신한 것일까, 아니면 이것이 단지 그의 상상의 산물인가? 이 확실성과 불확실성의 혼합은 다음 단락에서도 계속된다. "'내게 무슨 일이 일어난 거지?' 그는 생각했다. 그것은 꿈이 아니었다."(M 29/DL 115) 처음에는 그레고르의 생각에 대한 직접적인 통찰이 나오지만, 이것은 비인칭 진술로 이어진다. 누가 우리에게 이것이 꿈이 아니라고 말하는가 ― 그레고르인가, 아니면 전지적인 화자인가? 이어지는 문장은 상대적으로 간단해 보인다. "너무 작긴 하지만 제대로 된 인간의 방인 그의 방이 네 개의 익숙한 벽 사이에 평화롭게 놓여 있다."(M 29/DL 115) 그러나 방에는 인간이 거주한다는 이 자명한 사실을 굳이 상세히 설명함으로써, 이 텍스트는 그레고르가 이전의 삶에서 점점 더 멀어지는 것을 반영하는데, 이 과정에서 일상적인 것은 낯설고 불안해진다. 사실, 비록 방이 "너무

작다"고 묘사되지만, 그레고르는 곧 높은 천장에 의해 억압되는 느낌을 받고 소파 아래로 피난처를 찾게 된다.

그렇다면 카프카의 이야기는 복잡 미묘함으로 가득 차 있다. 겉보기에 단순한 표현은 숨겨진 깊이를 갖고 답할 수 없는 질문을 던진다. 이 불확실성의 감각은 그레고르의 몸과 관련된 묘사에서 가장 명백하게 나타난다. 첫 번째 문장에서 우리는 그레고르가 "어떤 종류의 괴물 같은 해충"으로 변신했다는 것을 알게 된다. 독일어 'ein ungeheueres Ungeziefer'는 이중 부정이다. 명사 Ungeziefer는 원래 제물로 바치기에 부적합한 부정한 동물을 일컫는 말이었다. '괴물 같은' 또는 '어마어마한'이라는 뜻을 갖는 형용사 ungeheuer은 geheuer, 즉 '익숙한'의 부정이지만 Ungeziefer의 경우에서와 같이 부정의 형태로 쓰이는 것이 보다 일반적이다. 부정적인 것이 주된 형태가 되는 두 단어를 잇달아 사용함으로써, 카프카는 의미의 공백을 만들어 낸다. 그레고르의 변화에 직면하여, 언어는 설명에 저항하는 무엇인가를 향해 제스처를 취할 수 있을 뿐이다.

텍스트 전반에 걸쳐, 그레고르의 몸에 대한 관점은 불안정하고 파편화되어 있다. 이는 부분적으로 자신의 신체의 특정 부분만을 볼 수 있는 그레고르의 제한된 관점 때문이고, 또 부분적으로는 내러티브 자체에서 기인한다. 텍스트의 때때로 지나치다 싶을 정도로 세세한 것에 얽매이는 세부 사항에 대한 주목은 독자가 더 큰 그림을 이해하는 것을 어렵게 만든다. 두 번째 파트에서 그레고르가 벽의 그림에 달라붙으면서 우리는

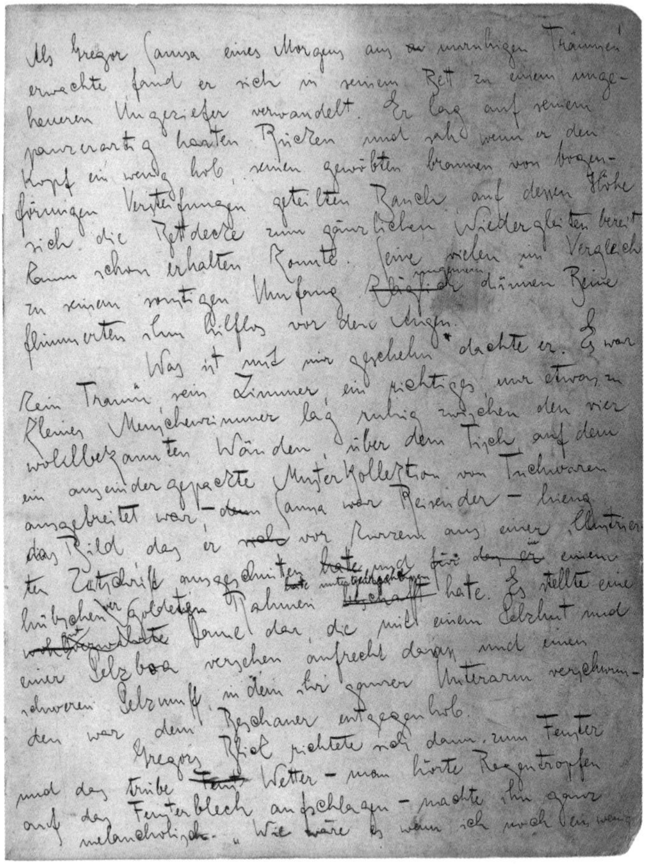

Als Gregor Samsa eines Morgens aus unruhigen Träumen
erwachte fand er sich in seinem Bett zu einem unge-
heueren Ungeziefer verwandelt. Er lag auf seinem
panzerartig harten Rücken und sah wenn er den
Kopf ein wenig hob, seinen gewölbten braunen von bogen-
förmigen Versteifungen geteilten Bauch auf dessen Höhe
sich die Bettdecke zum gänzlichen Niedergleiten bereit
kaum noch erhalten konnte. Seine vielen im Vergleich
zu seinem sonstigen Umfang kläglich dünnen Beine
flimmerten ihm hilflos vor den Augen.
„Was ist mit mir geschehn“ dachte er. Es war
kein Traum, sein Zimmer, ein richtiges, nur etwas zu
kleines Menschenzimmer lag ruhig zwischen den vier
wohlbekannten Wänden, über dem Tisch auf dem
eine auseinandergepackte Musterkollektion von Tuchwaren
ausgebreitet war — Samsa war Reisender — hieng
das Bild, das er vor kurzem aus einer illustrier-
ten Zeitschrift ausgeschnitten und in einem
hübschen vergoldeten Rahmen untergebracht hatte. Es stellte eine
Dame dar, die mit einem Pelzhut und
einer Pelzboa versehen aufrecht dasaß und einen
schweren Pelzmuff, in dem ihr ganzer Unterarm verschwun-
den war, dem Beschauer entgegenhob.
Gregors Blick richtete sich dann zum Fenster
und das trübe Wetter — man hörte Regentropfen
auf das Fensterblech aufschlagen — machte ihn ganz
melancholisch. „Wie wäre es wenn ich noch ein wenig

그림 3 | 『변신』 원고의 첫 장

보기 드물게 그의 바깥 풍경을 얻지만, 그의 놀란 어머니가 볼 수 있는 것은 "꽃무늬 벽지의 거대한 갈색 얼룩"(M 56/DL 166)일 뿐이다. 공포 영화 제작자처럼, 카프카는 생략을 통하여 서스펜스를 만들어 낸다. 1915년 『변신』이 책으로 나오려고 할 때, 카프카는 표지 삽화를 그릴 예술가에게 같은 것을 지시하였다. 표지에 '곤충'을 묘사한다는 생각을 거부하면서, 그는 다음과 같이 쓴다.

제가 삽화 하나를 제안한다면, 저는 다음과 같은 장면을 선택할 것입니다. 잠긴 문 앞에 있는 부모님과 지배인 혹은 더 나은 건 어둠 속에 놓여 있는 방과 붙어 있는, 문이 열려 있고 조명이 켜진 방에 있는 부모님과 여동생입니다.(1915년 10월 25일: LFFE 115/DLA 189~190)

일러스트레이터는 카프카가 제안한 바의 요지를 따랐고, 독자들이 어둠 속에 무엇이 숨어 있는지를 상상하도록 초대하였다.(그림 4 참조) 『변신』은 우리가 확정적이고 일관된 정신적 이미지를 형성하는 것을 막으면서도 빈칸을 채우게 강요한다. 이러한 방식으로, 그레고르의 괴물 같은 신체는 수많은 해석에 영감을 주었지만 무엇으로도 환원할 수 없는 양면적이고 불안정한 실체인 그 이야기 자체와 닮아 있다.

그레고르의 변신: 은유, 처벌, 석방

게오르크 벤데만과 같이 그레고르 잠자는 자신의 경력과 가족의 행복을 위해 헌신하는 근면한 아들이다. 두 사람 모두 성공적이다 ── 그레고르는 '보잘것없는 점원'에서 '외판원'으로 승진하여 그 수입으로 가족 전체를 부양한다(M 48/DL 152) ── 그러나 그들의 입장은 매우 다르다. 게오르크가 결혼을 앞두고 가업을 물려받는 동안 그레고르는 외롭고 의존적이다. 그는 부모님이 그의 상사에게 진 빚을 갚기 위해 대부분의 시간을 길에서 이동하는 데 보낸다.

'세상에.' 그는 생각한다. "어찌나 고된 직업을 내가 선택한 건지. 매일매일 출장 중이지. 거래할 때의 스트레스는 앉아서 실제 사업을 할 때보다 훨씬 크지. 그리고 무엇보다, 난 출장 여행의 비참함이 부담스러워. 연결 기차편을 놓칠까 늘 조마조마해야 하고, 초라하고 불규칙한 식사에다, 상대가 항상 바뀌다 보니 끈끈하고 따뜻한 인간관계는 생각할 수도 없어."(M 29/DL 116)

「선고」의 마지막에서 게오르크의 죽음을 뒤덮는 끝없는 교통은 『변신』의 시작에서 다시 나타난다. 출장 다니는 세일즈맨으로서 그레고르는 돈, 상품, 사람 들의 순환이 의미 있는 인간 사이의 접촉을 대체한 현대 생활의 영혼 없는 역동성에 휘말린다. 자본주의의 무한 경쟁은 20세기 초반의 문학과 영화

그림 4 | 『변신』(1916) 초판의 표지

의 공통적인 주제이다. 표현주의 작가들은 영혼을 파괴하는 일상에서 새로운, 보다 진정한 존재의 형태로 탈주하는 사람들에 대한 정치적이고 각성적이며 영적인 이야기를 한다. 카프카의 소설 제목도 유사한 방향을 가리키는 듯하다. 영어로 이 텍스트는 'The Metamorphosis'로 알려졌고, 이 제목은 오비디우스의 *Metamorphoses*(『변신 이야기』)를 떠올리게 한다. 그러나 독일어 제목 'Die Verwandlung'의 보다 정확한 영어 번역은 'The Transformation'이다. 이 제목은 또 다른 문학적 모델을 환기시키니, 바로 사람들이 악령에 의해 동물로 변하는 동화가 그것이다. 그레고르 잠자의 이야기는 이 전통으로 거슬러 올라가지만 또한 중요한 면에서 그것과 구분된다. 그의 변신 뒤에 숨겨진 이유는 결코 설명되지 않으며, 이야기는 주문呪文이 깨지는 것으로가 아니라 그의 죽음으로 끝이 난다. 가장 중요한 것은, 그레고르의 변신을 벌로 읽는 것은 훨씬 더 복잡한 문제를 단순화하는 것이라는 사실이다.

사실, 그레고르의 이야기는 간단하지만 까다로운 질문을 제기한다. 이것은 좋은 변화인가 아니면 나쁜 변화인가? 한 가지 측면에서, 그레고르의 변신은 그의 인간 존재의 연장선에 있다. 그레고르는 한 동료를 "멍청하고 척추 없는ohne Rückgrad 보스의 똘마니"(M 31/DL 118)로 묘사하지만, 이 설명은 그레고르 자신에게도 적용된다. 그의 새로운 '척추 없는' 몸, 즉 무척추동물의 몸은 그간 은유적으로 그래 왔던 것 — 외롭고, 예속적이고, 비인간적인 고역의 삶 — 을 문자 그대로 체현한 셈인 것이다. 그러나 이러한 독서는 그레고르의 새로운 상태에 내재 된 모순을 해결하지는 못한다. '해충'Ungeziefer이라는 말은 기생적 인 존재를 함의하지만 지금까지 그레고르의 가족이야말로 기 생적이었고, 그들의 여유로운 생활 방식을 대는 자금을 그에게 의존하였다. 결과적으로, 그레고르의 변신은 큰 해방감을 가져 온다. 잔인한 일상에 인이 박인 그레고르는 처음에는 터무니없 게도 다음 기차를 탈 계획을 세우지만, 곧 새로운 상태에 정착 하고 그의 동물적 몸을 통제하는 법을 배운다. "그는 특히 천장 에 매달려 있는 것을 좋아했다. 이는 바닥에 누워 있는 것과는 다른 것이었다. 더 자유롭게 숨을 쉴 수 있었다. 가벼운 진동이 그의 몸에 일었다."(M 52/DL 159) 이 가벼움은 새로운 마음의 상태에 상응한다. 그레고르의 시간표와 판매 목표에 대한 강박 은 "거의 행복한 ⋯ 유희"(M 52/DL 159)의 상태로 바뀌었고, 심 지어 실수로 바닥에 떨어져도 그는 부상을 입지 않는다. 이 행 복한 고독의 상태에서 그레고르는 무적으로 보이고, 가족과 맞 닥뜨릴 때에야 비로소 그의 몸이 취약하다는 것이 밝혀진다. 사실상 그레고르의 이야기는 점점 더 심각해지다가 결국에는 치명적인 부상으로 구두점을 찍게 된다.

가족 이야기

그레고르의 상처는 그의 가족이 입힌 것이다. 틀림없이, 『변 신』의 진정한 공포는 그레고르의 변신이 아니라 가족의 반응 에 있다. 소설의 세 부분에서 각각 한 번씩, 그레고르는 그의 방 밖으로 나가는 모험을 하고 매번 다시 쫓겨서 돌아온다. 이러한 대립은 아버지에 의해 주도되지만, 나중에는 처음에 그레고르를 돌봐 주었던 여동생 그레테도 관련된다. 진정, 소설의 제목은 그레고르 자신에게 적용되는 만큼 가족에게도 똑같이 적용된다. 그들이 겪는 변화는 그 정도로 갑작스럽지는 않지만 그렇다고 덜 당혹스러운 것도 아니다. 그의 어머니와 여동생은 유급 노동을 시작하고, 그레테는 여학생에서 목에 "리본이나 옷깃이 없는"(M 67/DL 186) 젊은 여성으로 성장한다.

아버지 잠자의 변신이 가장 근본적이다. 어느 날 아버지가 집에 돌아왔을 때, 그레고르는 그를 거의 알아보지 못한다. 안락의자에서 하루 종일 졸던 그가 이제는 "금단추가 달린 딱 붙는 파란색 유니폼"(M 58/DL 169)을 입고 있고, 이 말끔한 복장은 그의 꼿꼿한 자세와 날카로운 시선에 잘 어울린다. 아버지 벤데만과 마찬가지로, 아버지 잠자는 노쇠한 노인에서 우뚝 솟은 거인으로 변한 것이다. 그를 올려다보며 "그레고르는 그의 구두 바닥의 거대한 크기에 놀랐다".(M 58/DL 170) 거실에 있는 사진에는 그레고르가 군 복무 중에 소위로 "칼에 손을 얹고 가벼운 미소를 지으며 그의 자세와 제복에 존중을 요하는"(M 39/DL 135) 모습이 담겨 있다. 이제 아버지가 아들의 예전의 힘과 자신감의 포즈를 모방하면서 자신의 아들로 변신한 것처럼 보인다. 물론 아버지는 군인이 아니라 은행 사환일 뿐이지만, 그는 자신의 새로운 역할과 혼연일체가 되어서는 집에서까지도 자신의 유니폼을 벗기를 거부한다. 그가 안락의자에서 잠이 들

때면 그는 "마치 언제나 근무 준비가 되어 있고 여기서도 상관의 목소리를 기다리고 있는 것처럼"(M 60/DL 173) 보일 정도이니 말이다.

일단 처음의 충격에서 헤어나서 그레고르는 아버지의 유니폼 단추가 빛나기는 하지만 옷감은 얼룩투성이라는 것을 알아차린다. 이 점에서 아버지는 가운이 흘러내리며 더러운 속옷이 드러나는 벤데만 씨와 닮았다. 두 경우 모두에서, 더러움은 나약함과 태만의 약칭이 될 뿐만 아니라 불미스러운 충동의 침투의 약칭이 되기도 한다. 벤데만 씨는 자신의 잠옷을 들어 올리며 게오르크의 약혼녀가 아들을 유혹하기 위해 똑같이 행동했을지도 모른다는 암시를 한다. 『변신』에서 섹슈얼리티는 평범한 가정생활에서도 똑같이 충격적인 방식으로 분출된다. 이 텍스트의 극적인 클라이맥스는 2부가 끝날 무렵 자신의 방에서 나온 그레고르가 아버지가 던진 사과에 맞았을 때 발생한다. 이때, 그레고르는 자신이 바닥에 "빠르게 못 박히는" 느낌을 받는다.(M 59/DL 171) 이 이미지는 종교적인 함축성을 가지고 있으며, 그레고르에게 가족의 공격에 대한 무고한 희생자인 현대의 그리스도뿐만 아니라 거세된 해충-아들이 전능한 남근을 가진 아버지에 의해 관통되는 성적인 희생자라는 배역을 부여한다.

곧 성적인 함축성이 더욱 분명해진다. 어머니가 그레고르의 침실에서 "속옷 바람으로" 서둘러 나오는데, "그의 여동생이 어머니가 기절한 동안 숨을 보다 쉽게 쉴 수 있도록 옷을 벗겨 놓았기 때문이다". 그 와중에 속치마가 벗겨지면서 그녀는 "아버지에게 서둘러 가면서 치마에 걸려 비틀거리며 아버지를 끌어안고 그와 완전히 하나가 된다 —— 그레고르의 시력은 이 미 희미해지고 있었다 —— 그리고 어머니는 두 손으로 아버지 의 뒤통수를 어루만지며 그에게 그레고르의 목숨을 살려 달라 고 빌었다".(M 59/DL 171) 프로이트는 어린 관찰자에게 트라우 마적 영향을 미칠 수 있는 경험인, 어린아이가 (실제로 혹은 상 상으로) 그 또는 그의 부모님의 성교를 목격하는 것을 묘사하 는 '원색 장면'이라는 용어를 만들었다. 그레고르는 어린아이 가 아니지만, 지금 이 순간 그의 눈은 그를 이 불안한 장면으로 부터 보호하기라도 하듯이 보이지 않게 된다. 아버지를 '완전 한 결합'의 지점까지 끌어안으면서 딱 한 번 적극적인 역할을 하는 것이 어머니이다. 이는 그레고르를 그의 아버지의 격노 로부터 구하고자 하는 의도였지만, 이 장면은 또한 그레고르의 고립되고 힘을 잃은 지위와 극명하게 대조되는 그들의 되살아 난 성적 기량뿐만 아니라, 부모의 단합을 강조한다.

하지만 그레고르 자신도 성적 충동이 없는 것은 아니다. 그가 깨어났을 때 가장 먼저 알아차리는 것 중 하나는 그의 배 에 있는 작고 하얀 반점들이다 —— 그의 불안한 꿈이 가져온 '몽 정'의 잔재일까? 자신의 새로운 몸을 살펴본 후, 그레고르의 시 선은 맞은편 벽에 있는 한 장의 그림에 이끌린다. 그가 잡지에 서 오려 내어 집에서 만든 금박 액자에 넣은 그림이다. 이 이 미지는 모피 입은 여성을 보여 주지만, 이 이미지에 대한 묘사는 피상적이고 외려 암시적이다. 이것은 패션 사진일까, 아니면 에로틱한, 심지어는 포르노적인 이미지일까? 그녀의 모피 모자, 털토시 그리고 모피 목도리만이 묘사되기에 비평가들은 그 모델이 그 밑에 아무것도 입지 않았을 것으로 추측했다. 모피는 동물적이고, 성적인 ── 음부의 ── 함축을 가지고 있지만, 그레고르의 배에 있는 하얀 반점과 마찬가지로 그러한 표현들은 모호한 상태로 남아 어떤 독해와 연상에도 열려 있다. 여기서 한 가지 가능한 암시는 레오폴트 폰 자허마조흐의 에로틱한 소설 『모피를 입은 비너스』(1896)이다. 이 소설의 주인공인 제베린은 자기 자신을 러시아 백작 부인 반다의 노예로 삼게 할 때 그레고르라는 이름을 사용한다. 반다는 그의 페티시즘적 우상이자 작품명과 동일한 이름의 모피를 입은 비너스를 구현하는 인물이다. 그녀의 꼿꼿한 자세와 치켜든 팔로, 그레고르 잠자의 사진 속 여성은 그레고르의 마조히즘적 성향에 걸맞게 폭력을 써서 성행위를 주도하는 여성dominatrix으로 잠재적으로 위협적이다. 하지만 그레테와 어머니가 그의 방을 치우려고 할 때, 그레고르의 복종성은 공격성으로 변한다. 그레고르는 그들이 사진을 가져가는 것을 막기 위해 도전적으로 기어간다. 일종의 인간과 동물의 잡종인 이 사진은 그 자체로 괴이하다. 그레고르가 뜨거운 그의 배를 차가운 유리에 대고 누르는 장면은 잠재적으로 우스꽝스러우면서도 그로테스크하다. 그레고르는 그러니까 책상 대신 이 사진을 구하기로 선택함으로써, 그의 과거의 동물적인 면에 집착한다. 그러면서도 그 사진이 집에서 만든 금박 액자에 있다는 사실은 그러한 '야성적' 욕망의 길들여진, 꺾인 버전을 나타낸다.

음악, 죽음 그리고 새로운 시작

질 들뢰즈와 펠릭스 가타리는 그레고르의 이야기를 인간 정체성의 한계에서 벗어나는 점진적인, 자유로워지는 여행인 '동물-되기'의 한 과정으로 묘사한다.[11] 그러나 이것은 선형적 과정이 아니다. 몇 번이고 아버지는 그레고르에 대한 자신의 권력을 주장하고, 그레고르 자신은 자신의 동물성을 받아들이는 것과 그의 인간 자아를 포기하지 않는 것 사이에서 갈팡질팡한다. 그의 가족에 대한 태도는 대부분 온순하고 관대하며, 그의 행동은 소심하고 순종적이다. 그가 그럼에도 반항을 하면, 이 반항은 욕망에 사로잡힌 경우이다. 그가 금박 액자를 옹호하는 것은 그러한 순간 중 하나이다. 소설이 끝나 갈 무렵 또 다른 일이 일어난다.

3부에서 가족의 아파트로 이사를 들어오는 세 명의 하숙인들은 안절부절못하게 만드는 인물들이다. 그들은 마치 꼭두각시나 자동인형처럼 하나로 움직이고 행동한다. 저녁을 먹는 동안 그들은 말하지 않고 신문만 읽기에, 그레고르가 자신의 방에서 듣는 것은 음식을 씹어 먹는 부딪히는 잇소리일 뿐이다. "이 신사들이 잘 먹는 동안 나는 죽는구나"(M 65/DL 183)라

---

11 Deleuze and Guattari, *Kafka: Toward a Minor Literature*, pp. 14~15.

고 그는 마음속으로 생각한다. 하지만 세 사람은 다른 욕망appe-tites에 있어서도 그레고르와 경쟁한다. 그레테와 그레고르 사이에 특별한 유대감을 형성하던 그녀의 바이올린 연주는 하숙인들에게 오락으로 제공된다. 독주회 동안 그들은 "동생의 악보대 뒤에 너무 가까이"(M 66/DL 185) 서 있고, 그들이 곧 흥미를 잃었음에도 그들의 존재는 그레고르에게 이상한 영향을 미친다. 그레테의 연주에 이끌려, 그는 그녀의 시선을 잡아 보려 시도하며 거실로 모험을 한다. "음악이 이렇게 그를 감동받게 하는데도 그가 짐승일까? 그는 자신이 갈망하던 미지의 자양분으로 향하는 길이 드러난 것처럼 느꼈다."(M 66/DL 185) 그레고르의 동물성은 음악에 대한 취향과 양립할 수 없는 것처럼 보일 수 있지만, 사실 그 반대이다. 그는 다른, 더 높은 것들을 감상하는 법을 배우기 위해 그의 소외된 인간 존재를 떠나야 했던 것이다. 음악은, 이 글이 암시하듯 육체보다는 영혼을 위한 자양분이다. 그럼에도, 그레테의 연주는 또한 그녀의 오빠에게 뚜렷한 성적 욕망을 유발한다.

그는 여동생에게 다가가 그녀의 치마를 잡아당겨서 그녀가 바이올린을 갖고 그의 방으로 들어오라고 부탁할 마음을 먹었다. 여기 있는 사람들 중에 그가 그러는 것만큼 그녀의 연주를 감상하는 사람은 아무도 없었으니 말이다. 그는 적어도 그가 살아 있는 동안은 그녀를 자신의 방에서 결코 내보내고 싶지 않았다. 그의 무시무시한 모습이 그에게 처음으로 쓸모 있을 것 같았다. 그는 그의 방의 모든 문에 보초를 서서 쉿쉿거리며 그의 모든 공격자들과 맞설 참이었다. 그러나 그는 여동생이 강요에 의해서가 아니라 그녀의 자유 의지로 자신과 함께 있었으면 했다. 그녀는 소파에서 그의 옆에 앉아 그에게 귀를 기울이고, 그는 그녀에게 그녀를 음악원에 보낼 그의 확고한 의도를 털어놓고 싶었다. … 이 설명 후에 그의 여동생은 감정이 북받쳐 눈물을 터뜨릴 테고, 그레고르는 그녀의 어깨까지 몸을 일으켜 그녀의 목에 입을 맞출 것이다. 그녀가 가게에서 일을 한 이후로 그녀의 목은 리본이나 옷깃이 없이 드러나 있었다.(M 67/DL 185~186)

이 장면은 「미녀와 야수」와 같은 동화를 떠올리게 하지만, 이 버전에서는 납득할 만한 이유로 순진한 처녀의 사랑이 주문을 풀지 않는다. 그레고르의 동물성은 이 에로틱한 판타지에 필수적인 부분이다. 그것은 그가 침입자들을 겁주어 쫓아내도록 할 수 있을 뿐만 아니라, 그가 그레테에게 키스하는 것을 상상할 때(이러한 경우에 흔히 그러하듯 그녀가 그에게 입맞춤하는 게 아니라) 그는 몸을 아래로부터 일으켜서 동물로서 그렇게 한다. 여기서 카프카는 프로이트의 오이디푸스 모델을 다른 형태의 욕망을 위하여 포기한다. 그레고르의 에로틱한 동화는 근친상간과 야수성, 동족결혼endogamy 및 족외혼exogamy과 같이 가장 극단적으로 관습을 거스르는 두 가지 변태성을 통합한다. 카프카의 소설이 시사하는 부르주아 가족은 모든 종류의 변태성의 온상이며, 그레고르 잠자가 모범적인 아들에서 괴물로 변신하는 것은 줄곧 표면 아래 도사리고 있던 것을 드러낸다.

그래서 잠자 가족은 그레고르를 그들 내에서 배제하려고 혈안이 되어 있지만, 그들이 애쓸수록 자기들의 비인간성이 드러날 뿐이다. 그들이 처음 만났을 때 아버지는 "야만인처럼 쉭쉭 소리를 내"(M 42/DL 140)었고, 그레고르는 언제든 그가 자신에게 치명적 한 방을 먹일 것이라 예상한다. 이 치명적 한 방은 뒤늦게 그레고르의 등에 박힌 사과의 형태로 오지만, 결국 사형선고를 내리는 것은 여동생이다. "없어져야 해요"(M 69/DL 191)라고, 그녀는 그레고르가 하숙인들과 맞닥뜨린 후에 선언한다. 그레테가 그레고르에게 직접 이야기하는 건 아니지만, 그녀의 선언은 「선고」에서 벤데만 씨가 아들에게 내리는 사형선고와 흡사 맞먹는다고 할 수 있다. 그레고르는 죽기 위해 그의 방으로 물러난다. "그의 마지막 시선은 지금쯤 깊이 잠든 그의 어머니를 스쳤다."(M 70/DL 192)

"친애하는 부모님, 저는 항상 당신들을 사랑했습니다"(M 28/DL 61)라고 게오르크 벤데만은 다리에서 뛰어내리면서 외치고, 그레고르는 비슷한 감정을 갖고 죽는다.

그는 애정과 사랑으로 가족을 돌이켜 생각해 보았다. 가능하기만 하다면 그가 사라져야만 한다는 그의 생각은 여동생의 그러한 생각보다도 더 확고하였다. 그는 탑시계가 새벽 세 시를 알릴 때까지 이러한 공허하고도 평화로운 상념에 잠겨 있

었다. 그는 창밖의 어둠이 점점 밝아지기 시작하는 것도 보았
다. 그러곤 그의 머리는 그의 의지와 무관하게 푹 수그러졌고,
그의 콧구멍에서는 마지막 숨이 희미하게 흘러나왔다.(M 71/
DL 193~194)

여기서, 다소 감정적인 어조가 침착한 서술로 들어가고 심
지어 카프카 자신도 감동받는다. 그가 펠리체 바우어에게 다음
과 같이 쓰듯이 말이다. "우세요, 친애하는 이여, 우세요, 울 때
가 왔어요! 내 작은 이야기의 주인공은 얼마 전에 죽었습니다.
당신을 위로하기 위해 나는 그가 충분히 평화롭게 죽었고 모든
것과 화해했다는 것을 당신이 알기 바랍니다."(1912년 12월 5일
과 6일;LF 112/BF 160) 그러나 본문은 이러한 카타르시스적인
분위기로 끝나지 않는다. 그레고르의 죽음 후에 일어나는 일들
을 보면서 우리의 눈물은 말라 버린다. 그레고르 가족의 반응
에 대한 기술은 보다 무심한, 거리를 두는 어조로 서술된다.
　카프카는 이 결말을 "거의 골수 끝까지 불완전하다"(19
14년 1월 19일;D 253/TB 624)고 했는데, 아마도 그것이 텍스트
의 유기적 통일성을 방해했기 때문일 것이다. 그레고르의 죽
음은 서술적 관점의 변화를 초래한다. 아버지와 어머니는 '잠
자 씨와 잠자 씨 부인'이 되고, 이야기의 초점은 더 이상 그레고
르에 매이지 않고 인물과 장소 사이를 오간다. 그래서 우리는
파출부가 그의 시체를 발견할 때와 그녀가 다시금 이를 세 명
의 식구들에게 보여 줄 때 그녀를 따라 그레고르의 방으로 들

어간다. 세 명의 잠자 가족이 부모의 침실에서 "운 기색을 보이며"(M 72/DL 196) 나온다고는 되어 있지만, 우리는 실제로 그레고르의 죽음에 대한 그들의 상당히 침착한 행동만을 목격한다. 그의 평평하고 바싹 마른 몸을 보며, 그레테는 이렇게 말한다. "그가 얼마나 여위었는지 좀 봐요. 그는 오랫동안 아무것도 먹질 않았어요."(M 72/DL 195) 가족은 그가 죽은 후에야 그를 다시 '그'라고 부를 수 있게 되는데, 사실 이전에 그레테는 그를 '이 짐승'(M 69/DL 191)이라고 부르기 시작했다.

결말은 일종의 에필로그이다. 잠자 가족은 그들의 인간성과 새로운 목적의식을 되찾는다. 그레고르의 수척해진 시체와 함께, 다른 이질적 요소들이 가족의 공간에서 추방된다. 잠자 씨는 하숙인들을 내쫓고 그날 밤 파출부를 해고하리라 선언한다. 그들이 새로이 얻은 자유를 축하하기 위해, 잠자 가족은 그들의 집이라는 감옥에서 벗어나 전차를 타고 시골로 간다. 그들의 도착은 새로운 출발을 의미한다. 그레테가 어떻게 "아름답고, 풍만한 아가씨"(M 74/DL 200)로 피어나고 있는지를 알아차리며, 그녀의 부모는 조용히 그녀가 곧 결혼 시장에 소개되어야 한다는 데에 동의한다. 주인공의 죽음에도 불구하고 가족의 이야기는 계속된다. 「선고」와 『변신』은 모두 거의 주저하는 듯 천천히 그러나 마지막까지 그 자체의 결론을 넘어 계속 진행되는 다른 이야기를 가리키는 충분한 추진력을 얻는다.

『실종자』

카프카의 첫 번째 소설이자 '아메리카'라는 제목으로도 알려진 『실종자』의 뿌리는 멀리 거슬러 올라간다. 1898년에서 1899년 초, 카프카는 반목하는 두 형제에 대한 소설을 구상하였는데, 그들 중 한명이 미국으로 여행을 가는 동안 다른 한 명은 유럽의 감옥에 갇혀 있는 설정이었다. 10년 이상이 흐른 후 카프카는 이 프로젝트로 되돌아왔지만, 처벌과 이민이라는 두 가지 이야기는 이제는 성적 부정행위에 대한 처벌로 미국에 보내진 17세의 인물인 카를 로스만 안에 결합된다. 카프카는 1911년 12월과 1912년 7월 사이에 초안 작업을 했지만, 이 버전은 살아남지 못했다. 1912년 9월, 「선고」의 성공에 자극을 받아 그는 새로이 착수했고, 빠르게 다섯 챕터를 완성하였다. 11월에 그는 『변신』을 쓰기 위해 『실종자』 소설 작업을 멈추는데, 재착수하려 했을 때는 다시 흐름 속으로 돌아가는 것이 어렵게 느껴져 1913년 1월에는 이 소설의 작업을 중단하였다. 하지만 카프카는 아직은 그 프로젝트를 포기할 준비가 되어 있지 않았다. 1914년 가을 『심판』을 작업하는 동안, 그는 카를이 불가사의한 '오클라하마 극장'Oklahama Theatre (카프카의 철자법)에 들어가는 것을 묘사하는 새로운 구상을 가지고 다시금 『실종자』로 되돌아온다. 그러나 이 소설을 완성하기 위한 카프카의 재개된 노력에도 불구하고, 이는 궁극적으로 미완으로 남게 되면서 그의 다른 소설들인 『심판』 및 『성』과 같은 운명을 공유한다.

"란데스테아터에서의 영화 상영. 박스석. 한때 성직자가 뒤쫓았던 오플라트카 아가씨. 그녀는 식은땀에 흠뻑 젖은 채 집에 도착하였다. 단치히. 쾨르너의 삶. 말들. 백마. 화약 연기. 뤼초우의 거친 추격."(D 214/TB 463) 1912년 9월 25일의 카프카의 일기는 이렇게 끝난다. 가로줄을 그은 후, 그는 『실종자』의 첫 챕터를 시작한다. 따라서 이 소설에 대한 작업은 영화관 방문에 대한 설명 다음에 바로 나오는데, 이 경험은 장편 영화의 등장 이전에 여러 짧은 단편으로 구성되었을 것이다. 카프카는 역동적인 느낌만을 전달하면서, 몇 장면만 스케치한다. 말과 화약 연기가 뤼초우의 '거친 추격'을 동반하는 반면, 불쌍한 오플라트카는 성직자에게 쫓기고 있는데, 이 줄거리는 코미디나 익살극을 암시하지만 카프카는 소녀의 '식은땀'을 언급하며 보다 불길한 차원을 부여한다. 흥분과 들뜸은 소설에 뿌리내리고 있는 긴장감인 공포로 주체할 수 없는 지경이 된다.

『실종자』는 카프카의 소설 중 가장 읽기 쉬운 작품으로, 여행기의 형식은 장소와 분위기의 빠른 변화를 가능케 하기에 내러티브에 있어서 카프카의 두 후속 소설들보다 빠른 보폭으로 전개된다. 이 텍스트는 20세기 초 뉴욕시의 고층 건물들부터 광활한 중서부에 이르는 미국의 다채로운 파노라마를 그리고 있으며, 카를 로스만은 그의 여행에서 각계각층의 사람들을 만난다. 우리가 보았듯, 미국에 대한 카프카의 매혹은 그의 초기 글들에서부터 명백하게 나타난다. 인디언들은 『관찰』의 여러 작품에 등장하는데, 가장 특기할 만한 작품은 「인디언이 되고 싶은 마음」으로, 여기서 스텝을 가로지르는 말타기는 빈 페이지를 가로지르는 펜의 움직임으로 바뀐다. 신대륙과 그 주민들은 카프카의 문학적 야망을 위한 매개체가 되고, 카프카는 그가 모을 수 있는 모든 에너지를 필요로 하는 큰 작업인 그의 첫 장편 소설로 이 모멘텀을 이어 가려고 애쓴다.

미국인의 눈을 통해서 ── 그러니까 무한한 자유의 자연 공간으로서 ── 가 아니라 유럽 이민자의 관점으로 신대륙이 묘사되는 『실종자』에서 인디언은 등장하지 않는다. 나오는 이미지는 긍정적인 것과는 거리가 멀다. 카를의 미국 여행은 처벌과 배신의 경험이 넘실대는 진정한 오디세이이다. 카프카의 미국은 기만적이거나 착취적이거나 혹은 노골적으로 가학적인 캐릭터들로 가득 차 있다. 그러나 이것은 이야기의 한 측면일 뿐이다. 발터 벤야민은 카를을 "K.의 행복한 화신, 카프카 소설들의 영웅"[12]이라고 부른다. 실제로, 카를의 많은 실망은 거의 기적적인 기회로 상쇄된다. 그러나 이야기가 진행될수록 우리는 이 패턴을 인식하게 되고 회가 거듭될수록 더욱 씁쓸해지는 다음의 실망을 초조하게 기다리게 된다. 전반적으로, 이 이야기는 미국 사회의 가장 높은 곳에서 가장 낮은 곳까지 카를의 하강을 추적하는 하향 나선을 그리고, 이것의 가볍고 행복한 순간들은 주변의 어둠을 더 큰 안도감으로 제시한다.

---

12 Benjamin, "Franz Kafka:On the Tenth Anniversary of his Death", *Selected Writings*, ed. Michael W. Jennings, 4 vols., Cambridge, MA: Belknap Press, 1996~2003, II, pp. 794~818(p. 800).

시작: 「화부」

카프카의 소설은 미국의 가장 상징적인 랜드마크인 자유의 여
신상과 함께 시작된다. 그러나 이 광경은 반전이 들어 있어 독
자들에게 이것이 전통적인 여행기가 아님을 나타낸다.

하녀의 유혹에 넘어가 그녀가 아이를 낳았다는 이유로 가난한
부모에 의해 미국에 보내진 17세의 카를 로스만이 이미 속도를
늦추기 시작한 배를 타고 뉴욕 항구에 들어섰을 때, 그는 한동
안 관찰하고 있던 자유의 여신상을 마치 갑작스럽게 번쩍 내
리쬐는 햇빛인 것처럼 보았다. 그녀의 칼을 든 팔은 마치 새로
치켜든 양 위로 뻗어 있었고 자유로운 산들바람이 그녀를 휘
감고 있었다.(MD 5/V 7)

하나의 긴 도입 문장으로 카프카는 주인공의 과거와 현재
를 요약하지만, 이 설명이 모호하지 않은 것은 아니다. 카를의
'가난한 부모'를 언급함으로써 본문은 그들의 곤궁에 대한 동
정을 암시하는데, 사실 우리의 동정을 받을 만한 건 카를이다.
카를의 이야기는 가혹하고 부당한 처벌에 대한 이야기이며, 미
국에 대해 그가 받은 첫인상은 미래에 대한 좋은 징조가 아니
다. 자유의 여신상은 자유와 깨달음의 상징이지만, 카프카의
소설에서 이것은 보다 위협적인 차원을 떠맡는다. 실제 여신상
이 들고 있는 횃불은 칼로 변형되어 있고, 여신상은 '여신'으로
묘사된다. 그래서 '자유로운 산들바람'이 초자연적 권위의 인

물을 둘러싸고 있거나 — 혹은 카를에게 그런 것처럼 보인다. 이 오프닝 섹션에서 카프카는 '마치'라는 표현을 두 번 사용하여 장면에 매우 주관적인 차원을 부여한다. 배가 항구에 들어서자, 동상은 '마치 갑작스럽게 번쩍 내리쬐는 햇빛인 것처럼' 밝게 빛나는 듯 보인다. 이 순간은 소설 전체에서 전형적이라 할 수 있다. 반복적으로 지속적인 인식은 고조된 기민함의 순간에 자리를 내주며, 이로 인해 현대 생활의 역동성은 준準사진적인 장면Tableaux 속에 포착된다. '정말 높다'라고, 카를은 동상을 올려다보며 혼자 생각한다.(MD 5/V 7) 게오르크 벤데만과 그레고르 잠자와 같이, 카를은 그를 작고 하찮게 느끼게 만드는 우뚝 솟은 권위자와 마주하고 있지만 이번에 그 인물은 여성으로, 이는 소설의 나머지 부분의 분위기를 설정하는 중요한 세부 사항이다. 카프카 텍스트는 성sexuality을 지배의 도구로 사용하는 강력한 여성들로 가득 차 있다.

그 여신상이 배가 미국에 도착한 것을 나타냄에도 불구하고, 카를이 미국 땅에 발을 들이는 것은 훨씬 나중의 일이다. 그가 막 내리려고 할 때, 그는 갑자기 우산을 깜빡했다는 사실을 기억한다. 그것을 가져오기 위해 그는 훨씬 더 소중한 소지품을 놓아둔 채 잊고 오게 되는데, 바로 여행 중에 전전긍긍 불안해하며 지켜 왔던 그의 여행 가방이다. 소설 전반에 걸쳐 무생물체는 그들 고유의 기이한 삶을 산다. 카를의 몇 안 되는 소유물 — 그의 우산과 무엇보다도 그의 부모님의 사진이 들어 있는 여행 가방 — 은 과거에 대한 그의 마지막 가시적 연결 고리이다. 이 물체들은 사라지고 다시 나타나는 패턴에 휩쓸리다 결국 영원히 사라져 버린다. 카를의 소유물은 그에게서 멀어지고 있는 과거를 상징하지만 그의 기원에 대한 그 자신의, 매우 이중적인 입장을 반영하기도 한다. 프로이트가 『일상생활의 정신병리학』(1901)에서 주장하듯이, 우리가 하는 어떤 것도 우연은커녕 사실상 숨겨지고 부정된 동기를 배신하는 어떤 실수나 간과는 더더욱 아니다. 카를이 그린 씨에게 말하듯, 그의 여행 가방은 사실 "우리 아버지의 오래된 군대 여행 가방"(MD 63/V 124)이다. 그의 여행 가방은 가보, 즉 소중한 전통의 일부인 것이다 ─ 뉴욕에서 카를은 "그의 고향의 오래된 군가 중 하나"(MD 32/V 60)를 피아노로 연주하는 것을 좋아하지만, 이는 부담으로 다가오기도 한다. 카를의 유럽적인 것에 대한 애착은 그의 트라우마적 과거의 짐을 버리고자 하는 무의식적 욕망과 밀접히 연관되어 있다.

  카를의 소유물이 행방불명되는 경향이 있다면, 이는 그것의 소유자에게도 적용된다. 카를은 우산을 찾으러 가다 배의 내부로 다시금 들어가고, 그곳에서 평소의 경로가 막히는 바람에 길을 잃었다는 것을 알게 되는데 이는 그러한 많은 사건들 중 첫 사례일 뿐이다. 이 배는 거대한 동시에 밀실 공포증을 느끼게 하는, 소설에서 줄줄이 이어지는 미로와 같은 공간들 중 첫 공간이다. 삼촌의 공장과 호텔 옥시덴탈과 같이 그 공간들 중 일부는 사람들로 가득 차 있다. 대조적으로 폴룬더 씨의 시골 별장은 어둡고, 조용하며, 비어 있다. 잠긴 문들이 끝없이 늘

어선 이 별장의 복도는 카를을 크고 메아리치는 예배당으로 이끄는데, 이는 『심판』에서 요제프 K.가 똑같이 방향감각을 잃게 만드는 대성당을 방문하는 것을 예고하는 장면이라 할 수 있다. 이러한 공간들은 주인공의 방향성 부족을 반영한다. 깜빡이는 촛불을 든 카를은 나쁜 꿈에 갇힌 몽유병자를 닮아 있다.

이 소설이 1927년 사후에 출판되었을 때, 이것은 카프카의 친구이자 편집자인 막스 브로트에 의해 선택된 '아메리카'라는 제목으로 등장하였다. 카프카 자신은 다른 제목을 사용하였으니, '실종자'가 바로 그것이다. 이 제목은 심지어 독일어로도 독특한 구석이 있어 번역하기 어렵다. 이것은 아마도 카를을 지칭하는 것으로 추정되지만, 어떤 의미에서 그리고 누구의 관점에서 카를이 '실종자'라는 것인가? 우리는 독자로서 그의 모든 발걸음을 따라가지만, 카를의 여정에 방향감각이라는 것이 결여되어 있다는 사실을 금세 깨닫게 된다. 그는 정해진 길을 따라가지 않고 점점 더 미지의 곳, 타인은 물론 자기 자신에게도 낯선 곳으로 떠내려간다. 사실, 카를의 이야기는 여행기라기보다는 망명 이야기로, 근본적으로, 실존적으로 뿌리 뽑힌 현대의 주체에 대한 우화이다. 19세기는 사람들이 더 나은 삶을 찾아 도시나 심지어는 외국으로 이동하면서 지리적·사회적 이동이 크게 증가하는 시기였다. 카를 로스만은 이러한 열망을 구체화한다. 그 역시 성공과 인정을 바라지만, 이러한 희망은 계속해서 짓밟힌다.

『실종자』는 젊은이가 성숙해지고 온전한 개인으로 성장하는 과정을 추적하는 내러티브 장르인 교양 소설Bildungsroman과 비교되어 왔다. 카를이 젊다는 점에서는 이 모델에 부합하지만, 그가 겪는 경험은 그렇지 않다. 그는 묘하게 수동적인 '평면적' 캐릭터로, 강한 감정에 무능하고 자신의 많은 좌절로부터 배우지 못하는 것처럼 보인다. 그의 여정의 원칙은 발전이 아니라 순환과 반복 그리고 (심리적) 퇴행이다.

소설이 시작되는 부분이 적절한 예이다. 배에서 내려 그의 새로운 삶으로 들어가는 대신, 카를은 배의 내부로 돌아와 화부의 침대에 웅크리고 앉아 버린다. '거대한 남자'(MD 6/V 8)인 화부는 카를을 돌봐 주는 일련의 멘토들 중 첫 번째 사람이다. 그는 아버지를 대신하는 인물이지만 카를이 자신의 상황을 인식하게 하는 동포, 즉 같은 처지에 있는 독일인이기도 하다. 그들의 공통점 중 하나는 '외국인'에 대한 의구심이다. 화부는 "독일 배에서 우리 독일인들을 먼지처럼 대한다"(MD 8/V 13)는 루마니아의 수석 엔지니어 슈발에게 압박감을 느끼고, 카를은 아직 젊은데도 불구하고 그의 편견을 공유한다. 배에서 그는 선실을 공유하는 '작은 슬로바키아인'(MD 9/V 16)이 자신의 여행 가방을 훔칠까 봐 감히 잠을 잘 수조차 없다 — 그러나 그가 우산을 가지러 돌아갈 때는 거의 모르는 사람이지만 독일 이름을 가진 프란츠 부터바움에게 자신의 여행 가방을 맡긴다. 카프카가 살았던 합스부르크 제국 시대에 슬라브 민족은 독일어를 사용하는 엘리트에 의해 통치되었지만, 이 '자연스러운' 위계는 배 위에서 그리고 신대륙에서는 더더욱, 뒤집힌다. 카를이 화부에게 불평하듯 말이다. "전체적으로, 여기 사람들은 외국인에 대해 너무 편견을 가지고 있는 것 같아요."(MD 8/V 13) 실제 경험에 기초하지 않은 이러한 편견은 그럼에도 불구하고 진실의 일면을 내포한다. 유럽에서 미국으로 여행을 하면서, 카를은 계급과 민족성에 기반한 계층 구조에서 자신의 위치를 잃게 된다. 그가 계속해서 다른 사람들을 '외국인'으로 분류하는 동안, 이는 자기 자신이 낯선 땅에서 이방인이 되었다는 사실을 조금도 감추지 않는다.

이러한 상황에서, 화부에 대한 카를의 친분은 어느 정도의 안정감을 주지만, 이 우정은 지속되지 않는다. 선장실에 있던 남자가 카를의 부유한 삼촌 야콥이라는 것이 밝혀지면서 카를은 배와 친구를 뒤로하고 떠나며, 그들이 해안으로 노를 저어 가면서는 카를에게는 "더 이상 화부가 존재하지 않는 것처럼"(MD 28/V 53) 보인다. 그렇다면 카를에게 화부는 '사라진 남자(실종자)'이다. 이러한 깨달음에 직면한 후, 카를은 그의 삼촌을 면밀히 살피고는 "이 남자가 과연 그에게 화부를 대신할 수 있을지 의심하기 시작한다"(MD 28/V 53) ── 하지만 이것이 바로 앞으로 일어날 일이다. 사실, 대체는 소설의 핵심 원칙 중 하나이다. 카를이 지내던 곳에서 떠나거나 추방당할 때마다 한 멘토가 다른 멘토로 대체되지만, 일단 개인적 유대가 끊어지면 이는 마치 존재한 적도 없는 것과 다름없다. 카를은 이전의 만남에 대해서는 거의 생각하지 않으며, 화자도 마찬가지로 건망증이 심한 것처럼 보인다. 따라서 사기꾼 로빈슨과 델라마슈,

엘리베이터 보이인 자코모 정도의 극소수 등장인물들만이 소설의 한 부분 이상에서 등장한다. 그가 물건을 다루든 사람들을 다루든 카를은 지속적인 애착을 형성할 수 없으니, 이는 그가 계속 앞으로 나아갈 수 있게 해 주는 생존 메커니즘이면서도 동시에 내면의 정체를 의미한다. 매번 실망하고 다시 새롭게 시작하면서도, 카를은 성장하거나 발달하지 않고 같은 실수를 반복할 뿐이다.

『실종자』는 미완으로 남았지만, 카프카는 첫 번째 챕터인 '화부'Der Heizer를 독립적인 텍스트로 출판하기로 결정했다. 1913년에 이것은 새로운 표현주의 글쓰기를 위한 포럼인 '최후의 심판일'Der jüngste Tag 시리즈에 실린다. 그렇다면 '화부'는 시작하는 챕터이자 하나의 독립적인 이야기인 셈이지만, 진정한 시작도 제대로 된 결론도 가지고 있지 않다. 여행기라는 장르에 충실하게 이는 주인공이 새로운 장소에 도착하는 것을 묘사하지만 이야기의 모멘텀은 서서히 사라지고, 끝날 무렵까지도 카를은 여전히 미국 땅에 발도 들여놓지 못한다. 노 젓는 배에서 그의 맞은편에 앉은 삼촌은 카를의 시선을 피하고 대신 "그들의 보트 주변에서 오르내리는 물결"(MD 28/V 53)을 바라본다. 개인적인 연결이 거의 맺어지자마자 철회되어 버리는 것이다. 「화부」의 마지막 부분에서 카를은 불길한 전조로 가득한 미지의 세계로 가는 또 다른 여정에 나선다.

카프카의 미국: 군중과 자본주의

카프카는 실제로 미국으로 여행을 간 적이 없었다. 그 나라에 대한 정보를 구하기 위해 그는 소설, 여행기, 강의, 슬라이드 쇼를 포함한 다양한 픽션과 논픽션 자료를 이용한다. 카프카의 친척들 중 몇몇은 미국으로 이민을 갔고, 그들의 경험을 자세히 설명하는 일화와 엽서가 가족 내에서 돌았다. 그러나 『실종자』는 또한 카프카 자신의 유럽에서의 여행 경험을 반영하는데, 특히 1910년과 1911년에 파리로 간 여행에서 그는 보다 빠른 도시 생활을 목격하였다. 카를의 미국에서의 경험이 유럽의 과거에 대한 그의 기억으로 관통되듯 카프카의 미국은 문학적 콜라주, 즉 신세계와 구세계에서의 삶의 혼합물이다.

다른 카프카 글들에서와 마찬가지로 여기서도 핵심 단어는 교통Verkehr이다. 카프카의 미국은 사람들과 사물들의 끊임없는 흐름으로 부단히 바삐 움직여 활기를 띤다. 삼촌 집 발코니에서 카를은 "아침부터 저녁까지 그리고 밤의 꿈속에서"(MD 29/V 55)도 이어지는 저 아래 거리의 교통을 관찰한다. 이 교통은 외부 세계에 국한되지 않고 마음 — 즉 꿈의, 무의식의 영역을 침투한다. 『실종자』에서 카프카의 주된 목표는 사실주의적 묘사가 아니라 현대적 조건이 몸과 마음을 왜곡시키는 방식에 대한 심리적 탐구이다.

카를의 삼촌이 소유하고 있는 '일종의 수수료 및 배달 서비스'(MD 34/V 55) 회사는 실제로 뭔가를 생산하는 것이 아니라 그저 상품과 정보의 유통을 관리한다. 이 회사의 접속점은 전화실이다. 여기서 카를은 한 전화 교환원을 관찰하게 된다.

그의 머리는 이어폰을 귀에 대고 누르게끔 되어 있는 강철 밴드로 둘러싸여 있었다. 그의 오른팔은 유달리 무거운 양 작은 책상 위에 놓여 있었고, 연필을 쥔 그의 손가락만이 인간의 것이 아닌 듯한 규칙성과 신속성으로 까딱까딱 움직였다. 그가 수화기에 대고 하는 말은 매우 짧았고, 때론 상대가 한 말을 비판하거나 더 자세히 그에게 물어보고 싶어 하는 것처럼 보일 때도 있었지만, 상대방은 그럴 틈도 주지 않는지 그저 눈을 내리깔고 들은 내용을 기록하고 있었다.(MD 35/V 66~67)

남자의 몸은 그가 작동하는 기계와 융합되어 있다. 그 자신이 초인적 속도와 정확성으로 반복적인 작업을 수행하면서 정말로 기계처럼 되어 버린 것이다. 비록 그가 통화 중임에도, 그의 일은 사실상의 대화를 포함하지 않는다. 현대 기술이 인간의 접촉을 가능하게 하기보다는 방해하는 것이다. 실제로, 그의 텍스트에서 자주 의사소통의 실패를 의미하는 전화를 카프카는 매우 미심쩍게 여겼다.

전화 교환원은 최대한의 효율성 수준으로 훈련된 정신과 신체에 대한 기민성의 자본주의적 이상을 구현한다. 사회학자 막스 호르크하이머는 현대 노동 조건이 인간 심리에 끼치는 영향을 압축적으로 묘사한다. 그가 주장하듯, 현대 노동자는 꿈도 역사도 없이 항상 정신을 바짝 차리고 준비된 상태로, 항상 즉각적인 실용적 목표를 목적으로 삼는다. … 그는 말해진 단어를 그저 정보, 방향 그리고 명령의 매개체로만 받아들인다. … 개인은 더 이상 보살필 미래가 없고 그는 단지 자신을 적응시키고, 명령에 따르고, 레버를 당기고, 항상 동일하게 다른 것들을 수행할 준비만 하면 된다.[13]

모든 주의가 당면한 과제에 집중된다면, 잠시 멈추고 심사숙고할 여지도 없고, 현재에서 한 발자국 나아가 더 넓은 맥락을 성찰할 시간도 없다. 처음에 카를은 외부에서 이 상황을 관찰할 뿐이지만, 그의 다음 직장에서 그는 자본주의 기계에 빨려 들어간다. 호텔 옥시덴탈은 그 이름이 암시하듯 서구 자본주의의 화신이다. 수많은 엘리베이터, 입구, 측면 출입구가 있는 이곳은 하나의 자족적인 우주이지만 살짝 비현실적이고 과도적인 장소이기도 하다. 로비에 있는 두 짐꾼은 손님들에게 포위되어 "조금도 방해받지 않고 정보"(MD 130/V 256)를 제공한다. 카를 자신의 일은 매우 압박적이지만, 그는 리프트보이로서 자신의 직책에 열성적으로 투신하고 곧 다른 소년들을 능가한다.

카를은 그런 다음 '무일푼에서 부자로' 부상하는 희망인

---

13 Max Horkheimer, "The End of Reason", *The Essential Frankfurt School Reader*, eds. Andrew Arato and Eike Gebhardt, New York: Continuum, 1982, pp. 26~48(pp. 37~38).

아메리칸드림을 내재화하고, 폭군 브루넬다의 하인이 되어도 더 나은 자리를 찾기 위해 자신의 보잘것없는 일에 전념하겠다고 마음먹는다. 카를의 야망은 평범하지만 흥미로운 사실을 드러낸다. 그는 언젠가 자신이 "책상에 앉아 걱정 없이 열린 창문 너머를 잠시 응시하는 회사원"(MD 180/V 353)이 될지도 모른다는 꿈을 꾼다. 카프카 자신이 거의 끊임없이 불만을 토로했듯, 사무직은 흥미진진하지는 않을지도 모른다 ── 그러나 리프트 보이의 일과는 달리 사무직은 자본주의의 무한 경쟁으로부터 때때로 몽상의 여지, 잠시나마 한숨을 돌릴 여지를 제공한다. 이는 그러나 꿈으로 남는다. 현실에서 카를은 자신이나 사회에 대해 멈추고 생각할 시간이 없다.

그럼에도 불구하고, 『실종자』는 카프카의 가장 노골적으로 정치적인 소설이다. 이것은 파업, 선거 운동 그리고 시위를 특징으로 하지만 이러한 장면들은 카를의 손이 닿지 않는 먼 곳에서 발생한다. 차를 타고 폴룬더 씨의 별장으로 이동하는 동안, 카를과 그를 초대한 주인은 뉴욕 외곽에서 열린 파업하는 금속 노동자들의 데모를 지나친다.(MD 39/V 74~75) 멀리서 보면 시위대가 묘하게 통제되는 것처럼 보인다. 그들은 '작은 발걸음'으로 하나로 움직이고, 그들의 노래는 '하나의 목소리보다 더 큰 제창'이다. 여기서, 자본주의 노동의 모든 영역을 특징짓는 획일성과 기계 같은 정밀성은 심지어 정치적 시위로까지 확대된다. 시스템에 대한 순응과 그것에 대한 반항은 동일한 외형적 형태를 취한다. 하지만 이 천천히 움직이는 군중을 제외하고는, 이 장면은 마치 카메라 플래시에 잡힌 것처럼 섬뜩하게 고요하다. 텅 빈 객차가 버려진 채 서 있고, 여기저기서 경찰관이 '움직이지 않는 말 위에서' 현장을 감시한다. 카를에게 그 시위는 내면적 관여의 결여를 반영하는 관점인 일관성 없는 스틸 컷의 연속으로 나타난다. 실제로, 대부분의 여행 동안 그는 심지어 창밖을 내다보지도 않고 "폴룬더 씨가 그에게 두른 팔에 행복하게 기대었다. 그가 곧 담장으로 둘러싸여 개들이 지키는 채광 좋은 시골집에서 환영받는 손님이 될 것이라는 확신은 그에게 엄청난 행복감을 주었다". 그가 정의를 위한 캠페인에서 화부를 지지했던 첫 챕터와 대조적으로, 카를은 파업 중인 노동자들과 연대를 느끼지 않고 안전과 피난처에 대한 열망만을 느끼는 것 같다. 그가 차에서 포착한 마지막 장면은 그의 내면적 거리감을 반영한다. "호기심 많은 소수의 사람들은 실제 시위자들로부터 멀리 떨어져 서서, 실제로 무슨 일이 일어나고 있는지 모르면서도 그 자리에서 움직이지 않고 서 있었다."

소설 후반부에 카를은 정치적 행위의 또 다른 예를 접하는데, 이번에는 그의 반응이 매우 다르다. 브루넬다의 하인으로서, 그는 그녀의 발코니에서만 바깥세상을 볼 수 있다. 아래 거리에서 판사 자리를 위한 선거 운동이 벌어질 때 카를은 전체를 내려다볼 수 있지만, 이번에도 그 행위와는 동떨어져 있다. 그가 서 있는 곳에서 현수막은 텅 빈 것처럼 보이고, 그는 군중이 외치는 후보의 이름을 이해할 수 없다. 카프카는 그 캠페인의 내용에 뒤따르는 논쟁은 빼고 오로지 구경거리로서의 특성에만 초점을 맞춘다. 금속 노동자들의 시위처럼 사건들은 세심히 연출된 것처럼 보이지만, 곧 통일성은 혼돈에 자리를 내준다. "군중은 계획 없이 표류하고, 한 사람은 다음 사람에게 기대고, 아무도 더 이상 똑바로 설 수 없었다."(MD 169/V 333) 장면을 비추는 헤드라이트가 박살이 나자 청각적 인상이 시각적 인상을 장악한다. "어둠의 현혹적 효과는 아래쪽 끝 다리 근처에서 시작되어 다가오는 균일한 노래의 갑작스런 시작으로 더욱 증대해 갔다."(MD 170/V 334)

카를이 나중에 그 학생에게 들었듯, 문제의 그 후보자는 그를 지지하는 무리가 있다 해도 전혀 가능성이 없었다. 카프카의 소설에서 정치적 행위는 공허한 구경거리에 지나지 않는다. 유럽의 많은 부분이 여전히 군주제 통치하에 있던 20세기 초에 미국은 자유와 민주주의의 등불이었지만, 『실종자』는 시위가 순응과 구별되지 않는 사회 그리고 진정한 권력 구조는 오로지 그것을 개시한 이들에게만 분명한 사회에 대한 보다 비판적인 그림을 그린다.

위기에 처한 남성성: 젠더, 섹슈얼리티, 욕망

많은 사회적 변화들 중, 20세기 초에는 여성 평등을 위한 투쟁이 있었다. 가정에 매여 있던 수 세기의 삶 이후, 여성들은 노동력에 대거 합류하였고 공적 생활에서 점점 더 눈에 보이는 존재가 되었다. 이것은 교육에 대한 더 나은 접근과 보다 큰 정치적 참여, 성적 해방과 변화하는 신체 이미지를 동반하였다. 코르셋과 긴 드레스는 더 가벼운 의복으로 대체되었고, 이것은 움직임과 심지어는 신체적 운동을 위한 더 많은 공간을 허용하였다. 폴룬더 씨의 딸 클라라는 소위 '신여성'의 전형적인 예이다. 그녀는 카를을 그녀의 "운동으로 단련된 몸으로" 발이 공중에 뜨게 들어 올려 그를 소파에 앉히기 전에 "뭔가 이국적인 전투 기술"로 그에게 태클을 건다. 카를은 이것을 친절히 받아들이지 않는다. "이 고양이, 넌 미친 고양이야"라고 그는 "분노와 수치심"이 섞인 목소리로 외친다.(MD 47/V 90~91) 그는 이러한 반응에 있어서 혼자가 아닌데, 여성 해방이 여성 혐오자의 백래시를 야기했기 때문이다. 오스트리아 철학자 오토 바이닝거는 그의 유사 과학적 논문 『성과 성격』(1903)에서 여성은 수동적이고, 비논리적이고, 비도덕적이며, 남성을 이성의 높은 곳에서 욕망의 늪지대로 끌어내리려 하는 부패한 힘이라고 주장하였다. 바이닝거는 남성과 여성의 차이에 과학적 근거를 제공하며 그러한 차이점을 추출하기 위해 애썼다. 그의 베스트셀러는 유동적 상태 속 젠더 역할에 대한 깊고 심오한 불안의 징후이다.

이러한 불안감은 카프카의 소설에 굴절되어 있을 뿐만 아니라 반영되어 있다. 화부의 협상 중 한 선원이 선장의 문을 두드리고 경례를 하려 할 때 그는 외친다. "역겹구만, 그들이 내 허리에 소녀의 앞치마를 둘러놓다니."(MD 27/V 50) 성별 역할이 모호해지는 것은 재밌지도, 해방적이지도 않다. 실제로, 선원의 본능적 반응에 있어 그는 혼자가 아니다. 카를이 35세의 여종업원 요한나 브루머에게 유혹당하였을 때, 그는 기쁨보다는 혐오감을 느낀다 — 혹은 최소한 지나서 보니 그에게 그렇게 보인다. 그는 어떻게 나이 든 여자가 "카를이 베개에서 그의 머리와 목을 뻗쳐 댈 정도로 징그러운 방식으로 그녀의 손을 그의 다리 사이에서 더듬었"는지 상기했다. 그러고 나서 그녀가 "자신의 배를 그에게 여러 번 부딪혔을 때, 그는 그녀가 그 자신의 일부인 것처럼 느꼈고 아마도 그 때문에 그는 도움이 필요하다는 끔찍한 감각에 사로잡혔다."(MD 23/V 43) 카를은 단순히 즐거움이 무엇인지를 인지하는 데 필요한 경험뿐 아니라 적절한 어휘 역시 부족한 것일 수 있지만 그의 반감을 해석하는 다른 방법이 있으니, 바로 성 역할의 역전에 대한 반응으로서이다. 이 성관계 장면에서 카를은 강압적이고 남성적인 것이 아니라 완전히 수동적이다. 그의 설명에는 성기에 대한 언급은 없고 '다리 사이' 영역에 대한 모호한 언급만이 있다. 카를은 자기 자신에게 무성애적이고, 거세된 것으로 보이며, 그의 행동은 남자보다는 아이를 연상시킨다. 요한나는 결국 연인보다는 엄마처럼 보인다. 그녀는 그의 옷을 벗기고 침대에 눕히는데, "마치 앞으로 그를 다른 누구에게도 맡기지 않고 세상이 끝날 때까지 애무하고 보살펴 줄 것 같다".(MD 23/V 42)

카를의 유혹에 대한 설명은 내러티브의 고도의 기교를 보여 주는 부분으로, 앎과 부정 사이에서 위태로운 균형을 이룬다. 물론, 사건에 대한 그의 탈성애화된 버전과 모순되는 작지만 중요한 세부 사항은 결과적으로 태어난 아기이다. 이 아이는 소설에서 단 두 번 — 첫 문장에서 한 번 그리고 카를의 삼촌에 의해 다시 한 번 — 언급된다. 삼촌은 요한나 브루머가 자신에게 야콥이라는 사내아이에 대해 이야기하는 편지를 받았노라 이야기한다. 여기서 아이의 이야기는 제대로 시작되기도 전에 끝나 버린다. 어떤 의미에서, 아기는 소설에서 첫 번째 '실종자'이고 그의 출생이 카를의 이야기에서 중심이지만, 아기가 이어지는 이야기에서 부재하는 것은 그만큼 흥미로운 사실을 드러낸다. 카를은 그의 부모에 의해 추방당하지만 그가 미국으로 가게 되면서 그 또한 자신의 부모로서의 책임감을 회피하게 되니, 이는 어쩌면 그의 부모의 사례를 본받는 것을 피하기 위한 시도일지도 모른다. 카프카 소설에 등장하는 아버지들의 기록으로 볼 때 이러한 움직임은 놀랄 일이 아니지만 결과적으로 카를은 아들도 아버지도, 아이도 남자도 아닌, 둘 사이 어딘가에 끼어 있는 채로 남는다.

이 중간적 상태는 소설 전반에 걸쳐 명백하다. 클라라가 그를 제압하려 할 때, 카를은 대신 그녀를 껴안기 위해 몸을 빼낸다.

"아, 넌 나를 아프게 해"라고 그녀가 즉시 말했다. 그러나 이제 카를은 그녀를 보낼 수 없다고 생각했다. … 게다가 몸에 꼭 맞는 드레스를 입은 그녀를 껴안고 있는 것은 너무 쉬웠다. "봐

줘"라고 그녀는 붉어진 얼굴을 그의 얼굴 가까이에 대고 속삭였고, 이것은 그에겐 그녀를 보기 위한 노력이었고, 그녀는 너무나도 가까이 있었다. "나를 봐줘, 내가 뭔가 좋은 걸 줄게." '왜 그녀는 그렇게 한숨을 쉬는 거지'라고 칼은 생각했다. '이게 그녀를 아프게 할 리 없어, 내가 꽉 붙잡고 있는 것도 아닌데.' 그리고 그는 여전히 그녀를 놓아주지 않았다.(MD 47/V 90)

『실종자』는 이러한 장면들로 가득 차 있다. 카를은 남녀 모두의 성적 욕구를 불러일으키지만, 욕망의 동요를 느낄 때마저도 그는 다른 이들과 자신 안의 섹슈얼리티를 무시한 채 어린아이 같은 시선을 유지하고자 한다. 내러티브는 그들이 동시에 숨기는 것을 드러내는 구절에서 이러한 억압의 과정을 반영한다.

이것은 동성애적 욕망의 경우에 특히 두드러진다. 요한나 브루머와 클라라와 같이, 화부는 카를을 그의 침대로 밀어 넣지만 이 경우에는 카를은 개의치 않는 것 같고 그들이 헤어질 때는 화부의 손에 뜨거운 키스와 애무 그리고 슬픈 눈물이 따라온다. "너에게 마법을 걸었던 화부의 눈"이라고 "선장의 위로 우뚝 솟은 카를의 머리를 아는 듯한 시선으로 힐끗 보면서" 그의 삼촌은 말한다. 그러나 그러고 나서 그는 "하지만 나를 위해, 너무 멀리는 가지 말렴"(MD 27/V 50)이라고 경고한다. 삼촌의 말과 넌지시 이야기하는 눈빛은 카프카 자신의, 같은 정도로 암시적인 내러티브 전략을 충족시킨다. 폴룬더 씨의 팔이 카를을 감싸고 그를 가까이 끌어당기고 그의 다리 사이로 들어가면, 카를은 고집스럽게 그 어떤 성적 함축성도 걸러 내면서 이 '부계적' 배아를 기꺼이 받아들인다. 사디스트적인 수위장head porter과 관련해서는 이 전략을 유지하는 것이 더 어렵다. 카를을 구석으로 몰아넣은 그는 이렇게 선언한다. "하지만 네가 여기 있으니 난 널 즐길 거란다"(MD 133/V 262) 그러곤 "옆에 솔기가 터져 버릴 정도의 힘으로"(MD 135/V 265) 카를의 재킷 주머니를 뒤진다. "'그거면 됐잖아'라고 카를은 혼잣말을 한다 ── 그의 얼굴은 분명 빨갛게 달아올랐을 것이다 ── 그리고 수위장이 욕심으로 카를의 두 번째 주머니를 부주의하게 뒤적이는 통에, 카를은 휙 밀쳐 그의 소매에서 빠져나왔다."(MD 135/V 266)

소설 전반에 걸쳐, 섹슈얼리티는 권력과 억압의 도구이다. 하지만 이 전략의 가장 무시무시한 주창자는 남자가 아니라 전직 오페라 가수 브루넬다이다. 카를이 브루넬다, 그의 연인 들라마르슈 그리고 무기력한 로빈슨과 함께 지내는 것은 이 소설의 가장 어두운 부분을 구성한다. 착취와 폭력은 카를이 사실상 죄수인 그녀의 아파트에 만연한다. 그가 벗어나고자 할 때 그는 들라마르슈에게 야만적으로 구타당하지만, 더 음흉한 것은 브루넬다의 심리적 조작 전략이다.

카를이 아파트 밖에 있는 차에서 내렸을 때, 그는 즉시 감시받고 있는 자신을 발견한다. "저 위 발코니에서 … 빨간 드레스를 입은 커다란 여자가 햇빛가리개 아래에서 일어나 선반에서 오페라글라스를 가져다 아래 있는 사람들을 바라보았고, 그들은 그저 천천히 그녀로부터 시선을 피했다."(MD 139/V 273) 브루넬다는 『관찰』에서 오로지 남성들만이 취하는 지위를 차지하니, 바로 관음증적 호기심으로 아래의 거리를 지켜보는 창가의 관찰자라는 지위이다. 쌍안경은 브루넬다의 오페라 가수로서의 커리어에서 얻은 기념품이다. 실제로, 그녀는 관찰자일 뿐만 아니라 숙련된 연주자이기도 하다. 임시 커튼과 스크린이 있는 이 작은 아파트는 브루넬다의 원-우먼쇼를 위한 무대이다 ─ 그녀의 히스테리컬한 행동도 그러하지만, 무엇보다도 그녀의 거대한 몸이 그 자체로 장관이다.

브루넬다는 카프카의 가장 그로테스크한 캐릭터 중 하나이며 여성 혐오자들의 상상이 불거져 나온 불룩한 살로 만들어진 것이지만, 그녀는 이러한 부류의 유일한 사람은 아니다. 사실 카프카 텍스트는 뻔뻔하게 그들의 추한 몸을 과시하는 여성들로 가득 차 있는데, 그러한 연유로 그들 주위의 남자들에게 거부할 수 없는 매력을 행사한다. 카프카가 그의 일기에 쓰듯 "나는 일부러 창녀들이 있는 거리를 걷는다. 그들을 지나쳐 걸어가는 것은 나를 흥분시키고, 희박하지만 그럼에도 여자 하나와 갈 가능성이 있다. … 나는 구식 드레스를 입은 거대하고 나이 든 창녀들만을 원한다".(1913년 11월 19일; D 238/TB 594) 카프카 안의 혐오는 욕망의 가면이다. 그러나 브루넬다는 사실상 상세하게 묘사되지 않는다. 마치 그녀의 혐오스러우면서도 묘하게 매력적인 몸에서 관심을 돌리기라도 하듯, 이 이야기는 그 대신 그녀의 주변 환경에 초점을 맞춘다. 그녀의 옷과 악취 나는 음식과 엉겨 붙은 머리카락으로 가득 찬 ── 즉 섭취되거나 몸에서 배출되는 물질들 ── 그녀의 답답하고 끈적끈적한 아파트. 브루넬다의 끔찍한 육체적 현실은 그녀 주위의 세계로 흘러넘친다. 이 묘사들을 읽으면서, 우리는 진저리 치지 ── 어쩌면 심지어는 약간 구토를 일으키는 반사적 반응 ── 않을 수 없지만, 그럼에도 불구하고 이야기는 능숙하게 이러한 충동을 저지한다. 카를이 어떤 성적 충동도 억누르듯, 그는 어떠한 혐오감도 막아 낸다. "당신의 집은 너무나 어수선하고 더럽습니다."(MD 185/V 363) 그는 로빈슨을 책망하지만, 그러곤 침착하게 정리를 시작하고 다른 세입자들이 반쯤 먹다 남은 음식으로 아침을 준비한다.

사회생활의 이 낮은 지점에서조차도, 카를은 낙담하지 않고 더 나은 일자리를 찾고자 하는 희망을 품고 노력한다. 이 추진력이 그를 저버리는 것은 오로지 단편적인 챕터인 '브루넬다의 출발'에서이다. 로빈슨과 들라마르슈는 사라졌고, 도시를 가로질러 브루넬다를 태우고 가는 것은 카를에게 맡겨진다. 그들의 목적지는 퇴폐적인 '제25번 사업장'으로, 카를에게 근본적으로 돌이킬 수 없이 더럽게 보이는 시설이다.

이것은 좀 더 가까이에서 보면 손을 댈 수도 없는 지독한 지저분함이었다. 현관의 돌바닥은 청소되어 거의 깨끗하였고, 벽의 그림은 오래된 것도 아니었고, 인조 야자는 먼지가 조금 묻은 정도였지만, 그럼에도 불구하고 모든 것이 기름때로 찌들어 역겨웠다. 모든 것은 처음부터 잘못되어 있고, 어떤 청결함도 이를 바로잡을 수 없을 것이었다. 카를은 새로운 장소에 도착하면 언제나 무엇이라도 더 나아질 수 있을까를 생각하는 걸 좋아했다. … 하지만 여기서는 카를은 무엇을 해야 할지 몰랐다.(MD 194~195/V 384)

이 챕터는 몇 문장 뒤에 끊어진다. 소설 전반에 걸쳐, 카를은 (자기-) 개선에 대한 열망에 의해, 그의 주위와 오명으로 얼룩진 자기 자신의 과거를 깨끗이 하고자 하는 열망에 의해 나아간다. 카를이 요한나 브루머의 침대에서 처음 느끼는 혐오감은 진정 자기혐오이다 — 어린 시절의 낙원에서 어른의 섹슈얼리티의 땅으로 그를 추방한 '더러운' 충동으로부터 스스로를 정화하려는 그의 욕망인 것이다. 카를에게, 이 땅은 미국이다. 카를이 아무리 노력해도 그는 점점 더 깊숙이 오물과 부패 속으로 가라앉아 결국 되돌아올 수 없는 곳에 이르니, 바로 성적인 것이 더 이상 은폐되거나, 억압되거나 혹은 무시될 수 없는 장소인 사창가이다.

오클라하마 극장: 새로운 시작?

카프카는 1913년 1월에 『실종자』 작업을 그만두지만, 그의 두 번째 소설인 『심판』을 작업하면서 1914년 10월에 이 작품의 원

고로 돌아온다. 그는 '브루넬다의 출발'을 포함한 두 짧은 글을
썼지만, 그 후 브루넬다 줄거리를 버리고 새롭게 시작한다. 길
모퉁이에서 카를 로스만은 굉장한 기회를 알리는 포스터를 본
다. 오클라하마 극장은 새로운 직원을 찾고 있다: "모두를 환영
합니다! 만약 여러분이 예술가가 되고 싶다면 함께 갑시다! 우
리는 모든 사람을 각자 걸맞은 곳에 이용할 수 있는 극장입니
다!"(MD 195/V 387) 누구나 환영한다는 거창한 약속 속에서 이
극장 광고는 미국이 무한한 기회의 땅이라는 아메리칸드림을
연상시키지만, 그럼에도 이 메시지가 모호함이 없는 것은 또
아니다. 이 광고는 "우리를 믿지 않는 사람에게 저주를!"(MD
195/V 387)이라는 불길한 말로 끝난다. 칼을 든 자유의 여신상
의 경우처럼, 환영과 위협은 함께 간다.

　카를에게 이 약속은 그럼에도 불구하고 매우 매혹적이다.
"그가 지금까지 한 모든 일은 잊혀졌고, 아무도 그것에 대해 그
를 비난하지 않을 것이다. 그는 부끄럽지 않은 일을 위해 보고
할 수 있었지만, 대신 공개 초대장이 발부되었다!"(MD 196/V
388) 극장은 구원의 기회, 이전의 '죄'에 대한 용서를 제공하고
아나나 다를까 모집이 이뤄지는 경마장에서 나팔 부는 천사 복
장을 한 여자들이 그를 맞는다. 이 챕터는 소설의 나머지 부분
과는 매우 다른 어조와 분위기를 띤다. 카를의 목표는 더 이상
미국 사회를 사실적으로 묘사하는 것이 아니다. 오히려 이 에
피소드는 카를의 미국 경험에 대한 일종의 알레고리처럼 약간
비현실적으로 느껴진다. 현대의 세속적인 시대에, 자본주의는

새로운 종교 또는 오히려 졸렬한 모방이다. 구원의 희망인 유
토피아는 공연이자 광고 전략으로, 매력적이지만 은근히 불길
하기도 하다. 두 시간마다 트럼펫을 부는 여자들은 악마의 복
장을 한 남자들과 자리를 바꾼다. 미국은 천국이 될 수도, 지옥
이 될 수도 있는 모 아니면 도의 공간이다.

클래식 교양 소설인 괴테의 『빌헬름 마이스터의 수업 시
대』(1795~1796)에서, 젊은 빌헬름은 자신의 성인으로서의 정체
성을 찾기 위해 유랑 극단에 합류한다. 빌헬름에게 극장은 자
유, 창의성 그리고 자기표현을 의미한다. 이 희망은 카프카의
소설 속에 살아 있지만, 오로지 불가능한 이상으로서만 존재한
다. 나중에 밝혀지듯 카를은 배우로서 합류하는 것이 허락되지
않고, 심지어는 엔지니어가 되고자 하는 그의 원래의 야망을
축소한 버전인 '기술자'로서도 합류할 수 없다. 긴 입회 절차를
거친 후, 그는 결국 '유럽 중등학교 학생들을 위한 사무실' —
"바깥쪽 가장자리에 있는 부스로, 다른 어떤 곳보다도 크기가
작을 뿐만 아니라 낮은 곳"(MD 202/V 401)이다 — 로 보내진다.
따라서 카를은 그가 처음에 미국에 도착했을 때의 그의 자격을
기반으로 입회가 허락된다. 극장이 보기에 그는 발전하지 않았
기에 그가 처음에 시작한 곳으로 되돌아가야 하는 것이다. 하
지만 이러한 카를의 입단은 또한 요사이에 있었던 굴욕을 말해
준다. 이름을 묻는 질문에 그는 자신의 본명을 대는 대신 스스
로를 '네그로'Negro라고 부르는데 "이는 지난 몇몇 직장에서 사
람들이 그를 부르던 이름이다".(MD 203/V 402) 인종 차별적 배

제의 용어를 자신의 이름으로 채택함으로써, 카를은 카프카 시대의 미국에서 가장 억압받는 집단 중 하나와 자신을 일치시킨다. 실제로, 카프카가 미국에 익숙해지기 위해 읽은 책 중 하나인 아르투어 홀리처의 여행기 『미국의 오늘과 내일』(1912)은 인종 차별적 박해의 참혹한 예를 담고 있으니, 바로 흑인 남성이 린치당한 사진이다. 이 사진은 '오클라하마의 목가/목가시'Idyll in Oklahama라는 쓰라린 캡션을 달고 있다. 홀리처는 오클라호마를 '오클라하마'로 계속해서 잘못 표기하고, 카프카의 소설에서도 같은 철자 오류가 나타난다. 카를이 불가사의한 오클라하마 극장에 입단한 것과 그가 채택한 이름이 '네그로'라는 것은 홀리처의 책과 가시적인 연관성을 제공하며, 카를을 기다리는 운명이 불길한 것임을 암시한다.

　이러한 예감은 또한 소설의 마지막, 미완성 챕터에서도 구체적으로 드러난다. 또다시 카를은 기차를 타고 새로운 직장으로 이동하는 중이다. 그가 빠르게 나아가는 것은 그로 하여금 미국의 크기를 깨닫게 하지만, 바깥 풍경은 다소 적대적으로 보인다. "검푸른 돌덩어리가 기차까지 이를 정도로 날카로운 쐐기를 박으며 내려왔고, 한 사람은 창밖으로 몸을 내밀고 그것의 봉우리를 가늠하려 헛되이 애썼다."(MD 211/V 418~419) 카를이 오클라하마 극장에 입단한 것은 희망의 요소를 담고 있지만, 미지의 곳으로의 그의 기차 여행은 "넓은 산의 강들이 큰 파도를 타고 낮은 경사면으로 돌진했다. … 그리고 그 파도는 너무나 가까워서 그것의 차가운 숨결이 얼굴을 떨게 만들었다"(MD 211/V 419)라는, 뚜렷이 냉랭한 어조로 끝난다.

여기서 카프카는 주인공의 여정을 마무리 짓지 못한 채 이 소설을 영원히 포기한다. 다시 한 번 카를은 사건들에 휩쓸리지만, 이번에는 그조차도 그를 기다리고 있는 운명에 전율을 금할 수 없다. 그가 어렴풋이 느낀 것이 맞을 수 있다. 1915년 9월 일기에서 카프카는 그의 첫 두 소설을 돌아본다. "로스만과 K., 무죄인 자와 유죄인 자, 둘 다 결국에는 구별 없이 처형된다, 무죄인 자는 보다 부드러운 손으로, 넘어뜨려지기보다는 옆으로 밀려나면서."(1915년 9월 30일; D 343~344/TB 757) 「선고」, 『변신』 그리고 『심판』에서와 같이, 죽음은 카프카가 그의 주인공에게 상상할 수 있는 유일한 운명이다. 그러나 그러한 결말이 소설의 정신과 일치했을지는 의심스럽다. 1912년에, 카프카는 펠리체 바우어에게 그의 소설이 "유감스럽게도 절대 완성되지 않는 방식으로 설계되었다"(1912년 11월 11일; LF 49/BF 86)고 쓰는데, 이는 그가 염두에 두었던 여행기가 확정적인 결론을 향해 설계되어 있지 않았다는 사실을 암시한다. 이것은 카프카가 이 소설을 미완성 상태로 남겨 두는 데 만족했다는 것을 시사하지는 않는다. 반대로, 그가 거의 2년가량의 중단 후에 다시 이 소설 원고로 돌아왔다는 사실은 이 느슨한 결말을 매듭짓고 싶은 그의 열망을 암시한다. 그러나 카프카가 원고를 영영 중단하였을 때 카를이 다시금 움직이기 시작한 것은 우연이 아니다. 창의적인 여행의 흥분감은 도착의 만족감을 능가한다.

『심판』

카프카에게, 『심판』(1914~1915) 집필은 개인적으로 고비를 겪던 시기 직후에 이루어졌다. 1년 반 동안 지속되었던 장거리 연애 후 그는 마침내 펠리체 바우어와 1914년 5월에 약혼했지만, 심지어 약혼 후에도 그는 결혼의 가망성에 대한 뿌리 깊은 의구심을 떨쳐 버릴 수 없었다. 베를린에서 공식적인 약혼 파티가 끝난 후, 카프카는 그의 일기에 다음과 같이 쓴다. "범인처럼 손과 발이 묶였다. 그들이 나를 진짜 쇠사슬로 묶어 구석에 앉히고, 내 앞에 경찰을 배치하여 간단히 그렇게 보이게 했다면, 그보다 더 나쁠 수는 없었을 것이다."(1914년 6월 6일; D 275/ TB 528) 이러한 감정들은 아무도 모르게 넘어가지 않게 된다. 7월에 펠리체는 그녀의 여동생 에르나, 작가 에른스트 바이스 그리고 카프카가 비밀리에 꽤 친밀한 서신을 주고받기 시작한 그녀의 친구 그레테 블로흐 앞에서 약혼을 파기한다. 카프카가 '재판소'(1914년 7월 23일; D 293/TB 658)라고 묘사한 이 결별로 그는 깊은 충격을 받는다. 카프카가 그의 일기에서 사용하는 이미지들은 그의 두 번째 소설의 씨앗을 담고 있다. 1914년 8월 중순, 그는 체포와 재판의 은유가 픽션 세계의 중추가 되는 『심판』의 작업에 착수한다.

그러나 『심판』의 실질적 집필은 「실험」trial run에 앞서 이루어졌다. 7월 29일에 카프카는 '부유한 상인의 아들'인 요제프 K.라 불리는 주인공이 등장하는 짧은 글을 썼는데, 그는 아버

지에게 '방탕한 삶'을 살았다고 비난받는다.(D 297/TB 666~667)
「선고」와『변신』그리고『실종자』에서 그러하듯 이 단편에서
아버지는 아들의 재판장, 가족은 재판 현장의 역할을 한다.『심
판』에서 이 역할은 법원에 위임되지만, 법원의 법과 절차는 카
프카 작품 속 아버지들의 동기만큼이나 불가해하다. 우리는 짧
은 단편에서 요제프 K.가 무엇으로 기소되었는지를 듣게 된다.
반면에 소설에서 요제프 K.는 특정 범죄로 기소된 적이 없으며
누가 그를 기소했는지 결코 알아내지 못한다.『심판』은 그렇기
에 이 초기의 초안보다 더 대담한 동시에 더 모호하며, 해답 없
는 질문들은 소설의 원동력이 되고, 내러티브의 긴장감을 주는
원천이 된다.

　『심판』은 짐작과 추측으로 시작된다. "누군가가 요제프
K.에 대해 거짓말을 했음이 틀림없으니 어느 날 아침, 그는 아
무 잘못도 하지 않고 체포되었다."(T 5/P 7) K.가 '아무런 잘못'
도 하지 않았는데 체포되었다는 사실은 '누군가'가 그에 대해
거짓말을 한 것이 분명함을 의미하지만, 이 사람의 신원은 결
코 밝혀지지 않는다. 이것은 문법적 세부 사항에 따른 또 다
른 모호함과 관련 있다. 원문에서 K의 결백은 가정법을 사용하
는 구절 "그가 뭔가 나쁜 짓을 했을 리는 없건만"ohne daß er etwas Böses
getan hätte에서 뒷받침되는데, 독일어에서 이 형식은 어떤 주장이
주관적이고 잠재적으로 신뢰할 수 없다는 것을 나타내는 간접
화법에 사용된다. 카프카가 첫 문장에서 가정법 'hätte'를 사용
한 것은 소설의 나머지 부분에 큰 영향을 미친다. 이는 K.의 무

죄가 객관적 사실이 아니라 주관적 주장이며, 어쩌면 K. 자신의 주장일지도 모른다는 사실을 암시한다. 『심판』에서 — 『변신』에서와 마찬가지로 — 카프카는 주인공의 시점과 대부분 일치하는 삼인칭 화자를 사용하지만, 화자가 K.의 시점을 미묘하게 상대화하는 순간이 많다. 독자로서 우리는 K.의 사건에 이의를 제기할 수 있고, 또 제기해야만 한다.

이 소설에는 법원과 심판에 대한 다양한 모순적인 진술이 포함되어 있다. 독자로서 우리는 누구를 믿고 어떤 정보를 문자 그대로 받아들여야 할지 확신할 수 없으며, 요제프 K. 역시 그러하다. 그는 피고인의 역할을 부여받지만, 소설이 진행되면서 다른 부분도 취하고자 한다. 바로 이 케이스에 대한 사실을 수집하려는 탐정의 역할이 그것이다. 『심판』은 살인자 라스콜니코프가 자신의 죄책감과 마주하게 되는 도스토옙스키의 『죄와 벌』(1866)이 전형적으로 보여 주는 형이상학적 범죄 소설의 울림을 담고 있지만[14] 카프카의 소설은 또한 고전 탐정 소설과도 다양한 특징을 공유한다. 1912년 일기에서 카프카는 셜록홈스의 감정에 좌우되지 않는 관찰의 방식을 언급하고(1912년 1월 5일; D 167/TB 348~349) 요제프 K.는 비슷한 태도를 취하고자 한다. 그는 법원 공무원들의 외모와 행동에서 법원에 대한 정보를 얻을 수 있지 않을까 하는 희망으로 주변을 주의 깊게

14 다음을 참조하라. Ritchie Robertson, *Kafka: Judaism, Politics, and Literature*, Oxford: Clarendon Press, 1985, pp. 90~93.

관찰한다. 그러나 이것은 처음부터 결함이 있는 사업이다. 첫 단락에서 우리는 K.의 침실에 방금 들어온 감시원에 대한 자세한 묘사를 본다. "그는 … 몸에 꼭 맞는 검은색 정장을 입고 있었는데 여행용 복장처럼 다양한 주름과 주머니, 버클, 단추 그리고 벨트가 달려 있어 정확한 용도는 알 수 없지만 유독 실용적으로 보였다."(T 5/P 7) 소설 내내 K.는 그의 주변에 있는 표지판을 해독하려고 노력하지만, 이 표지판들은 추리 소설에서처럼 고정된 의미를 지니지 않는다. 감시원의 복장은 "여행용 복장 같고" "유독 실용적인 것처럼 보이지만" 이는 그저 K.가 받은 인상일 뿐일 수 있다. 궁극적으로 이 의복의 실제 목적은 착용자의 정확한 임무만큼이나 불분명하다.

『심판』은 '아마도', '어쩌면', '~와 같은' 그리고 '마치 ~이듯'과 같은 표현들로 가득 차 있어서 불확실성이 만연한 느낌을 준다. K.를 인터뷰하는 도중에 감독관은 뷔르스트너 양의 침대 옆 탁자에 놓인 물건들을 "마치 그것들이 심문에 필요한 물건인 것처럼"(T 12/P 20) 재배치한다. 이 물건들이 심문에 실제로 필요할 것 같지 않은데도 감독관은 마치 그것들이 필요한 것처럼 행동한다. 그의 행동을 이해하고자 할 때 K.는 추측에 의존해야 한다. 이 내러티브는 그의 불확실성, 해석의 잠정성에 관심을 집중시킨다. 그러나 동일한 불확실성은 K. 자신의 행동 또한 둘러싸고 있다. 한밤중의 대화가 끝나고 그가 막 뷔르스트너 양의 방을 나가려 할 때, 그는 "마치 그곳에서 문을 볼 것이라 예상하지 못한 것처럼"(T 26/P 47) 망설인다. K.는 정말 문을 보리라 예상하지 못한 것인가, 아니면 놀란 척을 한 것일 뿐인가, 아니면 그의 망설임이 완전히 다른 의미를 지니는 것인가? 우리는 종종 K.에 대한 외부의 관점을 제공받지만 그런 순간에 그의 행동은 화자, 독자, 심지어 K. 자신에게도 그의 주변 사람들의 행동만큼이나 이해할 수 없는 것처럼 보일 때가 많다.

꿈과 현실 사이에서

『심판』은 이름이 알려지지 않은 현대 도시를 배경으로 한다. 그러나 『실종자』에 비해 현대적 삶의 물질적 측면인 건축, 교통, 기술은 그다지 상세하게 묘사되지 않는다. 그들은 본질적으로 심리학적 탐구인 것에 대한 배경을 제공한다. 『심판』은 얼굴 없는 제도에 의해 지배되는 사회에서의 익명성, 고립 그리고 경쟁에 대한 소설로, 법원은 그 한 예에 불과하다.

요제프 K.의 이야기는 이상하고 불안하지만, 그 자신은 정말이지 꽤나 평범한 사람이다. K.는 평균적 삶을 영위하는 보통 사람이고, 이는 이니셜로 축약된 그의 성으로 부각된다. 그의 인생은 그가 수석 회계사라는 고위직을 맡고 있는 은행에서의 그의 일을 중심으로 전개된다. K.는 야심이 많고 경쟁적이며, 직업적 위계에서 자신의 지위에 집착한다. 그는 부하 직원들을 무시하고, 상사에게는 잘 보이고자 애쓰며, 직속 상사이자 라이벌인 대리를 계속해서 의심한다. 재판은 약간의 충격으로 다가오지만, 이것이 그의 일상생활에 지장을 주지는 않는다. 사실 K.는 그것을 다른 사업 거래처럼 다루기로 결정한다.

무엇보다도, 그가 잘되고자 한다면, 그가 유죄일 수 있다는 어떤 암시도 처음부터 무시하는 것이 필수적이었다. 죄책감은 들지 않았다. 재판은 그가 자주 은행을 위해 이윤으로 거래해야 하는 일에 지나지 않았다. … 그 목적을 달성하기 위해서 그는 잠깐이라도 죄책감에 대한 생각을 하지 말고, 가능한 한 빠르게 자신의 이익을 위한 생각을 해야 한다.(T 90/P 168)

재판을 '사업의 일부'로 취급하는 것은 K.가 『심판』의 도덕적 차원을 무시할 수 있게 하지만, 그가 스스로를 죄책감은 "들지 않았다"고 설득하려 노력하는 동안 그 관념은 계속 슬금슬금 그의 생각으로 되돌아오고 다시금 억제되어야 한다. 순전히 전략적이고 절차적인 문제들 그리고 무엇보다도 그 스스로를 위한 이익에 집중함으로써 K.는 상황을 통제하고자 하지만, 성공은 거두지 못한다. 소설이 진행되는 동안 그는 심리에 참석하고, 법원 사무실을 방문하고, 다양한 법원 관계자들뿐만 아니라 그의 재판과 관련된 여러 사람들을 만난다. 이 각각의 에피소드에서 K.는 자신감 있고 대결적인 분위기로 시작하지만, 마지막에 이르러 그는 통제력을 잃고 자신의 추정에 심각한 결함이 있다는 사실을 발견한다. 이 경우 중 일부에서 K.는 정신을 바짝 차리지 못해 낙담한다. 감독관의 심문을 받는 동안, 그

는 맨 마지막에 이것이 그에게 지적되기 전까지 구석에 서 있
는 세 남자가 은행에서 온 그의 동료라는 것을 깨닫지 못한다.
그의 첫 번째 심리에서 K.는 청중이 두 진영으로 나누어져 있
고 다른 편을 이기려 한다고 가정한다. 하지만 다시 말하지만
그가 그들이 모두 턱수염 아래 달고 있는 다른 색깔의 배지를
발견하는 것은 마지막이 되어서였다. 이는 사실상 그들이 그것
만의 복잡한 위계를 가진 동일한 그룹의 일부라는 사실을 암시
한다.

  이와 같은 장면들은 초현실적이고 악몽 같은 특징을 가진
다. 소설의 몽환적인 성격은 종종 언급되어 왔지만, 많은 일반
적 진술들이 그러하듯 이것은 조건을 갖출 필요가 있다. 『변
신』과 마찬가지로 『심판』은 각성의 순간으로 시작하고, 이것
은 소설의 나머지를 위한 분위기를 조성한다. 발터 벤야민은
그의 『아케이드 프로젝트』(1927~1940)에서 의식에 대해 "잠과
깨어 있음에 의해 패턴화되고 무늬가 새겨"진다고 말하며 "깨
어남의 첫 번째 떨림은 수면을 심화시키는 역할을 한다"[15]고
덧붙인다. 잠과 깨어남이 복잡하고 자주 역설적인 방식으로 얽
혀 있는 카프카 텍스트에서도 같은 패턴이 발견되어, 깨어나는
순간은 악몽의 세계로 깊이 이끈다.

  실제로, 요제프 K.가 감독관에게 다음과 같은 발언을 했을

---

15 Benjamin, *The Arcades Project*, ed. Rolf Tiedemann, trans. Howard Eiland and Kevin Mc-
Laughlin, Cambridge, MA: Harvard University Press, 1999, p.389; p.391.

때 카프카는 이 위험을 분명히 드러낸다.

사람이 일찍 일어나면, 적어도 일반적으로, 전날 밤과 같은 장소에 모든 것이 아무런 영향도 받지 않은 상태로 있다는 것을 발견한다는 사실은 정말로 묘한 일입니다. 실제로, 잠을 자고 꿈을 꾸는 동안 사람은 적어도 깨어 있는 것과는 본질적으로 다른 상태에 있고, 무한한 마음의 존재 또는 다소간의 경계심이랄 것이 필요했습니다. … 눈을 뜨면 전날 밤 포기했던 곳에서 모든 것을 이해하기 위해.(PA 168)

여기서 카프카는 현실주의의 계율로부터 또 다른, 훨씬 급진적인 한 걸음을 내딛는다. 그의 픽션 세계는 그것을 해독하려는 주인공의 시도에 저항하며 불투명할 뿐만 아니라, 애초에 독립적이고 자족적인 현실로 존재하지 않는다. K.는 우리의 평범한 삶이 안정적이지도 않고 '현실적'이지도 않지만 매일 정신적으로 다시 정립되어야 한다고 시사하니, 이는 흔들림 없는 경각심을 요구하는 일이다. 이 추론에 따르면 K.의 재판은 외부 사건(익명의 제보자가 말하는 '거짓말')에 의해 시작된 것이 아니라 K. 자신에 의해, 사건의 정상적인 경로에서 탈선하는 순간적인 주의력의 미끄러짐에 의해 시작된다. 흥미로운 사실을 보여 주는 지점은 카프카가 차후에 위에서 인용한 구절을 삭제했다는 사실이다 ─ 주장컨대, 이것이 소설의 나머지 부분과 상충되기 때문이 아니라 그것의 전제를 너무나도 명확하게 드러내기에 말이다.

K.가 법원을 그의 적으로 간주함에도, 사실 그와 이 기관 사이에는 K.의 내면의 생각에 부응하거나 심지어는 형성된 것처럼 보이는 기묘한 친밀감이 있다. '첫 번째 심리' 챕터에서 K.는 자신의 심리가 일요일에 열릴 것이라는 말을 듣지만, 시간도 정확한 위치도 주어지지 않는다. 딱히 어찌해야 할지 모르겠어서 K.는 임의로 오전 9시를 시작 시간으로 택하고, 심리를 찾아 여러 문을 두드리고 있을 때에는 란츠라는 목수를 찾는 척을 한다. 그가 마침내 적당한 방을 찾았을 때, 이 두 가지 세부 사항은 법원에 알려진다. 다시 한 번 지어낸 목수에 대해 물으면서, K.는 곧바로 대기실에 있는 여성에 의해 입장이 허락되고, 담당 판사는 그가 지각했다고 질책한다 — K.는 오전 10시가 넘어서야 그곳에 도착한다. 이와 같은 구절에서, 『심판』은 사건이 주인공의 생각과 감정에 의해 형성되는 꿈과 닮아 있다. K.에게 이는 즐거운 경험이 아니며, 그가 통제할 수 있다는 느낌을 주지도 않는다. 반대로, 법원과 그 자신의 마음 사이의 이 불가사의한 연결은 그를 더 이상 외부에 있지 않게 하고 그 자신의 가장 깊고 어두운 구석으로 확장되는 것처럼 보이는 이 기관과 더욱 밀접하게 연결한다.

그러고 나서 소설에서는 K.의 재판의 '외부'도 없고, 어떤 식으로든 연결되지 않은 장소나 사람도 없기에 객관적이고 외부적인 시각을 얻을 방법이 없다. 이야기의 과정에서 그는 자신의 재판에 대해 많은 조언을 얻지만, 이 조언은 결실이 없고 심지어는 모순되기까지 하다. 화가 티토렐리가 무죄 판결의 다양한 형태에 대해 길게 말한 것은 선택의 여지가 있다는 사실을 암시한다. 하지만 K.가 곧 깨닫듯 이 다양한 옵션들은 판결을 연기하지만, 그중 어느 것도 진짜 무죄 판결로 이어지지 않는다. 이 교착 상태는 티토렐리가 작업하고 있는 우화적인 그림에 의해 강조된다. K.가 지켜보는 가운데 정의의 여신은 점차 사냥의 여성으로 변한다 — 법원은 공정하고 공평할 뿐만 아니라 보복적 성격을 갖는다. 레니 역시 이와 비슷한 주장을 한다. K.가 성당에 가서 이탈리아인 클라이언트에게 구경시켜 주려 한다고 했을 때, 그녀는 갑자기 "그들은 당신을 사냥하고 있어요"(T 146/P 278)라고 말한다. 그래서 K.는 결국 개처럼 도살될 때까지 법원에 의해 쫓기고, 사냥감이 된다. 하지만 법원과의 관계를 묘사하는 또 다른, 매우 색다른 방식이 있다. 맨 처음에, 감시원은 K.에게 법원이 적극적으로 사람들을 뒤쫓는 것이 아니라 "죄에 끌린다"(T 9/P 14)고 말한다. 사제는 다시금 다르게 말한다. "법원은 당신에게 아무것도 원하지 않습니다. 당신이 오면 당신을 받아들이고, 당신이 가면 당신을 보냅니다."(T 160/P 304) 따라서 독자로서 우리는 K.와 법원 사이의 관계를 묘사하는 각기 다른 상반된 방식에 직면하게 된다. 한 버전에서는 법원이 K.를 쫓고 있고, 다른 버전에서는 그가 누구이고 어떻게 행동하는지 때문에 끌리고, 세 번째 버전에서는 그에게 완전히 무심해서 그가 들어오면 받아들이고 떠나면 놓아준다. 이 마지막 모델은 언뜻 보기에 가장 해롭지 않아 보이지만, 사실상 가장 패배주의적이다. 여기서 법원은 삶 그 자체와 동의어가 되니 인간 존재에 대한 심판은 피할 수도 없고, 이것의 치명적인 결론 또한 마찬가지로 피할 수 없다.

역할 수행

법원과 재판에 대한 각양각색 해석의 다수성은 그 해석들 중 어느 것도 사실이 아닐 수 있다는 것을 암시한다. 이러한 상대주의적 감각은 소설을 관통하는 다른 주제, 즉 연극성과 연기하기에 의해 악화된다. 다른 역할을 채택하는 것은 아이들의 사회화의 일부일 뿐만 아니라, 우리가 다양한 사회적 역할 사이를 매끄럽게 그리고 보통 생각하지 않고 바꾸는 성인의 삶의 일부이기도 하다. 역할극 — 연극에서든 또는 보다 일반적으로 삶에서든 — 은 창의적이고 해방적일 수 있지만, 안정적이고, '진정한' 정체성의 결여인 공허감을 감출 수도 있다.

　K.도 다른 등장인물들도 완전히 자연스럽게 행동하지 않는다. 반복되는 '마치'라는 표현에서 알 수 있듯, 그들은 모두 비밀 대본에 따라 역할을 수행하고 있는 것처럼 보인다. 심문이 끝날 무렵 K.가 자신감을 되찾자 그는 스스로에게 사실은 그가 법원 관계자들과 "역할 놀이를 하고 있다"playing with(T 14/P 26)고 말한다. K.는 자신이 게임의 규칙을 정하며 이 상황을 책임지고 있다고 믿지만, 과연 그런 걸까? 앞서 같은 챕터에서, 갑자기 자신의 체포가 자신의 서른 번째 생일을 맞아 은행 동

료들이 꾸민 교묘한 장난질일 수도 있다는 생각이 들었다. K.는 이에 장단을 맞춰야 할지 말지 결정하지 못한다. 텍스트에는 K.가 그의 친구들과 달리 "경솔하게 행동하고 그 결과로 처벌받은" 이전의 사건에 대한 모호한 언급이 포함되어 있고, 그렇기에 그는 다음과 같이 다짐한다. "다시는 그런 일이 일어나지 않을 거야, 최소한 이번엔 말이지. 만약 장난질이었다면 그는 장단을 맞춰 줄 참이었다."(T 7/P 12)

물론 재판은 장난질이 아니지만 K.의 결심은 그의 행동의 많은 부분이 그가 이해하지 못하는 게임을 '함께하려는' 것으로 요약될 수 있는 만큼 이 소설의 분위기를 조성한다. 이를 만회하기 위해 K.는 때때로 자신만의 규칙을 만들기 위해 애쓴다. 그가 뷔르스트너 양과 단둘이 있을 때, 그는 그의 심문을 재연하기 시작한다. "저는 감독관이고, 두 명의 감시원이 저기 트렁크에 앉아 있고, 세 명의 젊은 남자들이 사진 옆에 서 있습니다. … 아, 가장 중요한 사람인 저 자신을 깜빡했네요. 음, 저는 여기, 테이블의 이쪽에 서 있습니다."(T 24/P 44) 여기서 드러나는 흥미로운 사실은 K.가 자기 자신이 아니라 "아주 편하게 다리를 꼬고, 한쪽 팔은 의자 뒤에 걸치고 앉아 있는" 감독관의 역할을 택한다는 점이다. K.는 뷔르스트너 양에게 심문을 재연함으로써 통제감을 되찾으려 하지만, 그가 자기 자신의 이름인 첫 번째 대사를 넘어서기도 전에 그루바흐 부인의 조카가 벽을 두드려 중단된다.

대조적으로, 다른 장면에서는 그의 역할이 배우의 몫이 아

니라 관객의 몫이다. '옥수수 상인 블로크/변호사 해약' 챕터에
서 K.는 블로크가 역겨운 복종의 표시로 훌트 변호사의 발치에
서 굽신거리는 모습을 볼 수밖에 없지만, 이 장면은 또한 묘하
게 연극적인 성격을 갖는다. "K.는 이전에도 여러 번 반복되었
던 그리고 다시 반복될 잘 연습된 대화를 듣고 있다는 느낌을
받았고, 블로크 혼자만이 신선함을 유지하였다."(T 139/P 264)
공연의 핵심은 반복이다. 배우와 관객들은 모두 미리 배정된
역할에 갇혀 결과가 정해진 장면에 휘말리고, 저항 시도를 포
함한 모든 것은 미리 작성된 게임의 일부에 지나지 않는다.

　이러한 반복적인 패턴의 가장 초현실적인 예는 '태형 형
리' 챕터에서 찾을 수 있다. 첫 심리에서 K.는 자신을 체포한
두 감시원에 대해 불평하고, 며칠 후 그는 자신의 불평의 결과
에 직면한다. 그가 저녁에 은행을 떠나려 할 때 그는 두 감시원
을 창고에서 발견하는데, 이곳에서 그들은 가죽옷을 입은 형리
에 의해 강제로 옷을 벗게 된다. 이 형리는 단도직입적으로 선
언한다. "나는 채찍질하는 사람으로 고용되었으니, 그들을 때
리겠다."(T 60/P 112) 이 장면을 충격적으로 만드는 것은 성적
인 함축이 섞인 폭력뿐만 아니라, 이것이 K.의 생각에 반향을
일으키는 방식이다. K.는 내심, 감시원이 굴욕을 당하기를 바
라는지도 모른다. 그들이 자신에게 굴욕을 준 방식을 만회하기
위해서 말이다. 그래서 그들이 옷을 벗는 방식은 그들로 하여
금 K.가 옷을 입었을 때 그를 감독했던 것을 상기시킨다. 그러
나 그런 다음 이 입 밖에 내지 않은 소원은 끔찍하고도 생생한

현실이 된다. 감시원들의 체벌을 볼 수 없어서 K.는 문을 닫고 도망치지만, 다음 날 그는 다시 돌아온다. 경악스럽게도, 그가 문을 열었을 때 그는 전날 밤과 정확히 같은 장면을 발견한다.

프로이트가 주장하듯 무의식은 세월이 흘러도 변치 않는 독립체로, 변하지도 진화하지도 않는다. 이와 유사한 일이 창고에서 벌어지고 있는 것처럼 보인다. 방 안의 사건들은 K.가 문을 열 때까지는 얼어붙어 있다. 그 사건들은 오직 그를 위해서만 존재한다. 체벌과 굴욕에 대한 그의 은밀한 환상이 끝없는 반복 속에서 행해지는 무대인 그 창고는 K.의 마음의 연장선에 있는 것으로 보인다. K.가 "거의 눈물을 흘리며" 창고에서 도망칠 때, 그는 "복사기에서 침착하게 일하고 있던"(T 62/ P 117) 두 명의 사환들을 마주친다. K.는 창고를 처음 방문한 후에 이미 두 사람을 만났지만 복사기가 언급되는 것은 이제서야이다. 이 세부 사항은 소설의 이야기 복제 패턴을 암시한다. 하지만 이 형리 에피소드는 또 다른 자아 반성적인 참조를 담고 있다. K.가 처음 문을 열 때, 그는 바닥에 널려 있는 "오래된 구식의 인쇄물과 빈 도기 잉크병"을 발견한다.(T 58/P 108) 창고는 글의 잔해를 위한 저장소이다 — 음습하고 악몽 같은 특성 때문에 어쩌면 삭제되고 처분되어야 할 장면이지만, 카프카 소설의 건축물 안에 수용되어 가장 꿈같은 구석에 숨겨져 있다.

권력과 욕망

형리 에피소드가 이토록 충격적인 이유 중 하나는 이것의 폭력과 에로티즘의 혼합에 있다. 형리의 노출이 심한 가죽 복장은 감시원들의 나체와 함께 사도-마조히즘적 함축을 부여한다. 그 결과는 관찰자를 사로잡기 위해 고안된 구경거리이고, K.가 다음날 그 방으로 돌아가기로 결정한다는 점은 그가 정말로 마음을 사로잡혔다는 사실을 보여 준다. 재판은 K.가 거의 자신의 의지에 반하여 지켜보는 이러한 장면들로 가득 차 있다. 가장 눈에 띄는 예 중 하나는 K.의 몽상에서 나타나는데, 이는 미완성 챕터인 '집'에서 다시 언급된다. 법원 건물에서 헤매고 있을 때 K.는 대기실 중 한곳에서 이리저리 뽐내며 걷는 투우사와 마주친다. 『심판』에는 일련의 이국적인 남성 인물들이 등장한다. 그들은 딱 붙는 여행복을 입은 감시원, 구릿빛으로 탄 선원의 얼굴을 한 형리 그리고 향수 냄새가 나는 콧수염을 지닌 이탈리아인 사업가를 포함하는데, 이들은 모두 K.에게 기묘한 매혹을 발휘한다. 그러나 이 과시적으로 전시되는 일련의 남성의 신체들 중에서도, 감질나게 짧은 술이 달린 재킷을 입은 투우사가 가장 유혹적이고 K.는 매혹과 혐오감 사이에서 갈피를 잡지 못한다.

K.는 눈을 크게 뜨고 있으려 안간힘을 쓰면서 슬금슬금 그의 주위를 돌고, 몸을 낮게 구부렸다. 그는 레이스의 모든 무늬, 모든 빠진 술들을 알고 있었고 … 그럼에도 여전히 눈을 뗄 수

없었다. … 그는 그것을 결코 보고 싶지 않았지만, 그것이 그를 붙잡고 있었다.(T 184/P 350)

'그것'은 K.의 관음증적 집착이 내적 충동이 결과인지 아니면 외적 힘의 결과인지를 열어 둔다. 어떤 경우이든, 이 몽상은 법원 내부의 음험한 메커니즘을 드러낸다. 바라보는 것은 분리된 앎을 보장하는 것이 아니라 관찰자를 법원의 예속적 권력으로 더욱 깊이 끌어들인다.

한 가지 예외를 제외하고 소설에서 모든 법원 공무원은 남성이지만 그럼에도 여성들은 법원 조직과 그것의 에로틱하게 고조된 분위기 속에서 중요한, 비공식적인 역할을 한다. K.가 갖는 뭔가가 잘못되었다는 첫 번째 느낌은 그 주변의 여성들이 더 이상 자신들이 그래야 하는 방식으로 행동하지 않을 때이다. K.의 세계에서 여성들은 두 목적을 위해 봉사한다. 성적 쾌락과 가정의 안락. 전자는 K.가 일주일에 한 번 방문하는 웨이트리스이자 매춘부인 엘사가 제공하고, 후자는 집주인 그루바흐 부인과 그녀의 요리사 — 이 요리사는 그녀의 부재에 의해서만 눈에 띄게 되지만 말이다 — 가 제공한다. K.가 처음 일어났을 때, 요리사는 그에게 아침 식사를 대접하지 못한다. 대신 K.는 맞은편 창문에 있는 한 노파를 발견하는데, 노파는 그를 "상당히 특이한 호기심을 갖고" 지켜보고 있고(T 5/P 7) 나중에는 창문에서 창문으로 그를 따라다니며 감시원들에 의해 그가 겪는 굴욕을 목격하게 된다. 서양 예술에서 여성들은 자주 유혹적으로 배치되고, (남성) 관람자에게 에로틱한 구경거리로 제공되지만, 여기서 이 나이 든 여성의 침습적 시선에 노출된 자신을 발견하는 것은 남성 주인공이다.

그러니 처음부터 K.의 재판은 관습적인 성 역할을 동요시킨다. 그가 자신의 남성성을 주장하기 위해 최선을 다함에도 불구하고 말이다. 그는 유혹적이고, 성관계를 할 가능성이 있는 여성들에 둘러싸여 있기에, 이는 첫눈에 보기에는 쉬워 보인다. 따라서 K.의 첫 심문은 거실이 아니라 그의 이웃 중 하나인 뷔르스트너 양의 침실에서 진행된다. 그녀 자신은 부재하지만, 순결하면서도 유혹적인 그녀의 하얀 블라우스가 창문에 전시되어 있다. 아침의 침입에 대해 사과하고 싶다는 얄팍한 구실을 내세워 K.는 그날 저녁 그녀를 기다리지만, 일단 그녀가 그를 방으로 들이자 그는 재빨리 사과에서 유혹으로 넘어가더니, 그루바흐 부인의 조카가 노크를 해서 방해할 때까지 그녀의 얼굴과 목에 키스한다. 이 장면에서 뷔르스트너 양은 지친 기색으로, 수동적으로 순응한다. 나중에 K.가 만나는 여자들 — 즉 법원 정리廷吏의 아내, 훌트의 간호사인 레니 — 은 적극적으로 몸을 던지며, 심지어 그가 화가 티토렐리를 보러 가는 길에 만나는 어린 소녀들까지도 그들의 나이를 훨씬 뛰어넘어 성적으로 조숙하고, 성숙하다.

이 여성들 중에서, 양초를 들고 하얀 앞치마를 두른 레니는 가장 신비롭고 매혹적이다. K.는 특히 그녀의 물갈퀴가 있는 손가락에 매료되는데, 이는 초기 진화 단계로 거슬러 올라

가는 신체적 변칙이다. "이게 무슨 자연의 장난인지"라며 그는 외친다. "정말 예쁜 발톱이야!"(T 78/P 144) 『심판』에서 여성들은 모두 원초적 충동에 이끌리는 몸들이지만 K. 그 자신도 다르지 않다. 그는 뷔르스트너 양의 목에 "드디어 찾은 샘물에 목마른 동물이 맹렬히 핥는 것처럼"(T 26/P 48) 키스를 한다. 카를 로스만과 달리 요제프 K.는 어린아이가 아니라 노련한 유혹자이지만, 그럼에도 그는 자기 주변 여성들의 행동과 자기 자신의 반응에 자주 허를 찔린다. "나는 여성 도우미를 모집한다"라고 그는 "약간 놀라며" 생각하지만(T 77/P 143) 이 능동적 동사는 그가 여성들을 만날 때 그의 역할이 거의 언제나 수동적이라는 사실을 숨기지 않는다. 레니가 그를 바닥에 끌어내릴 때 그녀는 의기양양하게 "이제 넌 내 거야"(T 78/P 146)라고 말하고 K.는 그녀의 행동으로 인해 "어떤 경악"에 빠진다. "이제 그녀는 그와 매우 가까워져서 그는 그녀가 내뿜는 후추처럼 쏩쓸하고 도발적인 냄새를 맡을 수 있었다. 그녀는 그의 머리를 잡고, 그에게 기대어 그의 목을 깨물고 키스하고, 그의 머리카락에도 입을 맞춘다."(T 78/ P 146) 여기서, 뷔르스트너 양과의 장면에서와 마찬가지로 성욕은 소비로, 핥고, 깨물고, 먹고 마시는 것으로 발현된다. 『심판』은 K.의 성적 욕구를 자극하고 그의 동물적 본능을 이끌어 내지만, 이것은 만족스럽지도 해방적이지도 않다. 반대로, 소설 전반에 걸쳐 동물 이미지는 수치심과 굴욕으로 가득 찬 인간 존재의 타락한 형태를 강조하기 위해 사용된다.

여성을 상대하는 데 있어 K.는 법원을 상대하는 데 있어서와 마찬가지로 자신을 기만하는 경향이 있고, 그의 자신감 있고 심지어는 공격적인 행동까지도 빠르게 불확실성으로 바뀐다. 그의 집주인인 그루바흐 부인과 이야기할 때 그는 우월한 태도를 유지하려고 노력하지만, 사실 그녀의 '판단/판결'Judgement과 변호를 간절히 원한다.(T 19/P 34) 그러나 그녀는 그의 뻗은 손에 악수를 하는 대신 "그렇게 마음에 두지 마세요, K.씨"(T 19/P 35)라고 말하는데, 이는 K.의 무심한 태도를 누그러뜨리는 발언이다. 소설이 진행되는 동안 K.는 점점 더 그가 도움과 조언을 얻기 위해 만나는 여성들에게 의존하지만, 이 전략은 갈수록 결함이 있어 보인다. 그가 여자와 엮일 때마다 뒤에는 남성 라이벌이 숨어 있으니, K.와 뷔르스트너 양과의 만남을 방해하는 그루바흐 부인의 조카이든, 법원 정리의 아내를 빼앗는 학생이든, 아니면 레니와 연루된 홀트와 블로크 둘 모두이든 말이다. 소설 전반에 걸쳐 K.의 욕망은 삼각 구도에 갇혀 있어서, 남성 라이벌의 존재는 이 여성들을 더욱 매력적으로 보이게 만든다. K.는 이 상황을 자신에게 유리하게 이용하려고 한다. 법원 관계자들에 '속한' 여성들을 유혹함으로써 그는 성적 경쟁자들을 물리치고 굴욕감을 주는 것을 목표로 시스템에 침투하기를 희망하지만, 사실상 그는 결국 법원의 규칙에 따라 게임을 하게 된다.

그가 심문을 받기 위해 뷔르스트너 양의 침실로 가게 되는 맨 처음부터 K.의 재판은 성적인 함축성으로 가득 차 있다.

실제로, 그가 어디를 보든 세상은 에로틱하고 외설적인 기운을 띠고 있는 것처럼 보인다. K.의 첫 공판은 구석에서 섹스를 하고 있던 학생과 법원 정리의 아내에 의해 방해받고, 그다음 주말에 K.가 이 방으로 돌아왔을 때 그는 판사의 책상 위에 있는 법 서적들이 사실 조잡한 음란물이라는 것을 알게 된다. "여기 모든 것은 얼마나 더러운 건가", "그리고 나는 그런 사람들에게 심판을 받아야 하는 건가?"(T 41~42/P 76~77) 『실종자』에서와 같이 '더러움'은 지저분함과 도덕적 부패의 줄임말이지만 K.가 주변에서 관찰하는 부패의 많은 부분은 단언컨대 그 자신의 '더러운' 상상의 결과이다. 그루바흐 부인과 대화를 나누면서 K.는 자주 집에 늦게 오는 뷔르스트너 양이 쉬운 여성일지도 모른다고 넌지시 말하지만, 그의 집주인이 이 점을 알아차리자마자 K.는 펄쩍 뛰며 집을 떠난다. "순수성!"이라고 그는 나가는 길에 외친다. "게스트하우스를 순결하게 지키고 싶으시다면, 무엇보다도 제게 알려 주셔야 합니다."(T 21/P 37) 죄책감과 도덕적 부패는 더 이상 무방히 다른 사람들의 탓으로 돌릴 수 없는 것이다. 오히려, 『심판』은 전염의 논리에 따라 작동한다. K.가 다른 사람들을 손가락질할 때마다, 자신을 둘러싼 정욕과 외설이 그의 내면을 반영하듯 그는 더럽혀지고 오염된 모습으로 나타난다.

「법 앞에서」

『심판』은 명확한 서사적 아치arch나 궤적을 가지고 있지 않다. 사실, 오늘날까지도 이 장들의 의도된 순서는 불분명하게 남아 있다. K.가 다양한 사람들과 만나는 것은 어떤 물질적 진보도 이루지 못하고 오히려 각각의 장면은 점점 더 혼란과 패배주의적 감각을 더할 뿐이다. 끝에서 두 번째 챕터인 '성당에서'에서 그 분위기는 특히 불길하며, 예감으로 가득 차 있다. 어둡고 텅빈 성당의 분위기 있는 배경은 다양한 세부 사항들과 함께 이에 기여하는데, 특히 그 주제를 K.가 햇불의 도움으로 서서히 짜맞추는 그리스도 매장의 제단화altarpiece가 그러하다. 이 그림은 앞으로 닥칠 일을 예상하지만 K.는 그 의미를 깊게 생각하지 않는다. 그는 사제가 들려주는 이야기에 더 마음을 사로잡힌다 — 법에 입장을 허락받고자 하는 '시골에서 온 남자' 이야기 말이다. 그러나 입구를 지키는 문지기는 그에게 그가 '지금'은 입장할 수 없다고 말한다. 그 남자는 이름도 과거도 없는 대강의 인물이다. 문지기는 조금 더 자세히 묘사되지만 궁극적으로 그의 역할, 성격, 의도는 똑같이 모호하다. 양쪽 모두 꿈쩍도 하지 않고, 몇 년 동안을 입구에서 기다린 후에 그 남자는 죽지만, 죽는 순간에 문지기로부터 "이 입구는 당신만을 위한 거였소. 난 이제 가서 그 입구를 닫을 거요."(T 155/P 294~295)라는 말을 듣는다.

그래서 이야기는 역설로 끝난다. 그 문은 열려 있고 이 남자만을 위해 지정된 입구이지만, 그럼에도 불구하고 그는 생전에 그것을 통과하지 못하게 되어 있다. 하지만 이는 여러 가지 수수께끼 중 하나일 뿐이다. 이 남자는 '시골에서 온'이라는 수식어를 달고 있는데, 이것은 법이 도시에 있다는 것을 의미하는 것일까? 우리는 더 넓은 맥락에 대한 암시를 얻지 못한다. 그러나 더 중요한 것은 어쩌면, '법'이 무엇이고 일단 법에 접근할 수 있게 되면 남자가 성취하고자 하는 것은 무엇인가이다. 문과 문지기의 존재는 법이 일종의 건물이라는 것을 암시하지만, 그것을 법원 건물 혹은 어쩌면 아카이브나 도서관으로 상상하는 것은 분명 환원주의적일 것이다.

그가 죽어 가는 순간 비록 그의 희미해져 가는 시력이 그를 속이고 있는지는 불분명하지만 법 내부로부터 빛이 나오는 것을 본다. 독자로서 우리도 비슷한 처지에 있다. 사제의 이야기는 소설의 결정적 지점인 K.의 처형 전 챕터에 등장하며 K. 자신의 사건과 명백한 관련성이 있는 것처럼 보이지만, 그럼에도 우리는 이것이 어떻게 정확히 그의 재판과 관련되어 있는지 알 수 없다. K.와 시골에서 온 남자 사이에는 다양한 유사점이 있다 — 의문스러운 권위자에 대한 그들의 의존과 그들이 결과적으로 죽는다는 것 — 그러나 또한 차이도 있다. 법은 법원과 동일하지 않고, 법원이 K.의 삶을 침해하고 결국 그를 처형하는 반면 그 남자는 분명 자신의 자유 의지로 법에 임한다.

따라서 소설 안에서 그 이야기의 목적은 그 자체로 퍼즐, 어쩌면 심지어 미끼일 것이다. 사제에 따르면 이야기는 일종의 전문前文인 '법 입문'의 일부라고 한다. 이 역시 법의 코퍼스corpus

로 들어가는 통로인 '법 앞에' 있지만 이것은 ── 이야기 속의
문자 그대로의 문처럼 ── 장벽, 장애물로 밝혀진다. 카프카는
이 이야기를 전설이라고 일컬었고, 카프카 비평에서는 이것이
특별한 교훈을 담고 있는 비유로 불리기도 한다. 발터 벤야민
은 이 용어를 문제 삼는다. 『심판』의 이야기는 그가 주장컨대
'우화의 전개'로 읽을 수 있는데, 종이 한 장이 펼쳐진다는 의미
에서가 아니라 꽃봉오리가 피어난다는 의미에서 그렇다.[16] K.
와 사제 간의 논의는 이 두 가지 전개unfolding의 모델 사이의 긴
장 관계를 잘 보여 준다. K.는 우화를 '편평하게 펴' 하나의 포
인트로 요약하고 싶어 한다. "그러니까 문지기가 남자를 속였
다"라고 그는 즉시 대답하고, 사제가 그가 너무 성급해선 안 된
다고 경고할 때조차도 그는 "하지만 명백하잖아요"라고 주장
한다.(T 155/P 295) 사실, 사제는 K.의 어떤 해석도 확실히 해 주
지 않고 층층이 추가적인 의미를 드러낸다. 그렇게 함으로써
그는 단 한 번도 자신의 해석을 제시하지 않고, 단지 '설명자
들'로 지칭되는 불특정 집단의 관점을 보고할 뿐이다.(T 158/P
301) 따라서 K.와 사제 사이의 대화는 일부는 통일되고 다른 일
부는 불협화음을 내는 익명의 목소리로 이루어진 합창단과 함
께 진행된다. 사제가 보여 주듯 ── K.에게는 좌절감을 주는 일
인데 ── 해석은 진실을 향한 직선적인 여행이라기보다는 엉망

---

16 Benjamin, "Franz Kafka: On the Tenth Anniversary of his Death", *Selected Writings*, II,
pp. 794~818(p. 802).

의, 열린 결말의 과정이다. 이 점에서 이것은 최종 평결이 결코 언급되지 않지만 사제가 K.에게 말하는 것처럼 "절차가 점차 평결로 바뀌는 K.의 재판과 닮아 있다".(T 152/P 289)

이 이야기 자체가 유대인의 전설과 다양한 친연성을 가지고 있는 반면에, 이것의 후속 해석은 유대인의 학문적 전통에 반향을 일으킨다. 『탈무드』는 유대 율법과 관련된 유대교 경전에 대한 해설이다. 그 안에서 율법Torah에서 발췌한 부분은 전형적으로 랍비의 논평에 의해 둘러싸이고, 이것은 차례로 추가 논평에 의해 주석이 달리며, 이 모든 것은 『탈무드』 학자들에 의해 연구되고 주석이 달린다. 그러고 나면 일차 텍스트와 그것의 해석들은 동일한 텍스트 코퍼스의 일부를 형성하고, 해석과 논평의 과정은 무한정 계속되는 것이다. K.는 확실성, 확정적 해석을 원하기 때문에 이러한 닫힘의 결여에 낙담한다. 그러나 카프카 소설의 틀 안에서 이 다면적multivalent 모델과 이것의 열려 있는 해석은, 우리가 앞으로 보게 되겠지만 특별하고 중요한 목적을 갖는다.

'끝'

카프카가 아마도 1915년 1월 말 즈음에 자신의 소설을 포기했을 때 그는 약 280쪽 분량의 육필 원고를 작성한 상태였고, 그중 200쪽은 작업이 빠르게 진행되던 첫 번째 두 달 동안 생산된 것이었다. 『심판』은 불완전한 상태로 남아 있지만, 엄밀히 말하면 끝나지 않은 것이라 할 수는 없다. 『실종자』 및 『성』과는 달리, 이 소설은 카프카가 첫 번째 챕터와 마지막 챕터를 먼저 쓰고 중간 에피소드들을 쓰는 이례적인 단계를 밟았기 때문에 사실상 결론을 갖고 있다. 소설의 독일어 제목인 'Der Proceß'는 '심판'과 '과정' 둘 다를 의미한다. 결론을 먼저 작성함으로써, 카프카는 이 소설이 끝없는 지껄임으로 열린 채 끝나는 것을 막으면서 글쓰기의 과정을 담으려고 노력했다.

흥미로운 점은, 이 소설과 사제의 이야기 모두가 주인공의 죽음으로 끝난다는 것이다. 종결은 이루어질 수 있지만, 어떤 대가로일까? 간단히 '끝'이라고 불리는 마지막 챕터는 이 문제에 대한 비밀스런 언급을 담고 있다. K.가 그를 데려가려고 온 두 남자들에 의해 처형장으로 걸어갈 때, 그들은 그의 팔에 팔짱을 낀다. "K.는 뻣뻣하게 똑바로 서서 그들 사이를 걸었고, 그들 셋은 그들 중 하나를 파괴하면 그들 모두를 파괴하는 것을 의미했을 법한 정도로 하나의 단위를 형성한 채로였다. 그것은 무생물만이 보통 형성할 수 있는 일종의 단위였다."(T 161/ P 306) 여기서 서사적 통일성의 개념이 텍스트에 이식된다. K.는 그의 처형인들에 의해 틀 속에 갇힌 상태가 되는데,[17] 이 몸의 단위는 비인간적인 특성을 띤다. 오직 생명 없는 것들만이 그러한 완벽한 통일성을 이룰 수 있다고 텍스트는 암시한다.

---

17 [옮긴이] 앞의 내용상 처형인들 사이에 끼인 K.의 신체가 문자 그대로 마치 틀 속에 갇힌 것처럼 되었다는 의미이기에, 다소 어색한 감이 있더라도 '틀'이라는 표현을 유지하여 번역했다.

이렇게 틀을 짜면, (텍스트의) 몸은 시체로 변하게 되고, 이 사후 경직rigor mortis에 반하는 유일한 반응은 폭력, 파괴이다. 이 구절은 카프카의 창조적 소명의 중심에 있는 딜레마를 요약한다. 완성된, 출판 가능한 작품은 카프카가 얻으려고 노력하는 것이지만 이 자체적인 형식은 카프카가 「선고」와 관련하여 설명하는 유기적 글쓰기 모델 — 황홀하고 감각적인 경험으로서의 글쓰기, 통제될 수도, 포함될 수도 없는 의식의 흐름으로서의 글쓰기 — 과 양립할 수 없다.

첫 번째 챕터와 마지막 챕터를 먼저 쓰는 카프카의 방식은 서사에 반영된다. '체포'와 '끝'은 긴밀한 주제의 연결 고리를 가지고, 이들은 함께 소설의 나머지 부분에 촘촘하게 짜여진 틀을 제공한다. 마지막 챕터는 체포된 지 정확히 1년 후인 K.의 서른한 번째 생일 전날을 배경으로 하며, 이는 언캐니한 반복에 의해 언급된다. 예컨대 두 챕터 모두에서, 창문은 중심적인 역할을 한다. 처음에 요제프 K.가 가장 먼저 알아차리는 것 중 하나는 맞은편 주거지에 사는 오지랖 넓은 노파인데, 그녀는 두 남자 동료들과 함께 K.를 체포하는 순간을 놓칠세라 안달하며 창문에서 창문으로 K.를 따라간다. 대조적으로 마지막 챕터는 "거리가 조용한 시간"(T 161/P 305)을 배경으로 하고, 이제 반대편 집의 사람들이라곤 불이 켜진 창으로 보이는 걸음마를 배우는 두 명의 어린아이들뿐이다. K. 자신의 삶이 끝나 감에 따라, 반대편 건물에 있는 사람들의 나이는 현격히 어려진다. 첫 챕터에서 K.는 이웃들의 호기심에 짜증이 나지만, 어린아이들의 모습은 심지어 더욱 불안하다. 그들은 그 자리에 묶여 움직일 수도 서로 만질 수도 없으며, 그들이 앉아 있는 창문에는 창살이 쳐져 있으니 이는 K. 자신의 덫과 고립을 반영한다.

이 창문 장면은 K.가 그의 처형인들과의 첫 만남을 묘사하는 대목에 삽입되어 있다. K.는 두 명의 감시원들에게 체포되었고, 마지막에는 다시 두 명의 법원 대리인들의 방문을 받는다. 장의사를 연상시키는 모자에 검은 정장을 입은 남자들. 소설 초반에, 감시원들은 아직 침대에 있는 잠옷 바람의 K.를 놀라게 하지만, 이번에 그는 완전히 준비를 갖추었다. 그는 이를 위해 남자들의 장례식 복장과 어울리는 검은색 정장을 입고 손에 딱 맞는 장갑을 낀다. K.는 체포된 이후 많은 진전을 이루었다. 그럼에도 그는 아직도 자신의 재판 뒤에 숨겨진 이유를 이해하지 못했지만, 마지막에는 그가 심판의 규칙과 기대를 받아들이게 된 것으로 보인다.

그러나 체념의 분위기를 띤 이 마지막 챕터까지도 저항의 순간들로 관통되어 있다. K.가 처음 두 남자를 만났을 때, 그는 "다른 방문자를 예상하고 있었다"는 사실을 스스로 인정한다.(T 161/P 306) K.가 누구를 — 또는 무엇을 — 기대하고 있었는지는 알 수 없지만, 그는 자신을 데려가려고 온 남자들이 어떤 모습이어야 하는지에 대한 상을 이미 가지고 있던 듯하다. 현실은 — 법원과 관련된 일들이 자주 그렇듯 — 실망스럽고, 심지어는 정나미가 떨어진다. 그들을 자세히 살펴보며 K.는 "그들 얼굴의 청결함이 역겹다고 생각했다. 그들의 눈꼬리를 찌르고, 윗입술을 문지르고, 턱 밑의 접힌 부분을 긁는, 닦아 내는 손가락을 분명하게 볼 수 있었다".(T 162/P 307) 이 구절은 두 어린아이들의 모습과 비슷하다. K.의 처형인들은 다른 사람들이 얼굴을 씻겨 주어야 하는 어린아이들과 같다. 재판 전체에 걸쳐 K.는 법원과 관련되는 (문자 그대로인 그리고 은유적인) 더러움에 혐오감을 느낀다. 하지만 이 남자들의 깨끗함은 그 상상된 세면 과정이 다른 장면 — 시체 닦기 — 을 촉발하고 전조를 불러일으키기에 더욱이나 혐오스럽다.

K의 처형인들은 기묘하게도 생명력이 없고, 로봇처럼 하나로 움직이고 행동하지만 K.에게 이것은 또 다른 연상을 불러일으키기도 한다. "그들은 나에게 나이 든, 이류 배우들을 보낸다"고 그는 실망하며 생각한다. "그들은 나를 헐값에 없애려 하는군."(T 161/P 306) 연극-하기의 이미지는 소설 전반에 걸쳐 되풀이되지만, 이 마지막의 뼈저린 순간에 그것의 효과는 특히나 당혹스럽다. 만약 법원이 마지막 임무를 위해 이류 배우들만 참여시킨다면, 이것은 K.의 사형이라는 지독히 중대한 사건을 값싼 구경거리로 전락시키는 것이다. K.는 헛되이 항의하려 한다. "당신들은 어느 극장에 종사하고 있는 거요?"라고 그는 두 사람에게 묻지만(T 161/P 306) 그의 질문은 대답되지 않은 채로 남고, 그들은 자신들의 임무를 계속 수행한다. 심지어 사건의 연극성을 발설하는 것, 재판의 '연극적 환상'에서 벗어나려고 하는 것마저도 곧 전개될 끔찍한 장면을 멈출 수 없다. K.의 저항을 포함한 모든 것이 그 게임의 일부이다.

그 결과 K.는 저항하려는 시도를 빠르게 그만둔다. 처음에 그는 시간을 끌려고 했지만, 곧 나머지 두 명이 거의 따라갈 수 없을 정도로 그들을 끌고 가며 사형 집행을 위한 길에 앞장서 기 시작한다. K.의 행동은 여기서 이상하지만 전례가 없는 것 은 아니다. 형리 에피소드가 나오는 챕터에서 그는 다음날 창 고로 돌아가지 않을 수 없고, 처음에는 사제의 부름에 저항하 더니 그러고 나선 갑자기 돌아서서 빈 성당을 가로질러 그를 향해 달려간다. 마지막 챕터에서 그는 마침내 법원에 대한 자 신의 끌림에 자유를 준다. 그와 두 남자들은 이제 '완전히 일치 되어' 걷고 있을 뿐만 아니라, 도시를 통과하고 또 빠져나가는 길을 이끄는 사람은 바로 K.이다.

결국 그들은 버려진 채석장에서 멈추는데, 이 장소는 『실 종자』의 마지막에 카를 로스만이 여행하는, 사람이 살기 어려 운 산맥을 연상시킨다. 둘 다 '자연스러운' 공간이지만 식물이 없거나, 그 어떤 생명의 흔적도 없다. 요제프 K.의 처형 배경은 1914년에 카프카가 채석장의 안전하지 못한 노동 환경을 조명 하기 위해 노동자 산재 보험 기관에 기고한 기사에서 영감을 얻었다. 보고서는 열다섯 장의 사진을 포함한다. 그의 글에서 카프카는 보험 보고서 하면 떠오르는 냉철한 스타일에서 벗어 난, 이례적으로 표현적인 언어로 그 사진들에 주석을 단다.

이 채석장의 광경은 우려스럽다. 잔해, 돌무더기 그리고 쓰 레기가 눈에 보이는 모든 것을 덮고 있다. ⋯ 1914년 3월 날씨가 풀리는 중에 [노동자가] 서 있던 위의 잔해가 무너져 내렸다. 다행히, 붕괴 당시 노동자들은 오후 커피를 마시고 있었는데, 그렇지 않았더라면 모두가 생매장되었을 것이다.(O 291/A 405)

카프카는 이 보고서를 1914년에 썼는데, 이 해는 그가 『심판』을 작업하던 해로서 채석장이 죽음의 위험이 도사린 장소로 그의 소설 마지막에 다시 등장한다. 그러나 카프카의 보험 보고서의 어조가 극적劇的인 반면, 이 소설의 결론은 놀라울 정도로 냉담히 절제돼 있다. 따라서, 채석장은 다가오는 사고가 아니라 세심하게 준비된 처형의 현장이다. 사실상, 분위기는 평온하고 거의 목가적이다. "그 어떤 빛도 가지고 있지 않은 자연스러움과 고요함으로 모든 것이 달빛 속에 흠뻑 젖었다."(T 163/P 310) 그리고 카프카의 보고서 속 채석장이 돌무더기로 가득한 반면, 여기서 이 혼돈을 연상시키는 유일한 세부 사항은 그 위에서 K.가 살해될 "부서진 돌" 하나이다.(T 164/P 311)

지금까지 K.는 순응적이었지만, 이제 그의 평정심에 금이 가기 시작한다. 두 남자들이 그의 옷을 벗기자 그는 몸서리를 치고, 그가 자신의 머리를 돌 위에 얹었을 때, 그는 "K.가 보여 준 모든 협조에도 불구하고 … 매우 긴장되고 납득되지 않는" 자세를 유지한다.(T 164/P 311) 재판의 비인간성에 대항하여 목소리를 내는 것은 말이라기보다 K.의 몸이다. 그럼에도 결말은 비극적 요소와 비극의 관습에 저항하는 세부 사항 모두를 담

고 있어 양가적이다. K.의 처형인들은 이류 배우들일 수도 있
지만 K. 자신의 퍼포먼스 역시 똑같은 정도로 비극적 진지함이
결여되어 있다. 두 남자들이 도살업자의 칼을 서로에게 건넬
때 "K.는 칼을 직접 움켜쥐고 … 자신의 몸에 꽂는 것이 자신
의 의무일 것이라는 사실을 매우 잘 알고 있었다".(T 164/P 308)
K.는 자신의 죽음을 받아들이는 고귀한 영웅의 역할인 고전적
비극의 관습을 알고 있지만, 결국 그 자신이 죽는 역할은 매우
다르다. "개처럼!"이라고, 그의 가슴에 칼이 쑤셔질 때 그는 말
하고, 화자는 "그의 수치심이 그의 뒤에까지 살아갈 것 같았다"
고 덧붙인다.(T 165/P 312) 소설의 나머지 부분을 구성하는 질
질 끌고 묘하게 결론이 나지 않는 에피소드들이 전개된 후 K.
의 처형은 갑작스럽고 잔혹함에 있어서 충격적이어서, 카프카
의 동시대 독자들에게도 우리 시대의 독자들에게 그러하듯 당
혹스러웠을 것이다. 그러나 또한 또 다른 차원에서 K.의 죽음
은 완전히 뜬금없이 나오는 것이 아니라, 상인 블로크의 '변호
인의 개' 연기를 더욱 잔혹하게 재연한 것이다.(T 139/P 265) K.
는 블로크가 자처하여 스스로를 욕보이는 것을 보았으며 이 광
경에 의해 "관찰자가 거의 타락한 느낌을 받았다"는 생각을 금
치 못한다.(T 139/P 264) 곧 그것이 그의 죽는 연기보다 오래 살
아남을 자기 자신의 수치가 될 것이란 사실을 그는 아마 생각
도 못했을 것이다. 『심판』으로, 카프카는 결론이 있는 소설을
쓰는 데 성공하였지만 K.의 죽음은 독자들을 그 수치심의 여운
으로 감염시키며 그 끝 너머를 가리킨다. 『심판』은 잔인한 연

극으로, 배우든 관객이든 모든 사람이 공모하는 성sex, 처벌 그리고 굴욕의 충격적인 장면의 연쇄이다.

「유형지에서」와 『시골 의사』

「유형지에서」

『심판』을 작업하면서, 카프카는 이 소설의 일종의 이국적인 대응물인 단편 소설 「유형지에서」(1914)도 썼다. 다시 한 번 우리는 불투명하고 부당한 형벌 체계에 직면하지만, 이 이야기는 『심판』보다도 훨씬 더 충격적이다. 『심판』에서 상대적으로 작은 역할을 하는 신체적 폭력이 여기서는 고문과 처형이 넘치도록 묘사되는 가운데 주된 위치를 차지한다. 그러나 『심판』에서와 달리 이 글은 서양 도시가 아니라 작품 제목과 동일한, 이름 모를 먼 외딴 무인도인 유형지를 배경으로 한다. 전통과 진보 사이의 갈등에 휘말린 여행자가 이 섬을 방문한다. 자신의 전임자에 의해 도입된 오래되고 야만적인 처형 체계 ─ 유죄 판결을 받은 사람이 선고를 몸에 문신으로 새기는 기계에 의해 천천히 고문당해 죽는 ─ 를 폐지하고자 하는 새로운 지휘관이 발령받는다. 여행자는 이전 지휘관의 마지막 충실한 대리인인 장교에게 요청받아 상황 시연을 보게 된다. 처음에 처형은 임박한 듯 보이지만, 여행자가 새로운 지휘관에게 이 형벌 체계를 옹호하기를 거부하자, 장교는 처형을 중단하고 스스로를 기계에 넣어 자신을 죽이는 과정에서 자멸한다.

「유형지에서」는 생생한 폭력과 고문 메커니즘이 묘사되는 세부 사항에 얽매이면서 거리를 두는 방식으로 ― 이는 카프카가 보험 연구소를 위해 읽고 썼을 산업 노동 조건에 대한 보험 보고서에서 익숙한 어조이다 ― 카프카의 동시대인들을 아연케 했다. 1920년의 논평에서 작가 쿠르트 투홀스키는 이 이야기가 비문학적이고 알레고리적인 해석을 통하여 폭력으로부터 피난처를 찾는 독자의 입에 "퀴퀴한 피 냄새"를 남겼다고 평했다.[18] 이 이야기는 진정 탈식민주의 접근법을 통한 문화-역사적 독해에서부터 해체에 이르기까지 넓은 비판적 접근을 불러일으켰다.

역사적 연구들은 카프카의 특이한 글에 영감을 주었을 가능성이 있는 출처들을 추적해 왔다. 이는 옥타브 미르보의 물의를 빚은 포르노 소설 『고문 정원』(1899)은 물론, 프랑스령 기니 인근 해안의 악마의 섬과 같은 동시대의 유형지에 대한 보고들을 포함한다. 유형지의 사용은 그 당시에 독일과 오스트리아에서도 뜨겁게 논의되었다. 카프카의 전 법학 교수인 한스 그로스는 사회의 '퇴폐적인' 요소들을 추방하자고 주장했고 1909년 독일 정부는 유형지에 대한 보고를 의뢰해 젊은 변호사 로버트 하인들이 이를 실행했다. 하인들은 그의 책 『나의 유형지 여행』*My Journey to the Penal Colonies*(1913)에서, 자신의 설명이 추방

---

18 Kurt Tucholsky, "In der Strafkolonie", *Die Weltbühne*, 1920. 6. 3.

된 사람들에 대한 동정심에 의해 '산만해지지' 않고 다양한 형벌 체계에 대해 감정에 좌우되지 않는 시선을 제공하기 위한 의도라고 강조했다.

카프카의 이야기 속 여행자는 로버트 하인들을 모델로 한 것일 수 있다. 처음에 그는 무심하고, 심지어는 지루해한다. 그가 점점 더 기계의 잔인함과 부당함에 거부감을 느끼게 됨에도, 그는 "단순히 관찰자로서 여행을 하고 있었고, 외국의 법적 구성을 바꿀 최소한의 의도도 없었기 때문에" 간섭해야 할지 확신하지 못한다.(M 85/DL 222) 기계를 옛 영광을 위해 복원하려는 장교의 정교한 계획을 듣고는, 그는 새로운 지휘관에게 시스템에 반대하는 목소리를 내기로 결심한다. 그러나 이 장면에서 그는 관찰자의 위치에 갇혀 있고, 장교가 스스로 기계 밑에 누울 때도 그를 저지하기 위해 아무것도 하지 않는다. 여행자는 우리 독자들이 양가적인 감정을 갖고 동일시하게 되는 인물이다. 우리는 점점 더 커지는 그의 거부감을 공유하지만, 그럼에도 그의 무덤덤한 행동은 공평무사함으로 겉치레한 비겁함을 불편하게 시사한다. 여행자처럼, 우리는 전개되는 구경거리를 소름 끼치게 매료되어 바라본다.『심판』에서보다도 더욱, 이 카프카의 이야기는 관찰자의 관음증적 죄책감을 공유하도록 강요하며 주인공과 독자 사이의 차이를 생략한다.

이국적인 배경을 감안할 때, 이 이야기는 또한 보다 구체적인 식민지의 숨겨진 맥락을 갖고 있다. 표면적으로, 이 이야기는 계몽된 서구의 여행자와 '이국적인' 사회의 기묘한 의식

Rituals 사이의 대립을 중심으로 구조화되어 있다. 하지만 사실 (형벌을 위한) 식민지들은 물론 유럽의 창조물이었고, 고문 기계는 현대 기술의 상징이자 가장 발달되고 가장 파괴적인 인간 진보의 상징이다. 그가 '써레'에 의해 죄수가 고문당하도록 끈으로 결박된 '침대'를 묘사할 때, 장교는 "당신은 개인 병원에서 비슷한 기구들을 보게 될 것입니다"(M 78/DL 209)라고 말하는데, 이는 충격적인 만큼이나 태평한 코멘트이다. 여기서 카프카 텍스트는 감옥, 학교, 병원, 요양 시설 같은 다양한 종류의 현대 기관들의 유사성 —— 이 모든 것들은 개인을 훈육, 통제 및 조건화하기 위해 고안되었다 —— 을 강조한 프랑스 철학자 미셸 푸코의 저작을 앞지른다.

　카프카는 기술전technological warfare이 장악한 1차 세계대전 발발 두 달 후인 1914년 가을에 「유형지에서」를 쓴다. 비평가들은 카프카의 기계 묘사에 영감을 주었을 수 있는 구체적인 발명품들을 찾았지만 해석의 초점 중 하나는 그 고문 기계가 사실상 쓰는 기계a writing machine라는 점이었으니, 이 기계는 죄수의 선고 내용을 그의 벌거벗은 몸에 새겨서 그 과정에서 그를 죽인다. 글쓰기와 죽음을 잇는 비슷한 연결 고리는 1914년과 1916년 사이에 쓰여진 단편 「꿈」에서 발견되는데, 여기서 주인공 요제프 K.는 파인 무덤에 제 발로 들어갈 때 자신의 이름이 비석에 금색 글자로 나타나 있는 것을 본다.(DL 298) 두 텍스트 모두에서 글쓰기는 삶 —— 인간의 몸을 보다 완벽하고 영구적인 것으로 변화시키는 힘을 지닌 파괴적이면서도 구원적인 힘 —— 과 양립할 수 없다. 요제프 K.의 이름은 화려하게 장식된 금자金字로 나타나고, 죄수의 몸에 새겨진 선고는 맨눈으로는 해독할 수도 없는 캘리그래피 예술 작품이다. 그러나 이 세부 사항은 이 이미지의 깊은 모호성을 부각시킨다. 살아 있는 몸을 대신하는 예술 작품인 텍스트는 아름답고도 마음을 사로잡을 수 있지만, 만약 그 아름다움 아래에서 이것이 해독될 수 없고 궁극적으로 무의미하다면, 이것이 희생할 가치가 있는 것일까? 장교는 죄수가 자신의 상처로 선고를 해독할 때 경험하는 '변신'의 순간을 열렬히 묘사하지만(M 87/DL 226) 죽음 속 그 자신의 얼굴은 매우 다른 언어를 말한다.

살아 있는 것 같았다. 어떤 약속된 구제의 흔적도 발견되지 않았다. 다른 모든 이들이 기계 속에서 발견한 것을, 장교는 발견하지 못하였다. 그의 입술은 꽉 다물려 있었다. 그는 눈을 뜨고 있었고, 살아 있는 것처럼 보였다. 그의 시선은 확신으로 차분하였다. 거대한 쇠못이 그의 이마를 관통하였다.(M 98/DL 245~246)

『시골 의사』

「유형지에서」는 카프카의 작품 세계에서 과도기적 시점을 나타낸다. 카프카는 이 작품을 「선고」, 『변신』과 함께 '형벌'Strafen 이라는 제목의 책으로 출판하여 그의 초기 작품들과의 주제적 연관성을 제시하고자 구상 중이었다. 그러나 「유형지에서」는 그의 중기, 즉 1916~1917년 그리고 그 이후에 쓰여진 단편들이 주제를 예상하는 방식이어서 이전의 텍스트들과 다른 지점도 있다. 이 이야기들은 소재, 톤 그리고 스타일 면에서 훨씬 더 다양하다. 많은 이야기들이 우리를 초기 텍스트들의 현대 유럽이라는 배경에서 낯선 지형으로 데려가고, 어떤 이야기들은 심지어 인간 주인공을 등장시키지 않는다.

1년 넘도록 거의 집필을 않다가, 카프카는 1916년에서 1917년 사이에 또 다른 창의력의 폭발을 경험했다. 그의 여동생 오틀라는 프라하 성 근처의 작은 오두막을 빌려 카프카에게 글쓰기 칩거 공간으로 제공하였다. 이 장소의 변화는 매우 효과적인 것으로 증명되었다. 1916년 11월과 1917년 5월 사이에 카프카는 단편극인 「묘지지기」뿐만 아니라 20편의 짧은 산문을 작성하였다. 카프카는 흔치 않은 결심으로 이 텍스트의 출판을 밀고 나갔다. 1917년 2월에 그는 단편 소설들로 책을 구성할 만한 텍스트의 목록을 엮기 시작하였고, 7월에 그의 출판인인 쿠르트 볼프에게 열세 편의 작품을 보냈다. 볼프는 그 프로젝트를 맡았지만, 그 책의 출판은 다양한 이유로 지연되며 난항을 겪었고, 모음집 『시골 의사』는 1920년 5월까지 나오지 않았다.

카프카는 이야기 선정에 각별히 신경을 썼고 몇 번이고 순서를 바꿨다. 그렇다면 모음집 『시골 의사』는 얼마나 일관적인가? 이 책에 실린 텍스트들과 비슷한 시기에 쓰여진 다른 작품들은 주제적으로 다양하지만 반복적으로 등장하는 아이디어에 의해 연결되어 있는데, 그중 일부를 여기서 논의할 것이다.

아웃사이더: 동물과 예술가

카프카의 동물들은 이상하면서도 묘하게 친숙하다. 카프카 텍스트에 등장하는 동물들 — 말, 쥐, 개 그리고 더 이국적인 스펙트럼의 끝에 있는 유인원, 표범, 자칼 — 이 그 자체로 유난히 특이한 것은 아니다. 이 작품들을 동요시키는 것은 이 동물들이 텍스트에서 표현되는 방식이다. 발터 벤야민은 다음과 같이 말한다.

우리는 카프카의 동물 이야기들이 인간에 관한 것이 전혀 아니라는 사실을 깨닫지 못하고 한참 동안 읽을 수 있다. 마침내 우리가 원숭이, 개, 두더지와 같은 그 생명체의 이름에 마주치면, 우리는 겁에 질려 올려다보곤 우리가 이미 인간의 대륙에서 멀리 떨어졌다는 것을 깨닫는다.[19]

벤야민에 의해 묘사된 충격은, 카프카의 동물 이야기가 항상 바로 동물 이야기로 인식될 수 있는 것이 아니라는 사실인 범주의 모호함에서 비롯된다. 몇몇에선 이상하고 불안한 동물들과 마주하는 인간 서술자들이 등장하지만 또 다른 텍스트들에서는 동물들 스스로가 서술자이고, 우리를 그들의 사고방식으로 끌어들인다. 그들의 관점에서 볼 때, 이상하고 당혹스러

---

19 Benjamin, "Franz Kafka: On the Tenth Anniversary of his Death", *Selected Writings*, II, pp. 497~498.

운 것은 인간의 세계이다. 카프카의 동물 이야기들은 불편하면서도 깨달음을 주는 방식으로 인간과 동물에 대한 우리의 확립된 관점에 도전한다. 우리를 '인간의 대륙'으로부터 몰아냄으로써, 카프카 텍스트들은 우리가 이 대륙을 새롭게 발견할 기회를 준다.

이 책의 첫 번째 이야기인 「신임 변호사」는 여기서 주인공의 동물적 본성이 거의 지나가는 말로만 언급되기에 벤야민의 묘사에 잘 들어맞는다. 이름을 밝히지 않은 화자가 설명하듯 "우리에게는 부케팔루스 박사라는 새로운 변호사가 있다. 그의 겉모습에는 그가 알렉산더 대왕하의 마케도니아의 군마였던 시절을 떠올리게 할 만한 것이 거의 없다".(HA 12/DL 251) 부케팔루스는 고대 세계에서 가장 큰 제국 중 하나를 만든 마케도니아의 알렉산더 대왕(BC 356~BC 323)의 전투마였다. 카프카의 이야기는 이 역사적 동물을 두 가지로 옮겨 놓는다. 고대에서 현대로 그리고 알렉산더 대왕의 전쟁터에서 법원과 도서관의 세계로. 그러나 부케팔루스의 변신의 정확한 정도는 불분명한 상태로 남아 있다. 우리는 '외관상으로는' 그가 전투마였던 시간을 떠올리게 하는 것이 거의 없다는 말을 듣지만, 화자는 "사실, 상황을 잘 알고 있는 사람이라면 알아차릴 몇 가지가 있다"(HA 12/DL 251)고 아리송하게 덧붙인다. 이 문장은 일종의 읽기 지침이다. 이 텍스트가 우리에게 부케팔루스의 외양에 대한 설명을 제공하지 않기 때문에, 우리는 그가 "대리석 바닥을 울리며" 계단을 올라간다는 것 — 이는 인간의 발이라기보단 편자를 상기시킨다 — 과 같은 작은 세부 사항에서 정보를 추론해야 한다.

두 번째 단락에서, 화자는 알렉산더의 시대를 현재와 비교한다. 음모와 갈등이 여전히 살아남았음에도, 현대에는 새로운 목적지로 가는 길을 가리킬 수 있는 카리스마 있는 지도자가 없다. 이 변화가 모두 나쁜 것은 아니지만, 이 텍스트는 고대의 명확한 위계가 현대의 관료주의적 미로에 자리를 내주었다는 사실을 암시한다. 본문의 마지막 이미지는 부케팔루스가 "자유롭고, 기병의 허벅지로 등허리가 눌리지 않은 채 알렉산더 대왕의 전투의 소란에서 멀리 떨어져 있는 등불의 고요"(HA 12/DL 252) 속에서 법학 서적을 공부하는 모습이다. 인간의 직업을 채택함으로써, 부케팔루스는 이전에 자신의 모든 움직임을 통제했던 기수를 떨군다. 실제로, 그가 새롭게 발견한 자유는 주장컨대 대부분의 인간의 자유보다 더 크다. 법학자로서, 그는 적응과 물러남의 혼합을 통해 현대적 삶의 압박은 물론 과거의 전쟁에서도 벗어났다.

「자칼과 아랍인」에서 사람과 동물의 조우는 아라비아사막의 황야에서 일어난다. 이 먼 배경은 아랍인과 자칼 사이의 오랜 갈등에 말려든 유럽 여행자의 눈을 통해 비춰진다.

이 텍스트는 몽환적인 방식으로 시작한다. 그의 동료들이 잠든 후 화자는 자칼 무리에 둘러싸이게 되고, 그들 중 하나가 그에게 자칼의 이야기를 들려준다. 오랜 세월에 걸쳐 자칼들은 그가 도착하길 기다렸는데, 오로지 '북쪽'에서 온 사람만이 그들의 곤경 ── 아랍인들 사이에서 망명 생활을 하면서 아랍인들의 신체적 존재와 야만적 관습이 자칼들을 역겹게 하고 평화를 파괴한다 ── 으로부터 그들을 해방시킬 힘을 가지고 있기 때문이라는 것이다. 그들의 곤경을 끝내기 위해, 그들은 여행자에게 아랍인들의 목을 자를 수 있는 작고 녹슨 바느질용 가위를 선물한다. 하지만 그러고 나서 채찍을 휘두르는 아랍인에 의해 저지된다. 그는 자칼과 아랍인 간의 갈등에 대한 동물들의 이야기가 사실임을 확인하면서도, 자칼의 순수하고 이성적인 생명체로서의 자아상이 틀렸음을 드러낸다. 아랍인이 낙타의 시체를 근처에 던졌을 때, 자칼들은 모두 "마치 줄에 의해서 저항할 수 없을 정도로"(HA 24/DL 275) 그것에 끌려서는 동물적인 욕심으로 먹어 치운다.

　이 이야기는 유대인 문화와 토론의 장forum인 마르틴 부버의 정기 간행물인 『유대인』Der Jude에 처음 등장했으며, 자주 현대 유대인의 정체성에 대한 (다분히 모호한) 우화로 읽혀 왔다. 「자칼과 아랍인」은 정해진 조국 없이 유대인들이 그들의 '숙주국'host nation의 관용에 의존하여 영구적인 망명 생활을 강요당한다는 현대 시오니스트들의 주장과 일치한다. 사실, 이 개념은 또한 유대인들을 자칼 ── 다른 생물들의 피로 배를 채우는 기생충 ── 에 비유하는 반유대주의anti-Semitic 프로파간다의 일부였다. 이 이미지는 히틀러의 『나의 투쟁』에서도 눈에 띄게 등장하지만, 유대인과 비유대인 작가에 의해 19세기 문학 텍스트에서도 등장했는데, 여기서 그러한 이미지는 유희적이고 전복적으로 사용된다.

카프카는 몇 가지 세부 사항을 통해 자칼의 비유를 정제한다. 그의 자칼들은 유대인들과 마찬가지로 모계적이며, 아랍인들의 학살 관행에 대한 그들의 혐오감은 유대인들의 정결법 Jewish purity laws을 암시한다. 가장 중요한 것은, (기독교에서는 물론이고) 유대교의 핵심 요소는 도래하여 선택된 사람들을 구원할 구세주인 메시아에 대한 믿음이다. 그러나 카프카의 이야기에서는 자칼들이 '북쪽'에서 온 구원자를 찾고자 하는 희망이 가망이 없고 나이브하다는 것이 드러난다. 작고 녹슨 가위는 터무니없는 무기이고, 여행자는 이 갈등에 말려들기를 거부하는 주저하는 메시아인 것이다. 가장 중요한 것은, 이 '메시아적' 해결책을 선전함으로써 자칼들은 이성적이고, 순수하며, 비폭력적인 동물로서의 그들 자신의 자아상을 훼손한다는 사실이다.

두 텍스트 모두에서 서양 여행자가 두 대립하는 그룹 사이의 갈등에 휘말리기에, 「자칼과 아랍인」은 「유형지에서」를 연상시킨다. 두 여행자들은 모두 중립적이고 열린 마음을 가지려고 하지만 둘 다 자신의 폭력적인 성향을 잘 감출 수는 없다. 「유형지에서」의 마지막에, 여행자는 군인과 석방된 죄수가 그를 따라 배로 오려고 하자 채찍처럼 든 밧줄로 그들을 위협하여 막는다.(DL 248) 「자칼과 아랍인」에서는 아랍인이 자칼을 떨쳐 내기 위해 실제 채찍을 휘두르고, 여행자는 그의 태도를 공유한다. 그가 처음에 자칼들이 다가오는 것을 보았을 때, 그들은 그에게 "날씬한 몸과 그들의 몸짓이 채찍에 의해 몰아

진 양 훈련되고 민첩한"(HA 22/DL 270) 무리로 보인다. 심지어
우리가 야생동물을 만났을 때에도, 이 이미지는 우리가 우리의
뿌리 깊은 가축화에 대한 열망을 그들에게 강요한다는 점을 의
미한다.

오프닝 텍스트인 「신임 변호사」와 마찬가지로, 『시골 의
사』의 긴 폐막작인 「학술원에 드리는 보고」는 변신에 대한 이
야기이다. 우리 속 삶을 벗어나기 위하여 포획된 유인원인 빨
간 피터는 인간이 되기로 —— 아니 오히려, 인간의 행동을 택하
기로 결심한다. 그의 이야기는 내러티브 실험이다. 점진적이
고 무의식적인 과정이 아닌 의식적인 선택으로서, 어떻게 가족
밖에서 사회화가 일어나는가? 카프카는 교육학에 그리고 아
이가 사회에 통합되는 과정에 관심이 많았고, 한 어린 시절 사
진에서 스스로를 "나의 부모의 유인원"(1912년 11월 28일; LF 94/
BF 138)이라 묘사한다. 이 이미지에서 그의 부모를 모방하는 아
이가 은유적인 의미에서 유인원인 반면, 「학술원에 드리는 보
고」에서는 실제 유인원ape인 그가 자신의 주변 사람들을 '흉내
냄'aping으로써 인간의 특성을 취한다. 그러나 카프카의 편지는
또한 다른 관점에서 이 이야기를 예시한다. 카프카가 어린 시
절의 자신을 묘사하기 위해 사용하는 동사auftreten은 '~로 나타
나다'라는 뜻뿐만 아니라 '공연하다'라는 의미도 갖는다. 자신
의 부모님을 모방하는 아이는 단순한 유인원이 아니라 배우이
다. 이 모호함은 유인원의 이야기 속으로 이어지는데, 이 유인
원의 인간 행동 모방은 품위를 떨어뜨리는 동시에 전복적이다.

빨간 피터의 첫번째 롤 모델은 배 위의 선원들인데 그로부터 그는 흡연, 음주 그리고 침 뱉는 기술을 배운다. 동물의 눈으로 볼 때 인간의 본성은 고상하지도 문명화되지도 않고, 거칠고 품위 없는 것으로 보인다. 이 점에서, 빨간 피터는 잘 확립된 전통을 따른다. 예술과 문학에서, 유인원들은 자주 인간 행동의 풍자적 거울로 사용된다. 그의 변신 후에 빨간 피터는 버라이어티 쇼의 스타가 되지만, 그는 흡연과 음주 말고도 보다 교양 있는 행동도 할 수 있다. 그의 설명은 강의이며, 이는 그가 학술원의 학식 있는 구성원들에게 하는, 어쩌면 그의 가장 성공적이고 전복적인 공연이다. 「학술원에 드리는 보고」는 카프카의 가장 연극적인 텍스트 중 하나이고, 극적 독백으로서 연극 공연으로 각색되어 왔다.

그렇다면, 언어는 빨간 피터의 변화를 위해 필수적이다. 의사소통과 자기표현의 도구는 그가 인간 세상에 들어가서 자신의 이야기를 할 수 있게 해 주지만, 피할 수 없는 제약을 가하기도 한다. 언어는 일련의 관습에 기초한다. 우리가 서로를 이해시키기 위해서는 우리 주변의 모든 이들이 사용하는 단어를 사용해야 한다. 게다가 빨간 피터의 경우, 언어는 또한 그의 이름, '빨간 피터'에 숨겨진 트라우마를 가리키고 있기도 하다. 인간이 되기로 선택한 것은 그이지만, 그가 자신의 이름을 선택했던 것은 아니다. 이는 그의 포획자가 엽총이 그의 얼굴 왼쪽에 남긴 빨간 흉터에서 영감을 받아 붙인 이름이다. 그렇다면 유인원의 이름은 그 자체로 일종의 흉터이며, 이는 그를 동물적 존재에서 언어의 세계로 내던진 폭력을 상기시킨다.

언뜻 보기에 빨간 피터의 이야기는 적응을 통한 생존에 대한 다윈주의 이야기인 성공 이야기이지만, 보다 자세히 들여다보면 우리는 상실과 실패의 증거를 발견하게 되니, 바로 그의 동물 정체성의 상실과 인간 사회의 완전한 부분이 되지 못했다는 실패가 그것이다. 유인원은 가까스로 우리를 탈출하는데 성공했지만 실제로는 사람이 되지 않았고, 외려 그는 두 세계 어디에도 속하지 않는 잡종이나 괴물같이 중간 어딘가에 끼어 있다. 밤에 그가 쇼에서 집으로 돌아왔을 때, 그는 "훈련된 동물의 미친 듯 혼란스러운 모습이 눈에 어려 있는"(HA 45/DL 314) 반쯤 길들여진 침팬지인 동료를 보고 자기 자신의 진정한 자아를 떠올린다. 생존하기 위하여 그 유인원은 "나의 기원 … 나의 젊은 시절의 기억"(HA 38/DL 299)을 뒷전에 두어야 했고, 그의 동물적 과거로 돌아가는 문은 너무나 작아져서 "그 문을 통과하려면 자신의 모피를 벗어야"(HA 38/DL 300) 할 정도이다. 그의 원래 상태로 돌아가기 위해 빨간 피터는 그의 털을 벗어야 할 것이니 — 이는 과거가 영원히 손에 닿지 않는 곳에 있다는 것을 보여 주는 역설이다. 그 말인즉, 앞으로 나아갈 길 역시 똑같이 제한되어 있음을 의미한다.

말-변호사 부케팔루스는 '자유'로 제시되지만, 유인원의 목표는 훨씬 더 소박하다. 그가 원하는 것은 그저 '빠져나갈 구멍'이다.

나는 그 단어를 최대한의 그리고 가장 관습적인 의미에서 사용한다. 나는 의도적으로 자유를 말하지 않는다. 내가 의미하는 것은 모든 면에서 이 엄청난 자유의 느낌이 아니다. 어쩌면 나는 유인원으로서 그것을 알고 있었을지도 모르고, 그것을 갈망하는 인간들을 알고 있었을 것이다. 그러나 나 스스로에게 있어서 나는 그때도 오늘도 자유에 대한 열망이 없다.(HA 40/DL 304)

빨간 피터는 카프카의 가장 실리적인 주인공 중 하나이다. 『심판』에서 요제프 K.와 같은 등장인물들은 그들의 자유를 (다시금) 얻는 데 집착하지만, 이 자유라는 것이 애초에 존재하지 않았다는 사실을 인식하지 못한다. 그들의 이야기는 자주 죽음으로 귀결된다. 반면에 빨간 피터는 자신의 존재의 제약을 받아들이기 때문에 살아남는다. 그리하여 그는 "나는 인간 세계에서 더 편하고, 포함된다고[eingeschlossener은 또한 '갇힘'도 의미한다] 느낀다"라는 결론을 내린다.

「자칼과 아랍인」과 마찬가지로, 「학술원에 드리는 보고」는 마르틴 부버의 저널 『유대인』에 처음 실렸다. 카프카의 친구 막스 브로트는 그 글을 유대인의 동화assimilation에 대한 풍자로 읽은 많은 비평가들 중 첫 번째 사람이었다. 카프카 세대의 젊은 유대인들은 그들의 부모들이 서구 주류 사회에 동화되어 종교적·문화적 뿌리를 저버리는 것에 더욱 비판적이게 되었다. 「학술원에 드리는 보고」는 이러한 논쟁과 일치하며 카프카가 자신의 유대인 정체성에 점점 더 깊이 관여하고 있다는 사실을 반영한다. 하지만 빨간 피터의 사례가 동화의 대가를 보여 준다 해도 그것의 함축적 의미는 유대인의 맥락을 훨씬 뛰어넘고, 카프카 스스로도 이 이야기를 우화적으로 읽는 것에 저항했다. 편지에서 그는 '두 개의 비유'라는 제목하에 두 이야기를 함께 인쇄하자는 부버의 제안을 정중히 거절하고, 대신 더 중립적인 '동물 이야기 두 편'(1917년 5월 12일; LFFE 132/B3 299)을 제안한다.

빨간 피터에게, 공연은 그의 다양한 볼거리로 꾸며지는 극뿐만 아니라 그의 존재 전체를 뒷받침한다. 훨씬 더 짧은 텍스트인 「싸구려 관람석에서」도 서커스 환경을 배경으로 하지만, 여자 기수와 남성인 서커스 단장의 공연인 한 막에 집중한다. 사실, 이야기는 이 장면의 두 버전을 제공한다. 첫 번째 묘사는 이 장면을 막노동과 착취의 사례로 암울한 빛으로 비추는 반면, 두 번째 묘사는 밝고 명랑한 장소로서 서커스라는 보다 관습적인 개념에 부합한다. 그러나 궁극적으로 두 버전 모두는 과장되어 있고, 두 번째 버전이 진실로 제시되지만 결말은 현실과 환상 사이의 명확한 구분에 도전한다.

이 텍스트는 단 두 문단으로 구성되어 있으며, 각각은 하나의 긴 문장으로 이루어져 있다. 첫 번째 문단에서, '허약한 폐병 환자인 서커스 기수'인 공연자는 가학적인 서커스 단장에 의해 흔들리는 말을 타고 원형 극장 주위를 돌게 된다. 채찍을 든 그는 노예 감독관을 닮았는데, 이는 "지칠 줄 모르는 관객"

의 지지를 받고 "오케스트라와 환풍기의 끊임없는 포효"(HA 18/DL 262)를 동반한다. 카프카의 분사 구조 사용 — 여자 기수는 "말 위에서 피루엣[한 발을 축으로 팽이처럼 도는 발레 동작]을 하고, 키스를 보내고, 허리부터 흔들면서" — 은 끝없는 원운동의 느낌을 전달한다. 이 시나리오는 "점점 더 넓어지는 회색 미래 속으로" 계속될 것이라 위협하지만, 그러곤 구문적 흐름이 갑작스럽게 중단된다. 대시 기호로 도입된 새 캐릭터가 그 장면에 등장한다. "아마도 그러면 한 젊은 관객이 모든 열을 통과해 긴 계단을 뛰어내려 와, 원형 무대 안으로 뛰어들어 항시 협조적인 오케스트라의 팡파르로 '멈춰!'라고 외칠 것이다."(HA 18/DL 262)

여기서 첫 단락이 끝난다. 이 젊은 관객이 이 악몽 같은 장면에 종지부를 찍을지도 모르지만, 그의 간섭은 위태로운 '아마도'에 전적으로 달려 있기 때문에 결코 확실하지 않다. 이 잠정적인 결론은 나머지 문장과 조화를 이룬다. 'If'로 시작하는 이것은 사실적인 묘사가 아니라 여자 기수의 가설적 곤경이 결국 그 젊은 방문자가 그녀를 구출하는 것으로 이어질 수도 있는 사고 실험이다. 직설법은 "진정한 스팀 해머, 오르락내리락하는 박수갈채"라는 묘사에서 딱 한 번 쓰인다. 이 이상하고, 이질적인 비교는 그렇지 않으면 가상일 시나리오에서 한 가지 확실성이다. 문법적으로 말하자면, 그러니까 이 첫 번째 단락은 매우 이례적이지만 그럼에도 그것이 말하는 이야기는 꽤나 관습적이다. 곤경에 빠진 처녀는 서커스 단장의 사악한 마법을 깨는 동화 속 왕자인 남자 주인공에 의해 구출된다.

　이 내러티브는 두 번째 단락에서 "그러나 사실은 그렇지 않다"라는 무뚝뚝한 주장으로 일축되어 버린다. 그러곤 이 장면은 완전히 다른 관점에 의해 재고된다. 이번에 서커스 기수는 연약한 소녀가 아니라 "희고 붉은 모습의 사랑스러운 여인"이고, 서커스 단장은 경탄을 자아내는 인물이다. 의기양양한 공연이 끝난 후, 그녀는 관객들의 박수를 받으며 서커스단 전체와 그녀의 행복을 나눈다. 지금까지, 이 두 번째 단락은 첫 번째의 음울한 장면에 대해 안심할 만한 수정을 제공하면서 나쁜 꿈을 보다 경쾌한 현실로 대체한다. 하지만 구문은 대시 기호로 다시금 중단되고, 이는 장면의 변화를 도입하여 초점을 값싼 관객석으로 옮긴다. "사실이 이러하므로, 그 젊은 관중은 난간에 얼굴을 대고 깊은 꿈에 빠져들듯이 마지막 행진 속으로 가라앉으며, 자신도 모르게 울고 있다."(HA 18/DL 263)

　우리는 이 결말을 어떻게 읽을 수 있을까? 만약 현실이 불길하다기보단 명랑하다면, 왜 이 젊은 관객은 고개를 숙이고 우는 걸까? 그의 눈물은 남성성의 위기를 암시한다. 이 현대 여성은 빛나는 갑옷을 입은 기사에게 구조될 필요가 없다. 그러나 이러한 페미니스트적 해석은 텍스트에서 미묘하게 훼손되는데, 비록 그 기수가 "사랑스러운 여인"으로 소개되지만 그녀는 그 후에 "어린 소녀"(HA 18/DL 263)로 격하되고, 서커스 단장은 그녀가 "가장 사랑받는 손녀라도 되는 양"(HA 18/DL 262) 야단을 떨기 때문이다. 여기수는 여전히 서커스 단장이 가부장적 권위를 유지하는 전통적 틀에 갇혀 있다.

방문자의 모순된 반응은 서사에 대한 메타 코멘트를 제공한다. 표면적으로 이야기는 꿈에서 현실로 이동하지만, 그러고 나서 마지막에 방문자의 몽환적 눈물은 암시적으로 우리를 처음으로 되돌아가게 한다. 말과 기수가 원을 그리며 도는 것처럼, 결말은 순환적 읽기 과정에 시동을 건다. 제목에서 알 수 있듯이, 카프카 텍스트의 주된 초점은 공연장에서의 이벤트가 아니라 관중에게 있다. 궁극적으로 이야기는 두 대안적 버전이 아니라 서로에게 그늘을 드리우는 두 가지 보완적 관점을 제시한다. 우리가 공연에 직면하든, 텍스트에 직면하든, 현실은 개방적인 해석 과정 속에서 형성되고 다시금 형성된다.

읽기와 쓰기

「싸구려 관람석에서」의 예가 보여 주듯, 1916~1917년에 쓰여진 글들은 실험적이고 자기 성찰적인 차원을 가진다. 몇몇 이야기들은 해석의 역동성과 작가, 텍스트, 독자 간의 관계를 주요 주제로서가 아니라 간접적으로 주제화한다.

「낡은 쪽지」는 카프카의 동물 이야기에서 제기된 몇몇 문제들을 다시 논의한다. 한 구두장이는 그의 도시, 즉 황제의 수도이자 거주지가 북쪽에서 온 무장한 유목민들에 의해 어떻게 침략당했는지에 대해 이야기한다. 이 침입자들은 궁정 밖 광장에 야영지를 설치하여 거리를 더럽히고 지역 식량을 고갈시켰다. 아무도 그들이 어디서 왔는지 알지 못하고, 그들이 현지어를 사용하지 않기 때문에 그들과 소통하는 것은 불가능하다. 사실 그들은 거의 말을 할 줄 모르는 것 같다. "그들은 자기네끼리 마치 까마귀처럼 의사소통한다. 우리는 이 까마귀의 울음소리를 끊임없이 듣는다. 그들은 우리의 삶의 방식, 우리의 제도를 이해하지 못할 뿐만 아니라 관심도 없다. 그렇기 때문에 그들은 어떤 종류의 기호 언어이든 거부로 반응한다."(HA 19/DL 264~265) 카프카의 동물들이 종종 묘하게 사람 같은 반면에, 이 유목민들은 야생 동물을 닮았다. 그들의 말은 마치 까마귀의 울음소리처럼 들리고, 그들은 또한 그들의 말horse들과도 이상한 친밀감을 보여 준다. 충격적이게도 말을 타는 이들과 말들 모두가 육식성이고, 때때로 양쪽 모두 같은 고기 조각을 먹는 것을 볼 수 있다. 일단 유목민들에게 살아 있는 황소가 주어지면, 그들은 비명을 지르는 동물을 찢어발겨 산 채로 먹어 치운다. 이 장면은 이 텍스트에서 섬뜩함의 절정을 이룬다. 이는 자칼들이 낙타의 여전히 따뜻한 사체를 뜯는 「자칼과 아랍인」의 결말을 상기시키지만, 이 구절은 더욱 충격적이고 폭력적이다. 유목민들의 행동은 카프카의 동물 이야기에서 반복되는 주제를 강조한다. 폭력과 야만은 결코 동물 왕국에 국한되지 않으며, 인류의 본질적인 부분이다.

일인칭 화자는 이러한 불안한 사건을 묘사하지만, 그는 또한 현재의 위기의 기원을 이해하고자 노력한다. 소개를 통하여 그는 "조국의 방어가 너무 소홀했던 것 같다. 우리는 지금껏 걱정을 놓고 있었다. … 그러나 최근의 사건들은 우리에게 걱정

거리를 안겨 주었다"(HA 19/DL 263)라고 언급한다. 이러한 비판은 끝으로 갈수록 노골화되어 화자가 "황궁이 유목민들을 이곳으로 끌어들였지만, 그들을 다시 쫓아낼 방법은 모른다"(HA 20/DL 266)고 지적할 정도이다. 침략으로부터 나라를 방어하는데 실패한 경비병들과 황제들은 궁전 안에 바리케이드를 치고 '조국의 구원'을 지역 주민들에게 맡겼다. "하지만 우리는 그런 임무를 할 수 없다. 그리고 우리는 그것을 할 수 있다고 자랑한 적도 없다. 그것은 오해이다. 그리고 이는 우리를 파멸시킬 것이다."(HA 20/DL 266~267)

이 이야기는 거의 68년 동안 통치했던 오스트리아의 황제 프란츠 요제프 1세가 사망한 지 몇 달 후인 1917년 2월 혹은 3월에 쓰여졌다. 그는 합스부르크 군주제의 종말을 의미하는 1차 세계대전이 끝날 때까지만 통치했던 그의 종손 카를에 의해 계승되었다. 카프카의 이야기 속 황제가 사실 죽은 것은 아니지만, 그럼에도 이 텍스트는 1917년의 오스트리아 상황을 반영한다. 이는 위기를 가져온 바로 그 군주에 의해 버림받은, 전쟁 중인 국가를 묘사한다.

이 이야기의 제목인 '낡은 쪽지'는 진정 메타-제목이다. 이는 이야기된 사건이 아닌 텍스트로서의 텍스트, 즉 이 사건들이 기록된 매체를 나타낸다. 이 쪽지가 낡았다는 것은 기록된 사건들이 오래전에 일어났다는 것을 암시하는 반면, 우리가 '하나의 낡은 쪽지' — 독일어 'Ein altes Blatt'은 문자 그대로 '하나의 낡은 페이지'이다 — 를 다루고 있다는 사실은 불완전함의 감각을 암시한다. 카프카의 노트에서, 이 이야기에는 허구적인 편집자의 논평인 추신이 덧붙어 있다. "이 (아마도 너무 유럽화된) 오래된 중국 원고 페이지의 번역은 '캠페인'의 한 친구가 우리에게 제공했다. 이것은 한 파편이다. 나머지가 발견될 희망은 없다."(NS I 361) 이 추신은 텍스트의 신뢰성에 대해 더 많은 의심을 제기한다. 번역은 부정확할 수 있고 텍스트 자체는 불완전한데, 왜냐하면 그것은 점령의 시작은 기술하지만 추가적 발전과 잠재적인 결론은 서술하지 않기 때문이다. 화자가 유목민의 언어를 이해할 수 없는 것처럼, 독자로서의 우리는 어떤 경우에도 불완전할 수 있는 원문을 읽을 수 없다. 「낡은 쪽지」는 카프카 글에서 보다 일반적이고 반복적으로 나타나는 이슈를 지적하는데 바로 신뢰할 수 없는 화자와 번역자, 문화적 차이와 텍스트의 물리적 취약함으로 인해 악화되는 해석의 어려움이 그것이다.

짧은 텍스트인 「황제의 칙명」은 비슷한 소통에서의 문제에 관한 이야기이지만, 칙명과 이야기의 구두 전달이라는 인류 문명의 훨씬 초기의 단계를 떠올리게 한다.

황제는 임종을 맞이하여 자신의 신하 중 한 사람에게 칙명을 보낸다. "한낱 개인에 불과한 그대에게, 황제의 태양에서 멀리 도망쳐 나온 극미한 그림자인 보잘것없는 신하, 다른 이가 아닌 바로 당신에게, 황제가 임종 시 칙명을 보냈다."(HA 28/DL 280~281) 황제는 자신의 칙명을 종이에 위임하는 대신, 그것을 칙사의 귀에 속삭였다. 칙사는 강하고 그의 걸음이 빠르고 방해받지 않음에도, 그가 가로질러야 하는 거리가 너무 나 멀어서 그는 결코 목적지에 도착하지 못할 것이다. 끝이 없 어 보이는 그의 여행의 각 단계는 가로질러야 할 또 다른, 심지 어 더 넓은 공간으로 이어지고 "그렇게 수천 날이 계속될 것이 다".(HA 28/DL 281~282) 본문의 결론에 따르면 "그 누구도 이곳 을 뚫고 나가지 못한다 — 비록 죽은 자의 칙명을 가진 자여도 — 그래도 당신은 저녁이 되면 창가에 앉아 그 칙명이 오기를 꿈꾸고 있을 것이다".(HA 28/DL 282)

우리는 카프카의 이야기를 텍스트 해석에 관한 비유로 읽 을 수 있다. 이러한 독해에서는, 문학 비평의 전통적인 해석학 적 모델에 따라 황제가 독자에게 특정한 의미를 전달하기 위해 그의 칙명인 텍스트를 보내는 작가를 구현한다. 그러나 카프카 텍스트에서, 이 간단한 과정은 의문에 부쳐진다. '저자'는 죽어 가고 있고, 칙사는 그의 메시지를 전달할 수 없다. 이러한 상황 은 다시금 독자('당신')에게 책임을 전가하는데, 독자는 더 이 상 단순히 텍스트 의미의 수동적 수용자가 아니라 그것의 생산 에 책임을 져야 한다. 프랑스 비평가 롤랑 바르트가 50년 후에 말하듯 "독자의 탄생은 저자의 죽음의 대가임이 틀림없다".[20]

카프카 텍스트의 기저에는 소통의 위기가 깔려 있으니, 바 로 기록하고 전송하도록 의도된 것을 모호하게 만드는 신뢰할

---

20 Roland Barthes, "The Death of the Author", *Image-Music-Text*, trans. Stephen Heath, New York: Hill & Wang, 1977, pp. 142~148(p. 148).

수 없는 매체와 메신저이다. 이러한 우려는 특히 카프카의 연애편지에서 두드러지는데, 여기서 그는 모든 종류의 오해를 예상하거나 — 혹은 주장컨대 — 만들어 낸다. 그의 산문 작품들은 작가와 독자 사이의 보다 평등하고, 대화적인 관계를 기반으로 한다. 그의 글을 읽는 독자들은 의미를 생산하는 데 자유롭게 참여하거나 — 어쩌면 참여하도록 강제된다.

책임

『심판』까지 카프카 텍스트는 아들들의 경험에 초점을 맞춘다. 이 텍스트의 주인공들은 문자 그대로 혹은 은유적인 아버지 상의 권위에 의해, 개인과 제도가 행사하는 파괴적 힘에 의해 짓밟힌다. 『시골 의사』의 한 이야기이자 카프카 사후에 출판된 단편인 「마당 문 두드리는 소리」는 이러한 서술 패턴을 상기시킨다. 이 이야기의 일인칭 화자는 그의 여동생이 아무 생각 없이 마당 문을 두드린 후 체포된다. '범죄'와 처벌 사이의 극명한 불일치와 뒤이은 과정의 무자비한 효율성은 카프카의 초기 텍스트들을 떠올리게 한다. 그러나 전반적으로 「마당 문 두드리는 소리」는 1916년에서 1917년에 쓰여진 이야기들 중 오히려 비전형적인 것이다. 「황제의 칙명」과 「낡은 쪽지」에서 황제들은 그들의 권위를 행사하지 못하는, 시들어 가는 가부장들이다. 그들은 여기서는 두 명의 문자 그대로의 아버지들에 의해 보완된다. 「열한 명의 아들」과 「가장의 근심」은 모두 아버지 인물들이 화자이다. 그러나 우리가 그들의 사고방식에 대한 통찰력을 얻을 때, 우리는 아버지의 역할이 결코 쉽지 않다는 것을 빠르게 깨닫는다. 여기엔 그들이 책 제목인 '시골 의사'와 같은 다른 인물들과 공유하는 책임의 부담을 포함하여 그 자체의 부담이 뒤따른다.

「열한 명의 아들」은 이상할 정도로 사건이랄 것이 없는, 이야기라고도 하기 애매한 텍스트이다. 화자는 자신의 열한 명의 아들을 한 명씩 설명하지만, 결과는 그다지 고무적이지 않다. 어떤 경우에는 아버지의 설명이 처음에는 긍정적이다가 뒤로 갈수록 점점 더 불안감의 그림자를 드리우는 반면, 또 다른 경우에는 매우 비판적이다가도 나중에는 이를 상쇄하는 특징을 발견한다. 전체적인 인상은 아버지가 자신과 다른 사람들의 의구심을 제쳐 놓지 못하는 깊은 양면성이라 할 수 있다. 그의 가차 없이 면밀한 조사의 효과는 텍스트에서 확인할 수 있다. 화자는 "나는 열한 명의 아들이 있다"(HA 30/DL 284)라는 자랑스러운 말로 시작하지만, 마지막 문장은 "이들이 열한 명의 아들이다"(HA 34/DL 292)라는 말로, 훨씬 더 무심하다. 화자는 자신의 아들들을 스스로와 세상에 묘사함으로써, 소외감과 불확실성을 느끼는 채로 남게 된다.

비슷한 일은 카프카의 가장 이상하고도 매혹적인 이야기들 중 하나인 「가장의 근심」에서도 일어난다. 제목의 화자, 즉 '가장' 혹은 또는 문자 그대로 '집아버지'Hausvater는 자신의 집에 가끔 거주하는 생명체와의 관계에 대해 설명한다. 「열한 명의 아들」이 친근한 어조로 시작하고 좀 더 거리감 있는 분위기로 끝난다면, 여기서는 그 반대이다. 첫 번째 세 문단은 이야기라 기보다는 학술 논문처럼 읽힌다. 우리는 처음에 의미나 기원이 만족스럽게 확립될 수 없는 단어인 '오드라덱'Odradek을 둘러싼 어원론적 논쟁을 듣게 된다. 이 언어학적 논의는 두 번째와 세 번째 문단에서 더 구체적인 근거가 주어지는데, 이 문단은 이 이름을 가진 '존재'를 설명한다. 독일어 단어 'Wesen'(존재)은 살아 있는 생명체를 암시하지만, 언뜻 보면 오드라덱은 두 다리가 달린 일종의 실패처럼 보인다. 오드라덱이 화자와 짧고 좀 쓸데없는 대화를 나누는 움직이는 생명체로 밝혀지면서, 오직 네 번째 단락에서야 오드라덱은 중성 대명사 '이것'es에서 '그'er로 바뀌어 지칭된다. 때때로 오드라덱은 질문에 답하지만, 그는 자주 "그가 나무토막으로 만들어진 양, 나무토막처럼"(HA 29/DL 284) 침묵한다.

　마지막으로 갈수록, 이 글은 우리에게 화자의 마음에 대한 통찰력을 준다. 오드라덱이 작기 때문에 화자는 그를 '아이처럼' 대하고 싶은 유혹을 받지만, 이러한 부성애적 태도에는 더욱 부정적인 감정들이 뒤섞여 있다. '그가 죽는 것이 가능할까?' 하고 그는 의아해하지만, 오드라덱은 특별한 목적이 없어 보이는 것만큼이나 늙거나 썩는 것 같지는 않다. 사실, 화자는 오드라덱이 자신의 '아이들 혹은 손주들' 사이에서 여전히 집을 돌아다닐지도 모른다고 상상한다. 그가 인정하듯 "그가 나보다 오래 살아남으리라는 생각은 내게 거의 고통을 준다".(HA 29/DL 284) 살아 있는 생명체와 죽은 사물 사이에 위치하여, 오드라덱은 인간 이해의 한계와 실로 인간의 삶 그 자체의 한계를 구현한다. 죽지 못하는 그는 죽음을 피할 수 없는 화자에 맞선다.

카프카는 『시골 의사』 컬렉션을 자신의 아버지에게 바쳤다──아마도 아버지의 승인을 얻기 위해서라기보다는, 우리의 양육이 아무리 제약적이라도 우리의 정체성과 상상력을 형성한다는 사실을 스스로 시인하기 위해서였을 것이다. 그러나 카프카의 컬렉션은 가족 서사를 새로운 방향으로 이끈다. 「학술원에 드리는 보고」는 가족 외부의 사회화 실험을 묘사하는 반면, 「가장의 근심」은 생물학적 혈통에 대한 또 다른 대안을 제공한다. 오드라덱은 가족에게 비-인간 부가물로, 기원이 불분명한 사물이다. 어원을 통해 화자는 그를 위해 대체 혈통을 구축하려 하지만, 오드라덱은 이러한 시도를 거부하고 정체성의 창조자인 이름을 제공하는 아버지의 역할에 도전한다.

이것의 효과는 자유롭기도 하고 불안하기도 하다. 카프카는 「선고」를 쓰는 것을 출산 행위에 비유하였지만, 『시골 의사』 컬렉션에서 그는 저자의 모계적 모델에서 부계적 모델로 전환한다. 「열한 명의 아들」과 「가장의 근심」 모두는 작가의 어려움에 대한 텍스트로 읽을 수 있다. 「열한 명의 아들」에서의 아버지처럼, 카프카는 그의 문학적 '자식'에 대한 복잡한 감정을 가지고 있었고, 그의 거의 모든 텍스트에서 흠을 찾았다. 「가장의 근심」에서 이러한 비유는 한 걸음 더 나아간다. 화자는 오드라덱이 "의미 없는 것처럼 보이지만, 그것의 방식으로 완성된 것처럼 보인다"고 주장하는데, 이 진술은 촘촘하게 짜여 있지만 불투명한 카프카의 단편 소설들 중 많은 것에 적용될 수 있다. 하지만 만약 오드라덱이 문학 텍스트의 구현이라면, 미래에 대한 가장의 걱정은 자전적이고, 자기 성찰적 차원을 갖게 된다. 1921년에 카프카는 막스 브로트에게 그가 죽은 후에 출판되지 않은 모든 원고, 편지 그리고 일기를 파괴하라고 지시했다. 브로트가 어긴 이 명령은 카프카 자신의 불안을 배반한다 ─ 그의 텍스트들은 멀어진 아이들처럼 그보다 오래 살아남을 것이고, 그들의 창조자가 통제할 수 없는 후생afterlife을 가질 것이다.

또 다른 불투명한 텍스트는 이 컬렉션의 제목이 된 이야기인「시골 의사」이다. 동명의 주인공은 환자를 보기 위해 호출되지만, 이야기가 전개될수록 그는 이성과 책임감을 가진 인물로서의 역할에는 미치지 못한다. 이런 점에서, 카프카 텍스트는 의사들이 어두운 욕망의 먹잇감이 되는 로베르트 비네의 고전 무성 영화「칼리가리 박사의 밀실」(1920)이나 아르투어 슈니츨러의『꿈의 노벨레』(1926)와 유사하다. 그 내러티브는 연상적이고 예측할 수 없는 방식으로 펼쳐지는 일련의 이상한 사건들로 구성되어 있다. 인식은 환상으로 가득 차 있고, 행동은 이성적인 고려에 의해서가 아니라 공격성, 죄책감 그리고 욕망과 같은 더 어두운 충동에 의해 추동된다. 이 텍스트는 단락의 중단 없이 유동적인 숨 가쁜 서술로, 반복되는 모티프가 간간이 끼어들며 쓰여졌다.

유명한 진술에서, 프로이트는 자아가 "자기 자신의 집에서 주인도 되지 못한다"고 선언하였다.[21] 집은 자아 내부의 갈등의 은유적 장소가 되고, 카프카 텍스트는 자주 비슷한 방식으로 공간을 사용한다. 작품명과 동명의 이 시골 의사는 밤중의 호출에 답해야 하지만, 그의 말$_{horse}$은 혹독한 겨울에 죽었다. 그가 생각 없이 오래된 돼지우리 문을 걷어차자, 그는 놀랍게도 마부와 한 쌍의 건장한 말들을 발견한다. 돼지우리는 『심판』에 나오는 창고를 연상시킨다. 둘 다 사용되지 않는 지저분한 공간으로, 부정한 욕망을 갖는 주인공과 마주한다. 마부와 말들은 직업적 의무를 수행하기 위해 억눌러야 하는 의사의 리비도적 추동력의 구현물로 해석되어 왔지만, 마부와 의사 사이의 차이 — 프로이트의 용어로, 이드$_{id}$와 자아$_{ego}$ 사이의 — 는 모호하게 남는다. 의사가 떠나자 마부는 하녀 로자를 따라 집으로 들어간다.

나는 그녀가 문고리를 잠가 자물통이 철컥거리는 소리를 듣는다. 자물쇠가 채워지는 소리를 듣는다. 나는 그녀가 자신을 찾아내지 못하도록 어떻게 복도에서 그리고 이 방 저 방을 뛰어다니며 불을 끄는지 본다. … 나는 여전히 마부의 맹공격하에 우리 집의 문이 부서지고 산산조각 나는 소리를 들을 수 있다.

21 Freud, *The Standard Edition of the Complete Psychological Works of Sigmund Freud*, XVI, pp. 284~285.

그러고 나면 포효하는 소리가 나의 눈과 귀를 가득 채우며 내 감각을 똑같은 강도로 공격한다.(HA 14/DL 254~255)

의사는 이러한 사건들을 꿈결 같은 강도로 목격한다. 그는 그녀의 미덕을 지키는 도망치는 하녀이자 동시에 그녀의 단호한 추격자이다. 흥미로운 사실은, 마부가 로자와 집에 머물겠다고 선언한 후에야 의사 자신도 그녀의 올바른 이름을 사용하기 시작한다는 점이며, 그는 나중에 로자를 "몇 년 동안 내가 거의 알아채지도 못한 채 우리 집에서 살고 있는 그 사랑스러운 소녀"로 생각한다.(HA 15/DL 257)

뭔가 중요한 것이 처음에는 눈에 띄지 않는 이 패턴은 의사의 진찰 중에도 다시 나타난다. 첫 검사에서 그는 자신의 환자인 어린 소년이 지극히 건강하다고 판단하고, 다시 볼 때에야 "심하게 피로 젖은 수건"(HA 15/DL 257~258)이라는 미묘한 단서에 의해 촉발되어 크고 곪아 터진 상처를 발견한다. "여러 가지 색조의 장미처럼 붉은, 깊은 곳은 어둡고, 가장자리를 향해 갈수록 빛나는", 이것은 "내 손가락만큼 두껍고 긴 벌레들"(HA 16/DL 258)에 의해 가득 차 있다. 그 상처는 음란한, 생식기의 함축을 갖는다. 이것은 "엉덩이 부근에" 위치해 있고, 그 안에서 꿈틀거리는 벌레들은 성교와 부패를 동시에 환기시킨다.

처음에는 보이지 않다가 그다음에는 극도로 생생한 상처는 현실주의의 관습을 거스르고, 소년의 반응도 똑같이 모순적이다. 의사가 처음 그를 진찰할 때, 그는 "의사 선생님, 저를 죽게 내버려두세요"(HA 14/DL 255)라고 속삭이지만, 그의 상처가 진단을 받은 후에는 "저를 구해 주시겠지요?"(HA 16/DL 258)라고 울면서 묻는다. 하지만 상처의 발견은 나머지 가족들의 행동도 변화시킨다. 이전에 그 의사를 매우 존경하는 마음으로 대했던 그들은 이제 그가 이상한 의식에 참여하도록 강요한다. 그들은 다음과 같은 가사를 노래하며 그의 옷을 벗기곤 그를 환자와 함께 침대에 눕힌다.

그의 옷을 벗기면, 그는 너를 치료하리.
만약 그가 너를 치료하지 않는다면, 그를 죽여라!
그는 그저 의사일 뿐이다, 그저 의사일 뿐이다.(HA 16/DL 259)

많은 카프카 텍스트와 마찬가지로, 「시골 의사」는 전통과 현대 사이의 중간 지대를 배경으로 한다. 세속적인 시대에 종교는 그 목적을 잃었다. 마을 사람들이 "그들의 오래된 믿음"(HA 16/DL 259)을 저버려 마을 사제는 집에 앉아 있지만, 이것이 새로운 이성적 시대가 밝아 옴을 의미하는 것은 아니다. 이야기가 끝날 무렵, 의사는 자신의 직업적 권위와 개인적 존엄성을 박탈당했다. 죽어 가는 소년과 수수께끼 같은 대화를 나눈 후, 그는 옷을 마차에 던지고 벌거벗은 채로 창문을 통해 탈출한다. 그가 떠날 때 그의 모피 코트는 손이 닿지 않는 곳에 있고, 한때 기적적으로 빨랐던 말들은 "늙은이처럼"(HA 17/DL

261) 느릿느릿 나아간다.

카프카 텍스트에서 나체는 더 '자연스런' 몸 상태로 돌아가는 것이 아니라 굴욕의 표시, 죽음의 전조이다. 「유형지에서」의 죄수와 장교는 모두 기계 아래 놓였을 때 벌거벗고, 요제프 K.는 그의 처형을 위해 허리까지 옷을 벗는다. 「시골 의사」의 결말은 덜 폭력적이지만 그렇다고 덜 오싹한 건 아니다. 여기서 전망은 죽음이 아니라 끝없는, 종잡을 수 없는 여행이다. 이 장면에서 시골 의사는 카프카의 가장 기이한 등장인물들 중 하나인 사냥꾼 그라쿠스를 닮았는데, 그는 죽은 후 평생 바다를 여행하며 삶과 죽음 사이의 림보 속에 갇히게 된다.

이야기의 마지막에, 의사는 우울하게 이전의 사건들을 생각해 본다.

> 번창하던 나의 일자리는 없어졌다. 후임자가 내게서 빼앗아 갔지만, 그가 나를 대신할 수 없기에 소용없는 일이다. 그 역겨운 마부는 우리 집에서 마구 날뛰고 있다. 로자는 그의 희생자이다. … 속았구나! 속았어! 일단 밤의 종소리에 미혹되면, 그것은 결코 바로잡을 수 없다.(HA 17~18/DL 261)

카프카 글에서 자주 그렇듯, 사소한 사건은 어마어마한 결과를 가져올 수 있다. 그런데 왜 의사는 그가 밤의 종소리에 '미혹되었다'고 주장하는 것일까? 의사가 도울 수는 없었지만, 그 소년은 병이 난 것으로 드러나지 않았는가. 하지만 주장컨대, 의사의 결론은 단순히 이 특별한 요청에 대한 것이 아니라 그의 소명을 보다 일반적으로 언급한 것이다.

카프카는 처음에 그의 책 『시골 의사』에 '책임감'Verantwortung 이라는 제목을 붙일 계획이었다. 결국 그는 이 모음집에 실린 가장 수수께끼 같은 이야기 제목을 따 이 책의 이름을 지었지만, 책임감은 이 모음집의 중심 관심사 중 하나이다. 「낡은 쪽지」의 황제, 「자칼과 아랍인」의 여행자, 「형제 살인」의 목격자인 팔라스와 같이, 이 모음집의 다양한 등장인물들은 책임지는 것을 실패하고 그 대신 사건들이 그것의 진로대로 가도록 내버려둔다. 책 제목이 된 이야기는 누군가가 기꺼이 도전하려 하더라도 성공하는 것이 불가능하다는 사실을 깨닫기에 심지어 더 음울한 결론을 제시한다. 따라서 「시골 의사」 이야기는 책임의 더 일반적인 위기를 가리킨다. 이는 권위, 소명 그리고 의사소통의 위기이기도 한 책임의 보다 보편적인 위기를 나타내는 것이다. 독일어에서 접두사 ver-는 자주 잘못된 행동에 대한 실패의 감각을 의미한다. 따라서 책임이라는 독일어 단어인 Ver-antwortung은 대답 또는 응답Antwort의 실패를 암시한다. 의사불통의 시나리오. 이는 카프카의 표제 이야기에서 잘 드러난다. 의사의 의무를 이행하라는 소환의 부름이 그를 미혹으로 이끈다면, 공동체의 근본이기도 한 책임의 바로 그 기초가 위기에 처한다. 앞으로 보게 되겠지만, 개인과 공동체 사이의 위태로운 관계는 카프카의 후기 글에서 중심 주제로 남게 된다.

『성』

불면증의 소설

1910년부터 카프카는 주로 밤에 글을 썼다. 그에게 밤은 영감과 완전한, 초월적 몰입의 시간이었지만 이 글쓰기 전략에는 대가 또한 따랐다. 1911년 10월, 카프카는 자신의 일기에서 다음과 같이 언급한다.

> 나는 이 불면증이 단지 내가 글을 쓰기에 나타난다고 생각한다. 내가 글을 아무리 적게, 아무리 나쁘게 쓰더라도, 나는 여전히 이 작은 동요에 예민해진다. … 그리고 내 안에 있고 명령할 시간이 없는 일반적인 소음 속에서 나는 휴식을 찾을 수 없다.(1911년 10월 2일;D 61/TB 51)

카프카는 극단적인 소음 민감성으로 악화된 긴 불면증을 겪었고, 글쓰기와 불면증이 때로는 창의적인 동업자 관계를 맺기도 했지만, 불면증은 문학 창작을 심각하게 방해할 수도 있었다. 1917년에 그가 결핵 진단을 받은 후 그의 불면증은 악화되었고, 1922년 1월에 그는 신경 쇠약에 시달렸다. 그는 직장에서 휴가를 받아 타트라산맥의 슈펜틀레류플린에 있는 요양원에서 지냈다. 이 장소의 변화는 긍정적인 영향을 미쳤는데, 이 시기 즈음에 그는 자신의 세 번째이자 마지막 소설인『성』에 착수하였다.『성』은 카프카의 가장 긴 텍스트이고, 그가 다시금 불면증으로 인한 신경 쇠약에 시달리던 1922년 8월 말까지 그는 이 소설 작업을 계속하였다.

그러므로『성』작업은 양단兩端이 불면증에 의해 틀이 잡히고 이 경험은 소설의 등장인물, 스타일 그리고 관점에도 스며든다. 카프카의 주인공 K.는 잠을 많이 자지 못한다. 마을에서 이방인인 그는 자신의 방은 고사하고 침대도 없기에 하는 수 없이 바닥, 안락의자 그리고 다른 이들의 침대에서 잔다. K.가 점점 더 피곤해지면서 그는 점점 더 엇나간 행동을 하여, 소설이 끝나 갈 무렵에는 대화 중에 잠이 드는 바람에 특별한 기회를 놓쳐 버린다. K.의 불면증은 따라서 소설의 서술적 긴장에 기여하고, 이는 또한 텍스트의 형태와 구조를 뒷받침한다.『성』의 세계는 피곤하고, 졸린 눈으로 보는 양 비추어진다. 어떤 세부 사항들은 거의 과도히 선명하게 돋보이지만, 또 어떤 곳에서는 공간적 경계가 흐려지고 등장인물들이 서로 합쳐지면서 이름에서든 외모에서든 서로 닮아 있다. 겨울이라는 배경은 이 방향감각의 상실에 기여하여, 눈snow은 모든 것을 덮고 성과 마을을 명확한 윤곽이 없는 무정형의 공간으로 바꾼다.

『성』속으로의 길

『성』의 도입부는 신비와 불확실성으로 둘러싸여 있다.

K.가 도착한 것은 늦은 저녁이었다. 마을은 눈 속 깊이 파묻혀 있었다. 안개와 어둠이 성을 둘러싸고 있어서 성이 있는 산은 전혀 보이지 않았고, 거대한 성이 어디에 있는지 알려 주는 희미한 빛조차도 없었다. K.는 길에서 마을로 이어지는 나무 다리 위에 서서 아무것도 없는 듯 보이는 허공 속을 한참이고 바라보았다. (C 5/S 7)

소설은 아마도 유럽 그 어딘가를 배경으로 하지만 그 정확한 위치는 결코 언급되지 않으며, 이는 주인공의 생략된 이름 및 언급되지 않는 출신과 상보적이다. 겨울 배경은 외진 느낌과 고립감을 더한다. 마을 위로 성이 어렴풋이 보이는 것은 동일하게 적대적인 지형을 배경으로 하는 브램 스토커의『드라큘라』와 같은 고딕 소설을 떠올리게 한다. 카프카의 이전 두 소설은 주인공이 척박한 풍경에 들어가는 것으로 (잦아들거나) 끝이 나는데,『실종자』의 어두운 산맥과『심판』의 채석장은 모두 죽음의 전조이다.『성』에서 K.는 그러한 척박한 풍경에서 마을의 세계로 들어오며 등장하는데 마을의 집들이 그러한 환경에 대항하는 피난처를 제공하는 반면 자연은 그럼에도 K.의 한 걸음 한 걸음을 방해하는 추위, 일찍 오는 해 질 녘과 눈을 통해 항시 존재하는 것으로 남는다.

K.가 도착하자 어둠, 눈 그리고 안개는 뒤섞여 성을 보이지 않게 만들고, 서사는 이 불확실성의 감각을 더한다. 아주 희미한 빛조차 성에서 뿜어져 나오지 않는다고 언급되지만, 그

럼에도 K.는 성의 존재와 위치에 대해 알고 있음을 암시하는 "빈 것처럼 보이는 것"을 올려다보는 행동으로 한참 시간을 보낸다. 게다가, 성의 비가시성을 강조하는 바로 이 문장에서 성은 '큰' 또는 '위대한' 이라는 뜻을 가진 groß라는 표현으로 묘사된다. 그렇다면 처음부터, 이 서사는 보는 것과 아는 것 사이의 간극을 중심으로 전개된다. 이것은 그의 지식을 독자에게 전하는 전지적인 화자에 의해 언급되는 '위대한' 성에 대한 언급일까, 아니면 이것이 K.가 성에 대해 사전 지식을 갖고 있는 상태로 왔다는 자신의 관점을 반영하는 것일까? 이 질문은 결코 대답되지 않는다. 다음 날, 어둠과 안개는 걷혔지만 K.가 알고 있는 것의 정보는 물론이고 그의 여행 뒤에 숨겨진 동기도 여전히 미스터리 속에 감추어져 있다.

『성』은 도착에 대한 이야기를 들려준다 — 서사로 들어가는 고전적인 루트 — 그러나 그러곤 K.는 멈추어 그의 새로운 삶의 문턱에서 맴돈다. 이와 같은 망설임은 카프카의 글쓰기 전략을 알려 준다. 그의 노트에는 한 개가 아니라 두 개의 도입부가 연속적으로 담겨 있다. 우리가 알고 있는 소설의 시작에는 마을에 낯선 사람이 도착한 것을 묘사하는 짤막한 문장 — "주인이 손님을 맞이했다"(SA 115) — 이 선행된다. 이 이름 없는 손님은 '왕자의 방'으로 안내되는데, 막 도착한 K.는 즉시 다시 나가겠다고 위협하지만, 하녀가 그에게 머물기를 간청한다. 이에 반해 K.는 침대를 제공받지 못하고 바 한구석에 눕고, 잠이 들자마자 그가 마을에 머물 권리가 있는지 묻는 성 관리인의 아들에 의해 다시 깬다. 따라서 두 버전은 다소 다른 방식으로 전개되지만, 유사성도 있다. 짧막한 문장으로 손님은 하녀에게 "나는 전투하러 왔지만, 도착하기도 전에 공격받고 싶지 않다"(SA 116)고 말한다. K.의 행동은 성 당국에 대한 비슷한 적대감뿐만 아니라, 성 당국으로부터 검증을 받고 마을 공동체에 받아들여지기를 바라는 욕구 또한 무심코 드러낸다.

『성』은 카프카가 2년 넘게 중단한 후 수행한 첫 번째 문학 프로젝트이며, 소설로 들어가는 두 다른 경로는 새로 시작하는 데 있어서 그가 겪은 어려움을 반영한다. 첫 번째 버전은 몇 페이지 후에 중단되는데, 카프카는 가로줄을 하나 긋고 나서 다시 시도한다. 두 번째 오프닝은 더 많은 서술적 가능성을 지니지만 소설이 일단 진행되고 나선 내러티브가 관습적인 방식으로 진행되지 않고 정체되며, 반복적이고 순환적이다. 『성』은 그가 추구하는 어떤 경로로도 가지 않기 때문에 결코 진정으로 새로운 삶이 시작되지도 않는 주인공의, 시도된 시작들에 대한 소설이다.

K.와 성

카프카의 이전 소설의 도시 설정과 대조적으로, 『성』의 세계는 시간을 초월한 듯 보여 태곳적으로까지 느껴질 정도이다. 이 소설은 엄격한 규칙과 위계에 의해 통치되는 공동체를 묘사한다. 그러나 사실, 『성』은 전통과 현대를 결합시키는 혼성적 소설이다. 소설 속 전기 조명, 사진 및 전화와 같은 세부 사항이 현대 세계에 확고히 좌표를 찍기에 무두장이, 구두 수선공, 마부와 같은 구식 운송 수단과 전통적 교역은 현대 기술과 나란히 존재한다. 오래된 것과 새로운 것의 이러한 혼합은 성 그 자체에서 가장 환기적으로 구현된다. 카프카가 소설을 쓸 때, 독일과 그의 모국 오스트리아의 군주제는 민주주의로 대체되었다. 지나간 시대의 잔해인 성은 현대 관료주의 기구의 고향이지만 성의 행정 절차는 오래된, 봉건적 세계 질서의 잔재로 가득 차 있다.

마을 사람들은 성 관리들을 우러러보며, 그들이 일반적인 인간 접촉에 부적합하다고 선언한다. 더욱이 그 성은 종교 당국처럼 인간 행동과 상호작용에 대한 규칙을 형성한다. 그래서 아말리아와 그녀의 가족은 그녀가 관료 소르티니의 접근을 거절한 후 마을 사람들에게 배척당한다. 성 관리들은 결코 도덕적 행동 모델에 따라서가 아니라 다른 사람들을 착취하기 위해 그들의 힘을 사용하지만, 결정적으로 이 힘은 마을 사람들의 적극적인 순응에 의지한다. 아말리아를 제외한 마을의 여성들은 비서관들과 잠자리를 갖는 것에 만족하고 심지어는 영광스러워하는 것처럼 보인다. 게다가 그녀의 가족을 공동체에서 배제하는, 아말리아에게 가해진 처벌은 실제로 성에 의해 명령된 것이 아니라 마을 사람들에 의해 추론되고 실행된 것이다. 이 마을 사람들은 그들이 성의 법이라 여기는 것을 지키기 위해 의무를 진다.

이 봉건 세계 속으로 이방인 K.가 들어가는 것이다. 마을 사람들과 비교할 때 K.는 여러 면에서 합리주의자이다. 그는 마을의 관습과 성의 절차를 자의적이고 터무니없는 것이라 비판하면서, 거리를 둔 관점으로 바라본다. 그러나 K.의 외부인 지위는 장점이기도 하고 약점이기도 하며, 성에 대한 그의 태도는 매우 모순적이다. 그는 몇몇 절차를 준수하기를 거부하지만 이것이 그의 전체적인 목표를 저지하지는 않으니, 그것은 바로 성에 접근하거나 또는 이 기관에 의해 최소한 인정받고 승인받는 것이다.

소설이 진행되는 동안 K.는 다양한 외피를 취한다. 성에 전화를 거는 동안에 그는 자신이 그 자신의 조수인 요제프라고 주장하는가 하면, 나중에는 마을 학교에서 관리인의 자리를 맡는다. 그러나 가장 논쟁적일 뿐만 아니라 가장 중요한, 그가 열망하는 역할은 바로 토지 측량사라는 역할이다. 도착하자마자 그는 이 자격으로 성에 임명되었다고 주장하지만, 결코 이 주장은 입증되지 않는다. K.의 원본 소환장 — 애초에 이것이 존재했다면 — 은 성에 의해 확인되어야 하지만, 그의 노력이 오래 지속될수록 그는 더 많은 장애물에 직면하게 된다.

이는 면장과의 대화에서 명백해진다. 그는 K.에게 그의 임명 의혹 뒤에 숨겨진 이야기, 분실된 서류철과 오해에 대한 복잡다단한 이야기를 들려준다. 그들의 대화가 시작될 때 K.는 "당국과 소통하는 것이 얼마나 쉬운지를 느꼈다. 그들은 전적으로 어떤 부담도 질 것이고, 그들에게 처리해야 하는 어떤 것이든지를 넘긴 다음 영향받지 않고 벗어날 수 있다"(C 55 / S 94~95) — 하지만 이 경솔한 느낌은 기만적이고, 심지어 위험하기까지 하다. 요제프 K.가 법원을 상대하는 것을 떠올리게 하는 패턴으로, 성은 K.의 주장을 어느 정도까지는 기꺼이 따르는 것처럼 보이지만, 자세히 들여다보면 이 순응은 가치 없는 환상으로 드러난다. 따라서 면장은 K.에게 그가 그토록 중시하는 클람의 첫 번째 편지가 "공적인 의사소통이 전혀 아니라, 사적인 편지"(C 65 / S 114)이므로 공적인 약속을 성립시키지 않는다고 말한다. K.의 역할이 관리 대리인인 프리츠에 의해 확인된, 성에 건 전화도 마찬가지로 가치가 없으니,

성에는 전화 연결이 없[기 때문이다.] … 우리가 성에 있는 누군가에게 여기서 전화를 걸면, 전화는 모든 낮은 부서들에서 울리죠. … 가끔씩 지친 관리가 좀 재미를 보고 싶은 마음이 들면 … 소리를 다시 켜고 나서 우리는 대답을 얻지만, 이 대답은 그저 농담일 뿐입니다.(C66~ 67 / S 116)

이러한 예의 밑바탕에는 카프카의 『시골 의사』 컬렉션에도 등장하는 주제가 있으니, 바로 미디어와 의사소통에 대한 근본적인 불신이다. 편지, 서류철 그리고 전화는 실제 정보를 전달하지 않으며, 심지어 대면 대화조차도 오해의 소지가 다분하다.

이 관료주의의 종잡을 수 없는 복잡성 때문에 보다 근본적

인 질문 — K.가 추구하는 것은 어떤 종류의 자리이며, 그가 이 역할에 실제로 적합한가? — 을 놓쳐서는 안 된다. 토지 측량 은 물리적 환경의 지도 작성뿐만 아니라 경계의 잠재적 (다시) 긋기를 포함한다. 이는 다른 효과를 가질 수 있다. 식민주의 시 대에 외국의 토지는 식민 지배를 하는 국가의 영토에 편입되기 위해 측량되었지만, 토지 측량은 또한 유럽의 지도가 다시 그 려지고 헝가리와 체코슬로바키아 같은 합스부르크 제국의 다 양한 부분이 독립적인 민족 국가가 되었던 1차 세계대전 이후 의 경우처럼 기존의 권력관계를 뒤집을 수 있다. 흥미롭게도, 면장은 그러한 임명의 필요성을 거부한다.

당신 말마따나 당신은 토지 측량사로 종사해 왔지만, 불행히 도 우리는 토지 측량사가 필요하지 않습니다. … 우리의 작은 농장의 경계 표시는 모두 확립되어 있고, 모든 것이 적절한 절 차에 따라 기록되어 있어요. 부동산은 거의 주인이 바뀌지 않 고, 경계에 대한 어떤 작은 논쟁이 있다면 우리 스스로 해결합 니다.(C 55/S 95)

그러나 면장이 인정하듯, 모든 마을 사람들이 이 견해에 동의하는 것은 아니다. 측량사로서 K.는 현 상태를 유지하는 것 외에는 아무 목적이 없을지 모르지만, 그의 임명은 기존의 권력관계를 전복시킬 수 있으며, 이는 새롭고 보다 진보적인 시대의 여명을 알린다.

K.는 결코 자신의 직업을 실행하게 되지 않기에, 이는 분명 헛된 추측들일 것이다. 그가 주장하듯 장비를 가지고 따라온다는 그의 조수들은 결코 도착하지 않지만, 이들은 성에서 보낸 우스꽝스러운 한 쌍의 조수들로 대체된다. 따라서 K.는 자신의 일을 수행할 장비와 인력 모두 부족하지만, 더 중요한 것은 그 자신이 그 직업에 적합한 것처럼 보이지 않는다는 점이다. 그는 마을에서 계속해서 길을 잃고 심지어 자신의 주변을 조사할 수 있는 성곽에 가까이 가지조차 못한다.

무엇보다 중요한 것은, 성 자체가 측량되고 지도로 만들어지는 것을 거부하는 것처럼 보인다는 점이다. K.가 도착한 다음 날 아침 해가 지고 마을 위로 성이 선명하게 보인다. 그러나 K.가 오래 보면 볼수록 이 건물의 정확한 성격에 대해서는 더욱 불확실해진다. 그가 보기에 성은 "오래된 기사의 성도, 화려한 새 건축물도 아니"라 단지 "작은 마을에 모인 가난한 종류의 오두막집 그리고 그것이 모두 돌로 만들어졌을지 모르지만 오래전에 페인트가 벗겨졌고, 돌 자체가 무너져 가는 것처럼 보였다". 사실상 "성인 줄 몰랐다면 이것을 작은 마을로 여겼을지도 모른다".(C 11/S 17) K.는 성에 접근하기 위해 마을에 왔지만, 성이 단지 마을의 집들로 구성되어 있다면, 실제로 존재하지 않는 반대 항에 기반하여 마을에서 성으로 들어가려는 K.의 임무는 불가능해진다.

조우

소설 전체에 걸쳐 K.는 마을에 발을 들여놓는 유일한 이방인이다. 도착한 직후 그는 라제만으로부터 "환대는 이곳의 관습이 아니며, 우리는 방문객이 필요 없다"(C 15/S 24)라는 퉁명스러운 말을 듣고, 다리 여관Bridge Inn의 집주인은 K.에게 "당신은 성에서 온 것도 아니고, 마을에서 온 것도 아니며, 아무것도 아닙니다. 그러나 불행히도 당신은 이방인, 모든 사람들에게 방해가 되는 불필요한 사람이죠"(C 46/S 80)라고 분명히 말한다. 이방인으로서 K.는 마을 서열에서 가장 낮은 위치를 차지하거나, 더 심하게는 이 공동체에서 완전히 제외된 채로 남아 있다. 이것은 그와 성과의 관계에 연쇄적 영향을 미친다. 이방인인 그에게는 성에 대한 접근이 금지되어 있고, 이 금기는 또한 "이방인을 보는 것을 용인할 수 없거나 사전에 그럴 준비가 되어 있지 않은"(C 32/S 56) 성 관리들과 연락하는 것에까지 확장된다.

K.의 이방인으로서의 비-신분은 그가 성에 접근하는 것을 방해하지만, 동시에 그것은 성으로부터 인정을 받는 것을 매우 가치 있는 것으로 만든다. 이런 점에서 K.의 이야기는 받아들여지고 소속되길 추구하는 또 다른 이민자 카를 로스만의 이야기와 크게 다르지 않다. K.는 마을 공동체로의 통합이 성의 승인을 받는 필수적인 단계라는 것을 빠르게 깨닫는다. 실제로, 그가 마을에 오래 머물수록 이 두 목표들을 구분하는 것은 어려워진다 —— 애초에 이 둘이 분리되어 있다면 말이다.

마을 노동자로서만 … 그는 성에서 뭔가를 달성할 수 있었다.

여전히 그를 못 미더워하고 있던 이 마을 사람들은 그가 친구

는 아니더라도 … 그가 게어슈테커와 라제만과 구분되지 않는

인간이 되면 … 최소한 그들 중 한 명은 그에게 말을 말을 걸어

올 것이고, 그러면 그는 모든 길이 그에게 열려 있을 것이라고

확신했다. 오직 윗분들의 은총에만 달려 있는 문제라면 그 길

은 그에게 영원히 닫혔을 뿐만 아니라 보이지도 않을지도 모

른다.(C 25/ S 42)

K.는 전반적으로 냉담하면서도 마을 공동체에 통합되려

는 진지한 시도를 하고, 실제로 친구를 사귀지는 않지만 몇 가

지 긴밀한 관계를 구축한다. 『성』은 카프카 이전의 소설들에서

보다 더 통합적이고 삼차원적으로 보이는 다양한 부차적 등장

인물들을 특징으로 한다. 그에 비해 K.는 다소 그늘진 이차원적

인물로 남는데 우리는 그가 다른 이들 — 남자들, 여자들 그리

고 아이들 — 과 상호작용하는 것을 통해 그에 대해 알게 된다.

남자들 중에서 K.와 가장 가까운 관계는 전달자 바르나바

스와의 관계이다. 그를 처음 만났을 때 K.는 즉시 그에게 끌린

다. "그의 얼굴은 맑고 서글서글했고, 두 눈은 매우 컸다. 그의

미소는 유난히 쾌활했는데, 그가 마치 그 미소를 닦아 내려는

듯 손으로 자신을 얼굴을 가렸지만 뜻대로 되진 않았다."(C 23/

S 38~39) 온통 화이트로 차려입은 바르나바스는 K.에게 천사처

럼, 일종의 강림처럼 보인다. 라틴어의 천사angelus는 문자 그대

로 '전달자'messenger라는 뜻이고, 바르나바스는 클람으로부터 받은 편지를 가지고 다닌다. 그러나 차후 바르나바스의 아우라는 점차 해체되고 K.가 클람과의 가장 실질적인 연결 고리로서 그에게 가졌던 희망은 좌절된다. K.가 바르나바스를 따라갈 때, 그는 성이 아니라 바르나바스가 두 누이와 그의 나이 든 부모님과 함께 지내는 작은 오두막으로 인도된다. 바르나바스가 그의 흰 재킷의 단추를 풀 때, 그는 "노동자처럼 강하고 넓은 가슴 위에 거칠고, 지저분하고, 수선된 셔츠"를 드러낸다.(C 30/S 52) 첫인상이라는 것은 다른 경우에서와 마찬가지로 여기서도 기만적이다. 실제로 K.는 곧 술집 여급 프리다와 다리 여관 여주인으로부터 바르나바스와 그의 가족이 마을 공동체에서 배척당하고 K.가 그들과 연관됨으로써 그 역시 같은 위치에 놓이게 된다는 것을 알게 된다.

　　K.는 단념하지 않고 그들을 계속 방문하고, 바르나바스의 여동생 올가와 긴 대화를 나누는데, 그녀는 그에게 아말리아 집안의 몰락을 이야기한다. 또 다른 대화는 바르나바스와 그의 입장에 관한 것이다. 그는 서신 관련 일을 위임받고 성 안으로 들어가기를 허락받았지만, 공식적인 심부름꾼으로 고용된 것이 아니다. 그의 공적으로 보이는 재킷마저도 그가 성을 위해 일하는 것을 시작하기 전에 직접 만든 것이듯 말이다. 올가가 말하듯,

오랫동안 그는, 뭐랄까, 하인 제복은 아니고 — 그런 게 성에 는 없으니 말이에요 — 관복을 가지고 싶어 했고, 약속까지 받 았는데, 성에서는 그런 일을 매우 더디게 하는 데다, 최악은 그 지연이 무엇을 의미하는지 우리가 알 수 없단 거죠. 이는 문제 가 공식적인 경로를 통해 진행되고 있다는 것을 의미할 수도 있지만, 공식적인 절차가 아직 시작조차 되지 않았다는 것을 의미할 수도 있거든요. 예를 들어, 그들이 바르나바스를 좀 더 시험해 보고 싶어 할 수도 있단 거죠. 그러면 결국엔, 이는 이 건이 공식적인 경로에서는 이미 마무리되었다는 걸 의미할 수 도 있고, 바르나바스는 결코 관복을 얻지 못할 거예요. 이보다 더 자세한 사항에 대해서는 알 수 없거나, 아주 오랜 시간이 지 난 후에야 비로소 알아낼 수 있을 테죠.(C 153/S 272~273)

그렇기에 당분간 바르나바스는 자신의 행동이 결국 공식 적인 임명을 이끌어 내길 바라며 성의 심부름꾼 역할을 수행 하는 것일 뿐이다. 이 점에서 그의 처지는 토지 측량사로 확정 되길 바라는 소망으로 매달리는 K.와 흡사하다. 그러나 바르나 바스의 공적 지위는 그의 역할을 둘러싼 불확실성만은 아니다. 그가 명령을 받은 국장은 사실 클람이 아니라 그저 클람처럼 보일 수도 있고, 그가 심부름을 하러 들어가는 성 사무실은 사 실은 성의 일부가 아닐 수도 있다.

그리고 성에 사무실이 있다고 해도, 바르나바스가 이 사무실에 들어가는 것이 허용되는 걸까요? 맞아요, 그는 사무실에 들어가죠, 하지만 그건 전체의 아주 일부일 뿐이니, 벽이 있는 데다 그 너머에는 더 많은 사무실들이 있기 때문이에요. … 당신은 이 벽을 뚜렷한 경계선으로 상상해서는 안 됩니다. 바르나바스는 항상 그것을 제게 각인시키죠. 그가 들어가는 사무실에도 벽이 있어요. 그가 통과하는 벽들이 있고, 그 벽들은 그가 결코 넘지 않은 벽과 다르지 않아 보여서 그 마지막 벽들 너머에 바르나바스가 들어가 보았던 사무실들과 본질적으로 다른 사무실들이 있다고 처음부터 추측할 순 없습니다. 우리는 이 울적한 시간들에만 그렇게 생각할 뿐이죠.(C 154~155/S 275)

올가의 대단히 난해한 설명은 이전의 구절을 상기하게 한다. 성이라는 복합적인 건물이 마을 집들로 이루어진 것처럼 보이듯, 이 내부의 구조도 비슷하게 무정형적이다. 바르나바스가 들어갈 수 있는 사무실은 성의 일부가 아니라 일종의 벽일 수도 있고, 그 안으로 들어가는 길에 넘어야 할 문턱일 수도 있고, 아니면 오히려 벽들의 전체적인 연속일 수도 있다. 그렇다면 궁극적으로, 성 전체는 실제 핵심이나 내부가 없는 일련의 문턱인 경계 공간에 지나지 않을 수도 있는 것이다. 바르나바스의 성과의 연관성에 대한 올가의 설명은 의구심을 불러일으킨다. 고정된 것이 아니라 움직이고, 지속적으로 변화하는 벽처럼, 성의 정체성은 정의되거나 해결될 수 없다.

바르나바스의 불확실한 상황에도 불구하고 K.는 계속해서 그에게 많은 희망을 건다. 대조적으로, 그는 성이 그에게 배정한 두 조수를 공격적이고 경멸적으로 대한다. 아르투어와 예레미아스라는 그들의 이름은 충분히 구별 가능하고, 다른 사람들이 그들을 구별하는 데 어려움이 없는 것처럼 보임에도 불구하고 K.에게 그들은 똑같아 보인다. 이는 K.가 일종의 지각적 결함, 즉 사람을 개인으로 볼 수 없음을 의미한다. 그가 그들에게 말하듯 "너희는 뱀 두마리 같다"(C 20/S 33) —— 이 코멘트는 그들의 개성과 인간성을 빼앗는 말이다.

이 조수들은 희극적이고 불안하며, 어린애 같으면서도 이상하게 정력적이라, 프리다는 "아이들처럼 뛰어다니면서도 남자들처럼 나에게 팔을 뻗는 방식"에 대해 말한다.(C 124/S 220) 그들은 K.를 따라다니며 그가 어디를 가든지 가장 사적인 순간까지도 침범한다. K.는 프리다와 첫날밤을 보낸 다음 날 아침 바에서 그들을 발견하고, 프리다와 함께 학교로 이사를 왔을 때 그 조수들은 그들을 따라와 커플을 일종의 가족으로 만들어 버린다. 프리다가 온화하고 관대한 반면 K.는 근엄하고 심지어는 폭력적인 아버지 상이다. 그는 조수들을 추위 속에서 기다리게 하고, 아르투어가 침대에 있는 것을 발견하곤 주먹으로 때리고, 예레미아스가 바르나바스의 집에 K.를 찾으러 오면 그를 때리기 위해 '회초리'를 가지고 간다.(C 203/S 365) K.는 조수들과 그들의 충성심을 당연하게 받아들이지만, 이어지는 대화에서 상황은 역전된다. 예레미아스는 K.에게 프리다가 그를 떠난 것은 그가 바르나바스와 그의 누이들과 친하게 지내서이고, 그와 아르투어는 일을 그만뒀다고 말한다. K.가 예레미아스를 바라보았을 때, 이 조수는 갑자기 훨씬 나이 들어 보인다. 사실 K.는 그를 "때론 제대로 살아 있지 않다는 인상을 주었던 이 살덩어리"(C 207/S 371)라고 생각한다. 이 예레미아스는 『심판』에서 살과 시체 같은 창백함이 역겨울 뿐만 아니라 불안하게 만드는 요제프 K.의 처형인들을 연상시킨다.

예레미아스는 또한 조수로서 그들이 성에서 받은 주된 지시가 "모든 것을 매우 진지하게 받아들이는"(C 204/S 368) K.의 기분을 띄워 주는 것이었음을 밝힌다. 이는 그들의 바보 같고 유치한 행동이 그들의 주인을 즐겁게 해 주기 위해 행해진 공연이었다는 사실을 암시한다. K.는 이 폭로로 버림당한다. 카프카 텍스트의 다른 곳에서와 마찬가지로, 여기서 ── 적어도 주인공의 눈에는 ── 다소 이차원적으로 보였던 인물들이 갑자기 숨겨진 깊이를 드러내고, 연기와 '진지한' 행동을 구분하는 것은 불가능해진다. 대화를 마친 후 K.는 프리다를 다시 잡을 수 있다고 확신하며 성 여관으로 돌아오지만, 그곳에 도착했을 때 그는 예레미아스가 프리다의 연인으로서 자신의 자리를 차지해 버린 것을 알게 된다.

K.는 그가 만나는 남자들을 좁은 의미로 분류하는 경향이 있지만, 『성』의 여자들은 더 복잡한 인물들로, 강약의 묘한 혼합을 특징으로 한다. 아줌마 같은 여주인은 대부분의 시간을 침대에서 보내지만, 그럼에도 불구하고 그녀는 소년 같은 남편

을 지배하는 만만찮은 인물이고 곧 K.의 가장 강력한 적이 된다. 마을의 공식적 직책은 면장과 같은 남자들이 맡고 있지만, 주장컨대 여성들이 성에의 개인적 연결에 기반한 보다 큰 권력을 갖고 있다. 프리다와 집주인은 둘 다 클람의 정부였고 K.가 라제만의 집에서 만났을 때 매혹된 브룬스비크 양은 스스로를 '성에서 온 소녀'(C 15/S 25)라고 소개한다. 심지어 면장의 내성적이고 소심한 아내인 미치도 그녀의 남편보다 더 중요한 것으로 밝혀진다.

소설 속에서 주된 여성 인물은 술집 여급 프리다이다. 그녀는 "작은 금발에, 다소 보잘것없는, 슬픈 얼굴과 얇은 뺨을 가진" 인물로 묘사되지만, 그녀의 시선은 '의식적 우위'에 있다.(C 35/S 60~61) K.는 즉시 그녀에게 끌리고, 그들이 처음 만난 날 밤 그들은 성 여관의 술집 바닥에서 섹스를 한다. K.와 프리다는 맥주 웅덩이에서 뒹굴며, 주변을 의식하지 못한다.

그들이 그곳에 누워 함께 호흡하고 심장이 일제히 뛰는 동안 몇 시간이 흘렀고 K.는 이전의 누구보다도 낯선 땅 — 그 낯섦 속에서 숨이 막힐 것 같지만 더 나아가 길을 잃을 수밖에 없는 무의미한 유혹의, 공기조차 고향의 공기와 다른 타향 — 에서 길을 잃었거나 멀리 떨어져 있다고 줄곧 느꼈다. 그래서 적어도 처음에는 클람의 방에서 깊고 명령적이면서도 무심한 어조로 프리다를 부르는 목소리가 들렸을 때, 이것은 충격이 아니라 새벽의 힘을 돋우는 신호였다.(C 40/S 68~69)

이 성관계 장면은 모호함으로 가득 차 있으며 로맨스와 역겨움, 친밀함과 소외의 요소를 결합하고 있다. '함께'gemeinsam라는 단어가 이 구절에서 두 번 사용되지만, '낯선' 혹은 '이방인'이라는 뜻의 fremd에 기반한 단어들은 세 번 나온다. 프리다 안에서 길을 잃는 것은 알 수 없는, 그의 몸이 그가 숨을 쉬는 공기를 통해 이 낯섦에 의해 침범당하는 영토에서 길을 잃는 것처럼 느껴진다. 실제로, 같은 문장 내에서 호흡은 통합의 표시에서 숨 막히는 소외의 경험으로 전환된다.

위에서 카프카의 노트에 기록되어 있는 소설의 두 다른 도입 부분이 언급되었다. 그러나 사실 『성』은 두 가지가 아니라 세 가지의 다른 도입부를 갖는다. 카프카가 그의 소설을 쓰기 시작했을 때 이는 일인칭 내러티브로 구상되었다. 따라서 첫 번째 줄은 이렇게 읽힐 수 있었을 것이다. "내가 도착한 것은 늦은 저녁이었다. … 나는 길에서 마을로 이어지는 나무 다리 위에 서서 아무것도 없는 듯 보이는 허공 속을 한참이고 바라보았다."

카프카는 K.와 프리다가 성관계를 가질 때까지는 이 일인칭 서술을 유지했는데, 아마도 이 순간은 일인칭으로 다시 말하기에는 너무 친밀하게 느껴졌던 모양이다. 일단 바꾸기 시작했을 때 카프카는 처음으로 돌아가 모든 동사와 대명사를 삼인칭으로 꼼꼼하게 바꾸었지만, 그렇지 않은 경우에는 아예 아무것도 바꾸지 않은 채로 남겨 두었다. 주장컨대, 삼인칭 서술을 알리는 주인공과의 먼 거리감은 이미 원본에 암시되어 있었다고 볼 수 있다.

이 성관계 장면은 소설의 서사적 관점과 줄거리에 모두 광범한 영향을 미친다. 카프카의 이전 소설들에서와 달리, 성관계는 진지한 관계로 이어진다. K.와 프리다는 처음에는 다리 여관에, 그리고 나서는 마을 학교 안에 집을 설치하곤 결혼까지 계획하고, 프리다는 프랑스나 스페인으로 이민 가는 것을 꿈꾸지만 K.는 마을을 떠날 수 없다고 느낀다. "나는 이곳에 머물기 위해 온 거요."(C 121~122/S 215) 이방인인 K.에게 프리다와의 관계는 마을 공동체에 진입하는 방법이기도 하지만, 다른 목적의 수행을 위한 것이기도 하니 바로 점점 더 심해지는 그의 집착의 대상인 클람에게 다가가는 것이다.

그들이 처음 만났을 때, 프리다는 자신이 클람의 정부임을 밝힌다. 『심판』에서와 마찬가지로 남성들 사이의 성적 경쟁은 중심 주제이지만, 요제프 K.가 법원 관계자들에게 되돌아가기 위해 여성들을 유혹했던 반면, 『성』에서 K.의 동기는 거의 그와 반대이다. 그에게 프리다와의 불륜은 클람의 관심을 끄는, 그에게 더 가까이 다가가는 방법이다. 이 계획은 그들의 첫 번째 성관계 직전의 구절에서 다음과 같이 드러난다.

K.는 그녀보다 클람에 대해 더 많이 생각하고 있었다. 프리다의 정복은 그가 자신의 계획을 바꾸도록 요구했고, 그는 마을에서 일하는 데 드는 어떤 시간도 불필요한 것으로 만들 수 있

는 강력한 도구를 얻기 위해 여기 있는 것이었다.(C 278/SA 185)

K.는 프리다를 사람이 아니라 물건, 도구로 생각한다. 이 구절은 K.의 가장 계산적인 모습을 보여 준다. 하지만 카프카는 그의 마음가짐을 발설한 후 나중에는 이를 원고에서 삭제했다. K.는 완전히 차갑고 비정하게 묘사되지는 않으며, 오히려 소설은 이성과 감정 사이에서, 성에 접근하려는 계획과 성의 만연한 영향으로부터 벗어난 존재를 구축하려는 욕망 사이에서 이러지도 저러지도 못하는 한 남자의 모호한 그림을 그린다. 그가 이야기 초반에 다음과 같이 성찰하듯 말이다.

그 어디에서도 K.는 이전에 공무와 삶이 이토록 긴밀히 얽혀 있는 것을 보지 못했는데, 너무나 얽혀 있어 때론 삶과 공무가 장소를 바꾼 것처럼 보일 정도였다. 예컨대, 클람이 K.의 침실에서 실제로 행사한 힘과 비교하여 지금까지 오직 공식적으로 K.의 근무에 대해 가지고 있던 힘의 의미는 무엇이었는가?(C 55/S 94)

성의 힘은 절차와 규정에 있는 것이 아니라, 가장 사적인 순간에도 개인의 삶을 침범하는 이 힘의 방식에 있다. 공과 사의 구분은 번번이 흐려진다. K.는 이 프라이버시의 결핍에 시달리지만, 클람에 관해서라면 적극적으로 이 구분을 무너뜨리

려한다. 그가 프리다에게 설명하듯,

먼저 가까운 곳에서 그를 보고 싶고, 그다음에 그의 목소리를
듣고 싶고, 그러고 나서는 그가 우리의 결혼에 대해 어떻게 느
끼는지 알고 싶어요. … 많은 논의할 주제가 있을 수도 있지만,
나에게 가장 중요한 것은 그를 직접 보는 것입니다. 하지만 지
금은 사적으로 그와 이야기하는 것이 나의 임무이고, 내가 보
기에 그건 훨씬 쉽게 이루어질 것 같아요. 나는 관리 신분인 그
와는 오직 그의 사무실에서만 이야기할 수 있고, 그건 접근 가
능하지 않을 수도 있으니까요, 성 안에서든 혹은 ── 확실하진
않지만 ── 성 여관에서든 말이죠. 하지만 나는 사적인 인간으
로서의 그와는 어디서든 이야기할 수 있잖아요, 실내에서든
거리에서든, 내가 그를 우연히 마주치는 어디에서든요.(C 78/S
137~138)

K.의 기본적인 목표는 성에 의한 공식적 인정이 아니라 좀
더 비공식적이고 개인적인 것이다. 이는 클람의 반응을 보고
그의 목소리를 듣는 것을 의미한다 ── 신체적 접촉은 성을 둘
러싼 인간미 없는 의사소통, 편지들, 서류철들과 전화 연결의
층들 사이로 길을 낼 터이다.
그러나 그의 거듭된 노력에도 불구하고 K.는 실제로 클람
을 직접 만나지 못한다. 이 목표에 가장 근접했던 건 처음에 프
리다가 성 여관의 작은 구멍을 통해 국장을 관찰할 수 있게 해

주었을 때였다. 여기서 직접 대면하는 것은 일방적인 관찰로 대체된다. 클람은 밝은 전구 아래에서 선명히 보이고, 마치 사진을 위해 포즈를 취하는 듯이 완전히 가만히 앉아 있다. K.가 보는 것은 콧수염을 기른 배불뚝이 중년 남자가 맥주잔을 앞에 두고 손에는 시가를 들고 있는 모습이다. 그러나 부르주아 남성성의 이 진부한 이미지는 사각지대를 담고 있다. 클람의 눈은 그의 코안경 뒤에 감추어져 있고, 조금 후 프리다는 무심하게 클람이 잠들었다고 말하는데, 이 사실은 K.가 탄성을 지르게 만든다. 왜 그는 이에 그렇게 놀라는 것인가? 클람이 잠들어 있단 것은 그가 자신의 비밀 관찰자를 알아차렸을지도 모른다는 이론적 가능성조차 약화시킨다. K.는 개인적 인정을 갈망하지만 그 대신 클람의 코안경은 그 자신의 시선, 그 자신의 기대를 그에게 되반사한다.

이러한 거부감은 '클람을 기다리며' 챕터의 마지막 부분에서도 반복된다. 클람이 성 여관에서 나오기를 헛되이 기다린 K.는 성을 올려다본다.

벌써 윤곽이 흐려지기 시작한 그 성은 언제나처럼 여전히 그곳에 있었다. K.는 그곳에서 어떤 인기척도 느낀 적이 없었다. 이렇게 멀리서는 그런 것을 알아낼 수 없는 것일지도 모르지만, 그럼에도 그의 두 눈은 줄곧 애썼고, 성의 정적을 받아들이지 않았다. 성을 바라보고 있으면 K.에게는, 조용히 거기에 앉아 공간을 들여다보면서도, 생각에 잠겨 모든 것과 단절된 게 아니라, 마치 혼자여서 아무도 자신을 주시하지 않는다는 듯이 자유롭고 편안한 누군가를 지켜보고 있다는 생각이 때로들었다. 그는 누군가 자신을 주시하고 있다는 사실을 분명 알아차렸지만, 그것이 그를 조금도 방해하지 않았고, 실제로 — 이것이 원인인지 결과인지는 구별하기 어려웠지만 — 관찰자는 시선을 한 군데 고정시키지 못하고 슬그머니 시선을 돌렸다.(C 88/S 156)

K.는 생명이 없는 성을 의인화하지만, 그가 상상하는 것은 비인간적인 무관심의 인물이다. 여기서 문제가 되는 것은 단순히 인정의 결핍이 아니라 의식적인 거부이다. 그가 깨닫게 되듯 K.가 가장 갈망하는 것은 현대의 얼굴 없는 제도의 전형으로서의 성에 대한 혐오이다. 카프카의 다른 제도들도 마찬가지여서, 사제는 요제프 K.에게 말한다. "법원은 당신에게 아무것도 원하지 않습니다. 당신이 오면 당신을 받아들이고, 당신이 가면 당신을 보냅니다."(T 160/P 304) 『성』에서 이 무관심의 감각은 절대적이면서도 묘하게 개인적이어서 소설을 새로운 국면으로 이끈다. 이러한 장면들은 카프카 텍스트들에서 심한 불안감을 야기하는 요소 중 하나인데, 왜냐하면 공공연한 적대감마저도 이러한 의미의 공백보다는 견디기 쉽기 때문이다.

자율성의 위험성

우리가 보았듯, '이상한/낯선'fremd과 '낯선 사람/이방인'Fremder은 소설에서 중요한 단어들이지만, 이는 직접적인 영어의 등가물이 없는 두 번째 용어로 대체되는데, 바로 고향Heimat이라는 단어가 그것이다.[22] 이 단어는 소설 속 다양한 지점에서 —— 예컨대 K.와 프리다가 사랑을 나누는 장면과 K.가 숨 쉬는 공기가 고향 공기Heimatluft, 즉 그의 연고지나 출신지의 공기의 요소를 포함하지 않는 듯 보이는 장면에서 —— 사용된다. 소설의 이 부분과 다른 부분에서 고향은 K.가 떠나온 것에 대한 약칭이 되지만, 새로운 환경에서 그가 찾고자 하는 것에 대한 약칭이 되기도 한다.

이는 그가 도착한 다음 날 아침에 성을 처음 보았을 때 명백해진다.

K.는 이 성에 뒤지지 않는 자신의 고향을 잠시 생각했다. 만약 그가 이곳에 온 것이 단지 그 장소를 보기 위해서였다면, 그는 별것 아닌 것으로 긴 여행을 한 것이었을 테고, 그럴 바에야 그가 오랫동안 보지 못했던 옛집을 다시 방문하는 것이 더 나았을 것이다.(C 11/S 17~18)

---

22 Elizabeth Boa and Rachel Palfreyman, *Heimat. A German Dream: Regional Loyalties and National Identity in German Culture, 1890–1990*, Oxford: Oxford University Press, 2000, p. 1.

성을 올려다보면서 K.의 생각은 즉시 이 광경에서 고향의 기억으로 전환된다. 성에 들어가기 위한 그의 탐구는 궁극적으로 근원을 찾는 것이다. 그러나 성은 조악한 대체물이다.

마음속으로 그는 어린 시절 고향의 교회 탑을 저 위의 탑과 비교해 보았다. 첨탑으로 갈수록 점점 가늘어지고, 내려오면서 넓어지고, 붉은 기와지붕을 갖는 전자는 확실히 지상의 건물이었다 — 우리가 어떤 다른 것을 지을 수 있겠는가? — 하지만 그것은 이 옹기종기 모여 있고 낮게 지어진 집들보다 더 높은 목적을 위해 세워졌고, 이곳의 단조로운, 평상시의 세계가 그런 것보다는 더 명시적인 진술을 했다. 여기 위의 탑은 … 부분적으로는 담쟁이덩굴로 덮여 있는 단순하고, 둥근 건물이었고, 작은 창문이 있었고, 지금은 태양 속에서 빛나고 있었다 — 이 광경에는 무언가 광기 어린 것이 있었다 — 그리고 꼭대기에 발코니 모양으로 지어진 불안정하고 불규칙한 총안이 있는 흉벽이 있었고, 이것은 불안하거나 부주의한 아이의 손에 의해 그려진 것처럼 부서질 듯 푸른 하늘을 배경으로 지그재그 모양으로 튀어나와 있었다.(C 11/S 18)

교회의 첨탑은 인간의 창조물임에도 불구하고, 불규칙하고 들쭉날쭉한 윤곽으로 성탑에는 없는 더 높은 희망과 열망을 구현하고 있다. 이 광경은 광기 및 어린 시절 모두와 연관되어 있으니, 둘 다 어른 이성의 기준에서 벗어난 두 상태이다. 언뜻 보기에 K.는 그의 옛집과 새집을 명확하게 구분하는 것처럼 보이지만, 성곽의 포탄을 그린 듯한 "불안하거나 부주의한 아이의 손"을 언급한 것은 K.의 현재 경험에 어린 시절의 공포가 스며들어 있음을 시사한다. 원고에서는 삽입된 하위 조항인 "이 광경에는 무언가 광기 어린 것이 있었다"가 쉼표나 대시로 분리되지 않기에, 여기서 이 구문은 와해되기 직전에 있다. 회상이 K.를 압도하면서 서사는 의식의 흐름이 되고, 성의 윤곽처럼 '불안정'하고 '불규칙'적이 된다.

K.의 고향 교회 또한 두 번째로 보다 자세한 회상의 주제가 된다. 성으로 인도되기를 바라는 마음으로 바르나바스를 따라가면서, 그는 어린 시절의 한 장면을 떠올린다.

그곳의 중앙 광장에도 교회가 있었는데, 부분적으로 오래된 묘지에 둘러싸여 있었고, 그 묘지는 다시 높은 벽으로 둘러싸여 있었다. 단지 몇 명의 소년들만이 그 벽을 오른 적이 있었고, K.는 지금까지 그것을 오르는 데 실패했다. 그들이 그 벽을 오르고 싶게 만든 것은 호기심이 아니었다. 묘지는 그들에게 비밀이 없었고, 그들은 종종 작은 연철 문을 통해 묘지 안으로 들어갔다. 단지 그들은 그 부드럽고, 높은 벽을 정복하고 싶었을 뿐이었다. 그러던 어느 날 아침 ── 그 조용하고, 텅 빈 광장은 빛으로 가득 찼다. K.가 이전에 또는 그 이후에 그것을 그렇게 본 적이 있었던가? ── 그는 놀랍게도 쉽게 성공했다. 그는 첫 번째 시도에서 벽에 올랐는데, 이곳은 그가 이전에는 작은 깃

발을 이에 문 채 더 이상 나아가지 못했던 곳이었다. 그가 꼭대기에 다다르자 작은 돌들이 부서지며 아래로 굴러떨어졌다. 그는 깃발을 벽에 꽂았고, 그것이 바람에 펄럭였다. 아래를 내려다보고 전체를 둘러보았고, 땅에 묻힌 십자가를 어깨너머로 다시 힐끗 보았다. 여기서 지금 그는 누구보다도 위대했다.(C 28~29/S 49~50)

어린 K.를 움직이게 하는 것은 교회 마당에 들어가는 것이 아니라 — 교회 마당에는 문을 통해 들어갈 수 있다 — 땅에 묻힌 십자가를 위에서 조망하려는 욕망이다. K.가 갑자기 교회 마당 벽에 오를 수 있게 되었을 때, 이는 거의 초월적인 승리의 순간으로, 개인적인 무적無敵과 죽음에 대한 보다 상징적인 승리 모두와 연관성을 갖는다. 그러나 K.는 그의 세속적인 욕망을 버리지 않는다. 그가 깃발을 벽에 내리치는 것은 성적인 공격성의 색조를 가지고 있지만, 그것은 또한 미지의 영역에 대한 소유권을 주장하는 식민화의 몸짓이다.

이 어린 시절 장면은 성에 들어가 성을 정복하려는 K.의 성인으로서의 추구를 예고하지만 또한 이 투쟁의 허무함도 보여 준다. 소년의 승리는 오래가지 못하는데, 곧 한 선생님이 그에게 다시 내려오라고 명령하기 때문이다. 그의 말을 따르다 K.는 무릎이 까진다. "집에 오는 게 좀 어렵긴 했지만, 그는 여전히 벽의 꼭대기에 있어 보았고, 이 승리감은 그 당시 그에게 있어 그의 삶에 평생 따라다닐 것 처럼 보였다."(C 29/S 50)

그의 어린 시절의 정복이 결정적인 순간으로 그에게 남아 있지만, 이 기억은 도움이 아니라 방해가 될 수 있으니, 승리의 순간이 자기기만인 경우가 그것이다.

소설 속 반복되는 주제는 자유이며, 이는 자율성을 위한 K.의 투쟁을 압축적으로 보여 준다. 다리 여관 주인과 이야기를 나누며 K.는 "나는 언제나 자유로운 것을 선호하"(C 9/S 14)기에 그가 성에 살기보다는 마을에 살 거라 선언한다. 여기서, 자유는 공동체 안에서의 삶과 양립 가능한 것처럼 보이지만 조금 후에 그것은 공허하고 무의미한 목표임이 밝혀진다. 클람을 성 여관 마당에서 헛되이 기다리다 K.는 양가적 기분으로 남겨진다.

K.에게는 마치 모든 관계가 끊어진 것처럼 보였고, 그는 그 어느 때보다 자유로워졌다. 그는 보통 때는 그에게 금지된 장소에서 그가 원하는 만큼 기다릴 수 있었고, 그는 또한 대부분의 사람들이 할 수 있는 것보다 더 많은 노력으로 이 자유를 얻었고, 그 누구도 그를 만지거나 쫓아낼 수 없었던 것처럼 느꼈는데, 그들은 차마 그에게 말을 걸 권리조차 없었기 때문이다. 그러나 동시에 … 그는 이러한 자유, 기다림, 불가침보다 더 의미 없고 더 절망적인 것은 없다고 느꼈다.(C 95/S 169)

이 구절은 어린 시절의 장면을 반대의 결론으로 재생한다. K.의 텅 빈 마당의 '정복'은 성벽을 오르거나 성으로 들어가는 것을 대체할 수는 없지만, 동일하게 기저에 깔린 목적을 상기시킨다. 다시 한 번 K.는 금지된 장소에 머물 권리를 주장했고, 이번에는 그를 제거할 어떤 권위자도 오지 않는다. 어른으로서 그는 소년으로서 잠시나마 경험했던 자유를 얻은 듯 보이지만, 일단 이 목표에 도달하면 이는 공허하고 심지어 절망적인 것으로 드러난다. K.의 이야기는 모든 종속에서 자유롭지만 이 새로이 발견된 자유를 구조와 의미로 채우기 위해 고군분투하는 현대인의 이야기라 할 수 있다.

『성』 밖으로 나가는 길

모든 노력에도 불구하고 K.는 클람을 결코 만날 수 없었지만, 소설의 마지막으로 가면서 다른 기회가 찾아온다. K.는 비서 에어랑어와의 야간 인터뷰를 위해 성 여관으로 소환된다. 너무나 피곤한 나머지 그는 다른 방으로 가서 다른 비서인 뷔르겔을 깨운다. 그러나 뷔르겔은 개의치 않는 듯하다. 오히려, 그는 예고도 없이 찾아온 방문객을 맞이하곤 이어지는 대화에서 성 행정의 물샐틈없는 시스템의 구멍을 드러낸다. 만약 한밤중에 비서가 느닷없이 붙잡히면, 그는 규칙에 어긋나더라도 자신의 방문객에게 어떤 요청도 허락한다는 것이다. 이러한 더 친밀한 환경에서는 "본능적으로 더 사적인 관점에서 사물을 판단하는 경향이 있기 때문"(C 229/S 412)이다.

　비록 클람을 개인적으로 만나려는 K.의 계획은 성공하지 못했지만, 그의 근원적인 본능이 옳았다는 것이 밝혀진다. 소년 시절 K.는 갑자기 거의 마치 꿈같은 여유를 가지고 벽을 기어 올라갔고 여기서 그 해결책은 똑같이 꿈같은 장면으로 나타난다. 뷔르겔은 마법에 걸린 왕자에게 그의 가장 소중한 소원을 들어주기 위해 온 요정이다. 그러나 성은 동화가 아니고, K.는 이 기회를 잡지 못한다. 피곤하고 녹초가 된 그는 뷔르겔의 장황한 설명을 듣기 위해 간신히 깨어 있었고, 뷔르겔이 마침내 결정적인 지점에 도달하는 바로 그 순간 K.는 그의 요청을 언급하지 못하고 잠들어 버린다. 이것은 참혹한 실패의 순간이지만 또한 큰 안도감을 준다. 극심한 피로 속에서 수면이야말로 K.가 오랫동안 추구해 온 목표인 것처럼 보인다. "그는 아직 깊이 잠에 빠지지 않았지만 그러기로 마음을 먹었고, 지금은 누구도 그의 잠을 앗아 갈 수 없다. 그러곤 그는 마치 큰 승리를 거둔 것처럼 느꼈다."(C 231/S 415) 따라서 K.의 피곤함은 더 근본적인 추진력 혹은 욕망의 징후이니, 바로 "죽도록 피곤한 밤샘"(SA 403)을 끝내고자 하는 바람이다. W.G. 제발트가 언급하듯 "K.의 세계에서 오직 죽음 그 자체만이 제공할 수 있는 평화에 대한 갈망 그리고 죽을 수 없는 것에 대한 두려움 … 그 갈망, 그 두려움은 우리가 그 이름을 결코 알지 못하는 그 마을로 향하는 K.의 여행의 궁극적인 동기로 여겨져야 한다".[23]

---

23 W. G. Sebald, "The Undiscover'd Country: The Death Motif in Kafka's *Castle*", *Journal of European Studies*, 2, 1972, pp. 22~34(p. 34).

그러나 그와 이름이 같은 요제프 K.와 달리, 『성』 속 K.는 죽지 않는다. 카프카가 『성』 속으로 들어가는 다양한 길을 실험했던 것처럼, 그는 또한 이 텍스트 밖으로 나오는 다른 길을 시도했다. K.가 그의 요청을 말할 정도로 충분히 깨어 있었다면, 이것은 카프카가 그의 소설과 그의 주인공의 분투를 끝내는 것을 가능하게 했을지도 모른다. 반면에 K.가 잠드는 것은 카프카가 『성』을 (갑작스럽게라도) 깔끔한 결론에 이르게 하려는 걸 꺼렸거나 혹은 그렇게 하는 데 무능했음을 반영한다. 대신, 원고는 다소 다른 분위기로 끝난다. 소설이 전개되면서 행동은 대부분 대화로 대체된다. 다양한 등장인물들이 K.에게 자신들의 인생 이야기를 들려주고, 이것은 차례로 다른 사람들의 인생 이야기와 얽히면서, 결과적으로 인간관계에 대한 풍성한 태피스트리를 만들어 내는 것이다. 하지만 카프카는 이렇게 서로 다른 실을 합쳐 하나의 결론에 이르기보다는, 계속해서 새로운 가닥들과 등장인물들을 추가한다. 이때까지 잠깐씩만 모습을 보였던 성 여관 여주인과 드레스에 대한 길고, 묘하게 암시적인 대화를 나눈 후 K.는 또 다른 단역인 마차꾼 게어슈테커를 위해 일하러 떠난다. 그의 오두막에서, 그는 게어슈테커의 노모와 대화를 시작한다. "그녀는 K.에게 떨리는 손을 내밀어 그가 그녀 옆에 앉게 했다. 그녀는 어렵사리 말을 했지만 이해하기는 어려웠는데, 그녀가 한 말은."(C 275/S 495) 여기서 『성』의 원고는 이 노파가 무슨 말을 하는지 우리가 알게 되기 전에 끊어진다.(그림 5 참조) 소설은 미완성으로 남아 있지만,

그럼에도 불구하고 이 갑작스러운 결말은 보다 점진적이고 진행 중인 과정을 반영한다. 소설이 진행되는 과정에서, 서로 다른 이야기의 실타래가 점점 더 이질적이고 감당할 수 없게 되면서 『성』의 페이스는 점차 느려진다. 노파의 떨리는 손과 허약한 목소리는 많은 가닥들이 하나의 결론으로 모아질 수 없는 카프카의 마지막 소설의 불확실한 방향을 반영한다.

「어느 개의 연구」, 「굴」, 『어느 단식 광대』

카프카는 1920년에서 1924년 사이인 자기 생애의 말년에 가장 기억에 남고 흥미로운 단편들을 썼다. 그의 건강은 악화되고 있었고, 이 텍스트들은 재귀적 어조로 쓰여져 작가가 그의 삶과 작품을 찬찬히 살펴보려고 시도한 것임을 보여 준다. 여기서, 이 이야기들은 카프카가 결핵 진단을 받은 후인 1917년에서 1918년 사이에 쓰여진 이른바 '취라우 아포리즘'에서 시작된 성찰의 과정을 계속한다. 이 아포리즘들은 정의, 죄책감, 지식과 같은 윤리적이고 인류학적 문제들을 간결하지만 종종 역설적인 형식으로 탐구한다. 1920년대에 카프카가 쓴 이야기들은 다른 형태로 이 탐구를 계속하는데, 이제 카프카는 그가 '자기-전기 조사'라고 부르는 것을 수행하기 위한 서사로 돌아간다. 그가 상술하듯 "전기라기보단, 오히려 가능한 가장 작은 구성 요소들의 연구와 발견"(NS II 373)이다. 카프카는 어떤 의미

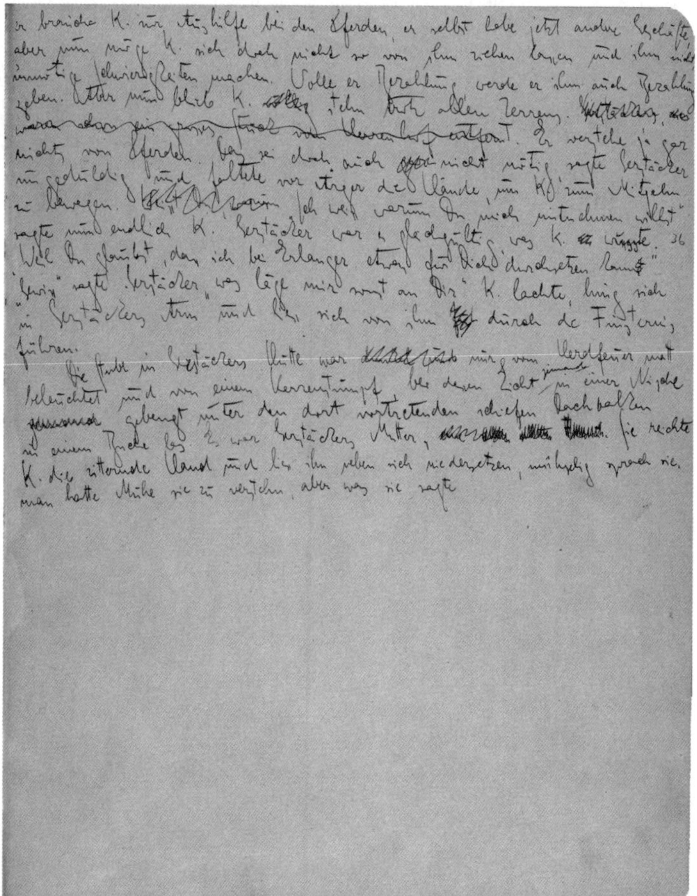

에서 이 말을 하는 걸까? 그의 1920년대의 이야기들은 더 이상 1910년대의 '큰' 이슈인 가족 갈등, 죄책감과 처벌, 제도와 권위에 관한 것이 아니라 음악과 침묵, 음식과 단식, 어린 시절과 노년 같은 보다 구체적인 관심사에 초점을 맞춘다. 이 주제들은 아웃사이더들, 연약하고, 괴짜에, 자주 몽롱하게 터무니없는 등장인물들에 관한 삶의 이야기들로 엮여 있다. 그들은 사회의 가장자리에서 살고 있지만, 그들의 기이한 열정과 결실 없는 연구로 인간 존재의 핵심을 건드린다.

「어느 개의 연구」

몇몇 카프카의 후기 이야기들은 동물 화자에 의해 서술되지만, 이 이야기들의 전제는 『시골 의사』 시기의 동물 이야기들과는 다소 다르다. 이 이야기들에서 인간이라는 존재는 부각되지 않으니 이 동물들의 세계는 자족적이며, 이것이 인간 존재의 알레고리로 읽힐 수 있지만, 이는 또한 분명히 다르다. 원숭이 빨간 피터처럼, 「어느 개의 연구」와 「굴」의 화자들은 집착에 가깝고 궁극적으로 자기 파괴적인 집요함으로 그들의 프로젝트를 추구한다.

카프카는 조기 퇴직을 허가받은 후인 1922년에 「어느 개의 연구」라는 단편을 썼다. 이제야 그는 마침내 문학 작업에 집중할 수 있게 되었지만, 이 새로운 자유는 그의 병에 함께 동반되면서 다양한 이슈에 예리하게 포커스를 맞추게 했다. 글쓰기와

그림 6 카프카의 여권 사진(1920)

성찰에 전념하는 삶의 정당화라는 가치 ─ 특히 일반적인, '생
산적인' 존재의 형식과 대조될 때 ─ 는 무엇이었을까? 카프
카의 개 해설자는 이 질문을 구체화한다. 그는 궁극적으로 성
과 없는 '연구'에 헌신하는 삶을 돌아본다. 이 연구는 그의 젊
은 시절 일곱 마리의 기이한, 뚝딱 음악을 만들어 내는 것처럼
보이는 '개-음악가'들과의 만남에 의해 동기를 부여받았다. 이
현상은 그를 더 큰 질문으로 이끄니, 바로 음식의 기원과 그것
을 생산하기 위해 개들이 행하는 '일'의 역할이 그것이다. 이 패
턴의 주목할 만한 예외는 '공기의 개들'인데, 이들은 공기 중에
서 "눈에 보이는 노동의 어떠한 징후도 보이지 않은 채로 움직
이지 않고 부유하"(HA 133/NS II 447)며 살아가는 것처럼 보인
다. 음식의 기원을 연구하기 위해 화자는 스스로 굶다 거의 죽
을 뻔하지만, '사냥개'에 의해 구조된다. 이 만남 이후 그는 자
신의 연구에 개들의 '음악', 그들의 '노래' ─ 공중에서 음식을
불러내는 것처럼 보이는 ─ 를 포함시켜 확장한다.(HA 151/NS
II481)

　　이 외견상 수수께끼 같은 이야기는 간단한 전제를 따르니,
바로 개들에게 인간은 보이지 않는다는 사실이다. 따라서 공중
에 떠다니는 '공기의 개들'은 애완용 개들이고, 음악 소리에 맞
춰 공연하는 '개-음악가들'은 서커스 개들이며, 마법처럼 위에
서 나타나는 음식은 개들의 인간 주인들에 의해 제공되는 것
이다.[24] 화자의 연구는 이것이 중앙의 사각지대 중심으로 돌고
있기 때문에 성과가 없다. 카프카의 이야기는 지식의 탐구, 지

적 탐구의 본질에 대한 아이러니한 논평이지만, 이 서술은 또한 사회 이슈도 다룬다. 비록 그의 연구는 전체 개 공동체를 이롭게 하기 위한 것이지만, 화자는 "무리의 가장 공경할 만한 부족의 행사 한가운데에서"(HA 121/NS II 423) 불편함을 느끼고 자신이 동료 개들과의 관계에서 오래전부터 약간의 분열이 있었다는 사실을 인정해야 한다고 말한다. 개인과 공동체 사이의 불안정한 관계는 카프카의 후기 작품에서 반복되는 주제이다. 이 개의 연구는 그를 다른 개들과, 그들이 당연하게 여기는 삶과 거리를 두게 만들었다. 이런 점에서, 그는 카프카의 예술가 인물들 ─ 단식 광대, 공중 곡예사 그리고 쥐 가수 요제피네 ─ 을 닮았는데, 이들은 모두 그들이 자신을 떼어 내려고 노력하는 바로 그 집단에 종속되어 있다.

「굴」

긴 단편 「굴」은 1923~1924년 겨울, 카프카가 도라 디아만트와 함께 베를린에 살고 있을 때 쓰였다. 주인공은 지하 굴에 사는 불특정 동물이다. 굴을 파는 것은 적으로부터 그를 보호하기 위해 고안된 그 동물의 일생의 작업이다. 그러나 나중에 드러나듯, 이 요새 같은 구조는 그를 자기 자신의 편집증의 포로로 만들어 버린다. 공중에 떠다니는 '공기의 개들'이 확고한 기반

---

24 Robertson, *Kafka: Judaism, Politics, and Literature*, pp. 358~361.

이 없는 반면 이 화자는 묻혀 있고, 감금되어 있지만, 그의 성찰은 개 연구자의 성찰과 마찬가지로 근거가 없고 헛된 것이다.

이 텍스트는 두 부분으로 나뉜다. 처음에는 굴을 유지하는 것이 화자를 바쁘고 비교적 만족케 한다. 비록 그가 자주 갑작스러운 피로나 통제할 수 없는 식탐에 압도되곤 하지만 말이다. "행복하지만 위험한 시간! 그 시간을 이용할 줄 아는 사람은 누구든 자신에게 어떤 위험도 없이 나를 쉽게 파괴할 수 있을 것이다."(HA 158/NS II 585) 겉보기에 평화로운 이 시기마저도 경계심은 결코 충분할 수 없다는, 아무리 잠깐이라도 경계심을 늦추는 순간이 잠재적인 적에게 악용될 수 있다는 의식이 있는 것이다. 사실, 동물의 경계심이 클수록 이러한 사건의 위험성은 더 커진다. 경계심은 무한정 유지될 수 없고, 그 반대인 "완전한 경악"(HA 158/NS II 585)으로 무너지는 경향이 있다.

그러던 어느 날 동물은 쉿쉿거리는 소리에 잠에서 깬다. 여러 가지 가능한 원인을 배제한 후, 그는 이 소음이 자신의 굴을 침입한 다른 동물로부터 온 것이 틀림없다고 결론짓는다. 화자는 이 침입자를 찾으려는 과정에서 부분적으로 굴까지 파괴하지만 성공하지 못하고 그의 의심은 누그러들지도, 확인되지도 않는다. 그의 이야기를 자세히 들여다보면 왜 그런지 알 수 있다. 이 동물은 외부의 적들이 그의 터널을 침범할까 봐 두려워하지만, 가장 무서운 적들은 내부에서 오는 이들이다. 그들의 묘사는 생생하면서도 모호하다.

그들은 땅속 깊은 곳에 있는 존재들이다. 전설조차 그들을 묘사할 수 없고, 심지어 그들의 희생자가 된 이들도 그들을 거의 보지 못했다. 그들이 온다. 그들의 발톱이 너의 바로 아래 땅을 긁는 소리를 들을 수 있고, 이것은 그들의 본령이며, 너는 이미 끝장난 것이다.(HA 154/NS II 578)

독자로서 우리는 화자 외부의 시각은 결코 얻을 수 없지만, 그 동물 자신이 더 작은 동물들을 사냥하고 죽인다는 점을 안다. 사실, 이것은 바로 그 희생자들이 생명을 앗아 갈 그의 접근을 경험하는 방식일 것이다. 그렇다면 궁극적으로 이 동물의 적은 그의 이중적인, 그 자신의 공격성의 외부적 투영일 것이다. 마치 그 기이한 쉿쉿거리는 소리가 그 자신의 숨소리에 지나지 않을 수도 있는 것처럼 말이다. 결핵 때문에 카프카는 자신의 모든 숨소리에 수반되는 쉿쉿거리는 소리, 덜거덕거리는 소리 그리고 쌕쌕거리는 소리에 매우 익숙했다. 질병은 우리를 우리의 몸으로부터 소외시키고, 우리의 몸을 적, 즉 '타자'로 바꾼다. 막스 브로트는 카프카가 자신의 기침에 이름을 붙였다고 회상한다. 그는 이것을 단순히 '동물'이라고 불렀다.

「굴」은 편집증의 심리역학에 대한 매우 훌륭한 사례 연구이다. 경계심이 외부의 포커스를 갖지 않으면, 이는 자신에게 등을 돌려 공격이나 탈출의 가능성 없이, 있지도 않은 적을 목표물로 만들어 낸다. 독자로서 우리는 서서히 펼쳐지는 이 자기 파괴적인 과정을 목격한다. 서사는 하나의 긴 독백이고, 이야기가 진행될수록 화자는 점점 더 자신의 추론에 사로잡힌다. 그래서 이야기의 후반부에는 단락들이 점점 더 길어지고, 동물이 일단 쉿쉿거리는 소리를 발견한 후에는 더 이상 단락이 끊어지지 않아 이야기가 멈출 때까지 숨 가쁜, 미로 같은 이야기를 만들어 낸다.

『어느 단식 광대』

「굴」에서 타자는 유령, 외로운 화자의 상상이 만들어 낸 산물이다. 마지막으로 출판된 카프카의 단편 모음집인 『어느 단식 광대』(1924)에서 그는 실제적 공동체와의 관계로 돌아가지만, 개인과 공동체 사이의 역동성은 매우 불안정하게 남는다. 이 모음집은 1922년에서 1924년 사이에 쓰여진 네 편의 텍스트를 모은 것이고, 카프카는 그가 죽음을 맞이하게 되는 병상에서 교정쇄를 읽었다. 『어느 단식 광대』는 카프카의 이전 모음집들인 『관찰』과 『시골 의사』보다 주제적으로 더 일관성이 있다. 네 편의 이야기 중 세 편은 예술가를 주인공으로 한다. 그들은 작품명과 동일한 이름의 '어느 단식 광대', 공중 곡예사와 쥐 가수를 포함한다. 그러니까 세 명의 주인공 모두가 공연 예술가들이다. 그들은 그림, 글 또는 음악 작곡처럼 그들보다 오래 살아남을 예술 작품을 만들지 않는다. 오히려, 그들의 예술은 현재와 몸에 뿌리를 둔다. 카프카의 후기 이야기에서 예술은 실재하거나 영구적인 것이 아니라 과정, 존재의 상태 그리고 위험하고, 심지어는 죽음까지 초래하는 일이다. 사실, 이 모음집의 주요 주제는 예술 그 자체가 아니라 예술가의 존재라 할 수 있다. 카프카의 예술가들은 고립되고 오해받는다고 느끼지만 동시에 그들은 청중, 즉 외부의 인정에 깊이 의존한다. 그들의 예술은 그들을 다른 사람들과 차별화시키지만, 그것 또한 사회적 작용의 한 형태이다.

세 명의 예술가들 모두 카프카가 편지와 일기에 남긴 그 자신의 발언을 그대로 반영하는 방식으로 그들의 예술에 자신의 삶을 바쳤지만 그들은 그들의 예술이 의도한 효과를 발휘하지 못하는, 우스꽝스럽고 심지어는 불쌍한 인물들로 묘사된다. 이 이야기들의 어조는 아이러니하지만, 그렇다고 공감을 배제하지는 않는다. 그렇다면 이 예술가들은 작가의 대리자들일까? 카프카의 후기 이야기들을 그의 문학적 유언장으로 읽는 것, 예술의 목적에 대한 일종의 개인적 진술로 읽는 것은 그들의 요점을 놓치는 일일 것이다. 이 이야기들은 역설과 모호함으로 가득 차 있고, 카프카는 명확한 '메시지'를 배제하고자 애를 쓴다.

「첫 번째 시련」

카프카는 일생 동안 서커스에 매료되었다. 그는 정기적으로 서커스와 다양한 공연에 참석했고 심지어 서커스 사업에 관한 잡지들을 읽었다. 그의 편지와 일기에서, 카프카는 반복적으로 서커스 이미지를 글쓰기의 은유로 사용한다. 1915년 초에 몇몇 단편들과 함께 『심판』을 작업하는 동안 그는 다음과 같이 기록한다. "공연 초반에 서커스 단장인 슈만 앞에 있는 말들처럼 이제 네다섯 편의 이야기들이 뒷다리로 내 앞에 서 있다."(1915년 1월 18일; D 326/TB 718) 여기서, 카프카는 드레사지[말을 다루는 기술]의 이미지를 사용하여 창조적 영감을 '길들이는' 것의 어려움을 묘사한다. 그러나 그는 자주 이 노력에서 실패했다고 느낀다. 1년 후 그는 펠리체 바우어에게 "나는 두 마리의 말을 타는 서커스 기수인가? 아아, 나는 기수가 아니라 땅에 엎드려 있다"(1916년 10월 7일; LF 517/BF 719~720)라고 쓴다.

『어느 단식 광대』의 첫 번째 이야기인 「첫 번째 시련」에서, 초점은 서커스 공연 그 자체가 아니라 무대 뒤 공중 곡예사의 삶에 맞추어져 있다 ── 비록 둘이 실제로 분리될 수 없음에도 불구하고 말이다. 첫 번째 문장은 천직으로서의 예술이라는 낭만주의적 이상에 도전한다. 공중 곡예사는 사실상 공중그네에서 살고 있는데 "처음에는 완벽을 기하기 위해서, 나중에는 폭군이 된 습관으로 인해"(HA 48/DL 317) 말이다. 그렇다면 그의 예술은 소명이 아니라, 강박이 된 습관이다 ── 이러한 발상은 이후 모음집에서 다시 나타날 것이다. 공중 곡예사는 카프카의 예술가들 중 가장 묘기를 잘 부리고 기량이 뛰어난 예술가이고, 그의 아주 높은 자리는 평범한 삶의 힘들고 단조로운 일들과는 거리가 멀다. 하지만 이 시점에서 우리는 동료 예술가인 「학술원에 드리는 보고」의 원숭이 빨간 피터의 말을 떠올리게 될지도 모른다. 그가 주장하듯, 중력의 정지처럼 보이는 것과 함께, 이 곡예 행위는 자유를 위해 노력하는 인간, "모든 면에서 이 엄청난 자유의 느낌"(HA 40/DL 304)을 구현한다. 그러나 빨간 피터와 어떤 유인원에게도, 이 자유에 대한 인간의 개념은 자기기만에 지나지 않는다. "어떤 건물도 이 광경을 보는 원숭이의 웃음을 견딜 수 없을 것이다."(HA 41/DL 305) 아마도 그런 원숭이의 웃음소리가 공중 곡예사가 자신만의 세계에서 벗어나도록 하는 데 도움이 되었을 것이다. 그 대신, 그는 경건한 대접을 받고, 그의 모든 필요는 충족된다. 카프카 글들은 나쁘고 답답한 공기와 폐소공포증적인 공간으로 가득 차 있지만 그 공중 곡예사는 조용하고, 신선한 공기와 햇빛으로 가득 찬 서커스 텐트 돔의 높은 곳에서 살고 있다. 사람들이 그에게 다가왔을 때, 이것은 진정한 의사소통에 이르지 못한다. 따라서 조명을 점검하는 소방관은 "존경 어린, 그러나 잘 이해할 수 없는 몇 가지 단어"(HA 48/DL 318)를 외친다.

이 공중 곡예사는 안정성을 위해 "같은 회사"에서 계속 일하기로 결정했지만(HA 48/DL 317), 그의 일은 유랑하는 직업이기에 "게스트 공연"(HA 49/DL 319)을 하기 위해 그는 이따금씩 새로운 장소로 이동해야 한다.(HA 49/DL 319) 이는 기차를 타고 또는 "최대한 빠른 속도로 빈 거리를 통과하는"(HA 49/DL 319) 경주용 자동차의 도움을 받아 수행된다. 현대 교통수단은 공중 곡예사의 여정을 가속화하지만, 현대 생활의 일반적인 불안정성을 구현하기도 한다. 다행히, 그러한 혼란은 일시적이고 그 후에는 휴식 기간이 뒤따른다. 예술가의 아버지 같은 친구인 단장에게 "공중 곡예사가 줄사다리에 발을 디디고 순식간에 공중그네에 다시 한 번 높이 매달릴 때는 … 항상 최고의 순간이었다".(HA 49/DL 319)

지금까지는 서술 방식이 반복적으로, 되풀이되는 패턴을 묘사하고 있지만, 이 이야기의 바로 마지막에 한 가지 특정한 사건이 자세히 설명된다. 그들의 기차 여행 중에, 공중 곡예사는 단장에게 그가 두 번째 공중그네를 원한다고 말하는데, 단장은 즉시 이것에 동의하지만, 공중 곡예사는 완전히 안심한 것 같지 않고 울음을 터뜨린다. 그가 자신의 짐칸에서 잠이 든 후, 단장은 그를 지켜보며 의아해한다. "만약 그런 생각이 일단 그를 괴롭히기 시작했다면, 그 생각은 완전히 멈추어질 수 있는 것일까? 그렇지 않고 강렬해질 수밖에 없는 것일까? 그 생각이 삶과 생계에 위협이 되지는 않을까?"(HA 50/DL 321)

따라서 이야기의 마지막에는 안정된 상황이 불안정해지면서 서서히 재앙으로 치닫는다. 이는 그저 먼 전망일 뿐이지만 ── 결국 이 이야기는 '첫 번째 시련'이라 불린다 ── 그럼에도 전망이다. 이제 이 공중 곡예사는 자신의 삶의 방식에 불만을 느끼게 되었기에, 추가되는 막대기들은 결코 충분하지 않을 것이고, 그럼에도 그가 자신의 방식에 너무 집착하게 되었기에 진정한 변화는 불가능하다. 그렇다면 이 마지막 문장은 오직 피상적으로만 평화로울 뿐이다. "그리고 단장은 울음을 그친, 평화로운 잠처럼 보이는 이 순간에 어떻게 첫 번째 고랑이 공중 곡예사의 부드럽고 아이 같은 눈썹에 새겨지기 시작했는지

를 정말 보았다고 생각했다."(HA 50/DL 321)

공중 곡예사의 경우는 카프카 자신에게서 자주 표현되는, 정신이 분산되지 않은 삶에 대한 갈망, 전적으로 글쓰기에 전념하는 삶을 떠올리게 한다. 그러나 그러한 삶이 가능할지라도, 이 텍스트는 그 안에 진정한 장애물이 있음을 암시한다.

"내 손에 있는 이 막대기 하나만 가지고 — 나는 어떻게 살란 말인가요?" 공중 곡예사는 마지막에 외친다.(HA 50/DL 321) 공중그네는 작가의 펜에 비유되었지만, 펜과 공중그네 모두는 우리의 철창the bars of a cage이 될 수 있다. 그러곤 마지막에는 자유가 올가미로 바뀐다. 짐칸에 웅크리고 있는 공중 곡예사는 탈출할 수 없는 감옥이 될 때까지 굴을 계속 넓혀 가는 「굴」의 주인공과 닮아 있다. 더 이상 곡예는 인간적 상호작용의 부족, 공동체 안에서의 지반 부족을 메울 수 없다.

「어느 단식 광대」

「첫 번째 시련」이 불길한 예감으로 끝나는 반면, 「어느 단식 광대」에서 하락의 결론은 기정사실이다. "최근 수십년간, 단식 광대에 대한 관심은 크게 감소했다."(HA 56/DL 333) 이 일반적인 발언 이후, 비인칭 화자는 한 특정한 단식 광대 — 그의 초기 성공, 잊혀지는 내리막길 그리고 결국 죽음에 이르는 — 에 대한 이야기를 들려준다. 단식 광대들은 1900년경에 서커스에서 흔한 볼거리였다. 카프카의 주인공과 같이, 그들은 우리 안에 갇혀 수 주 동안 단식을 했다. 이러한 공연들은 1차 세계대전까지 인기가 있었지만, 전쟁은 기근으로 이어졌고, 굶주림이 현실적인 문제로 대두되면서 단식 쇼는 대중적인 매력을 잃는 다. 사실 1922년에 카프카가 이 이야기를 쓰고 있을 때, 러시아 는 큰 기근에 시달리고 있었고, 그와 그의 여동생 오틀라는 구 호 프로그램에 돈을 기부했다.

전성기에, 그 단식 광대는 지역 사회의 일부였다. 아이들 을 포함한 온 마을 사람들이 그의 단식에 관심을 가졌다. 매일 사람들이 그를 보러 왔고, 그들 중 일부는 우리 앞에 며칠이고 앉아 있었다. 그러나 단식 광대의 단식은 이해하기 어렵다. 이 는 절제를, 즉 정상적인 행동의 부재를 기반으로 하기 때문에 이 예술을 가시적이고 이해할 수 있도록 하는 소품, 도우미 그 리고 의식ritual에 의존한다. 단식 광대의 우리에는 단식 기간을 나타내는 시계와 표지판 이외에는 아무것도 들어 있지 않다. 게다가, 그는 그들의 역할을 진지하게 여기지 않고 몰래 먹을 수 있는 기회를 주려고 애쓰는 '도축업자들'에 의해 24시간 감 시되고 있다. 이들은 그의 예술의 진정성을 보장하는 것이 아 니라 오히려 그것을 더럽히고 훼손한다. 이는 그의 관점에서 볼 때 그의 단식에 부과된 시간제한에 대해서도 마찬가지 사실 이다. 그의 단장은 단식 광대의 단식을 40일로 제한하도록 강 요하는데, 이는 그리스도가 사막에서 40일간 단식을 한 것을 연 상케 하며, 이 시점 이후로 대중들은 흥미를 잃기 시작할 것이 라 주장한다. 단식의 끝은 의식, 즉 공식적인 식사로 특징지어 지는데 단식 광대는 이러한 모든 장관을 혐오하고 단식을 계속하기 위해 그의 우리에 머무르려고 하지만 성공하지 못한다.

단식 광대는 아마도 카프카의 가장 진실되고 헌신적인 예술가이지만, 그는 무지에, 그의 예술의 순수성을 의심하거나 망치는 사람들에게 둘러싸여 있다. 비록 관중은 그의 단식과 수척한 몸에 매료되지만, 단식 광대는 자신만이 "자기 자신의 굶주림에 완전히 만족하는 구경꾼"이라고 느낀다.(HA 58/DL 337) 궁극적으로, 단식 광대가 추구하는 것은 한계 없는 단식, 제한 없는 단식, 즉 모든 경계를 넘어 삶의 방식이 되는 예술이다. 이 점에서 그는 공중 곡예사를 닮았다. 두 예술가들 모두 인체의 견고함 ─ 중력 ─ 을 극복하려고 노력한다. 그들의 예술은 육체-예술이지만, 그들의 목표는 신체를 변형시키고, 신체의 물리적 법칙과 한계를 거스르는 것이다.

단식 광대의 경우, 그의 예술에 대한 전적인 헌신은 자아를 없애는 결과를 낳는다. 일단 그의 인기가 떨어지기 시작하자, 그는 단장과 이별을 고하고 서커스에 합류한다. 이제 그가 더 이상 정해진 일정을 지키도록 강요받지 않기 때문에, 그는 마침내 한계 없이 단식의 꿈을 실현할 수 있다. 그러나 나중에야 단장이 옳았다는 것이 증명된다. 그 단식 광대의 우리는 마구간으로 가는 길의 붐비는 장소에 놓이지만, 그럼에도 불구하고 그의 단식이 사기라고 믿는 대부분의 방문객들은 그를 무시한다. 그가 단식을 오래 할수록 그는 점점 더 망각 속으로 사라지고, 마지막에는 너무 말라서 거의 짚 아래로 사라진다.

단식 광대를 주인공으로 선택함으로써, 카프카는 그의 글

전반에 걸쳐 반복되는 주제를 계속한다. 초기의 일기에서, 그는 자신의 문학적 소명을 굶주림의 과정으로 묘사한다.

글쓰기가 내 존재가 취할 수 있는 가장 생산적인 방향이라는 것이 내 유기체에서 분명해졌을 때, 모든 것이 그 방향으로 돌진하였고, 성관계, 먹고 마시는 것, 철학적 성찰 그리고 무엇보다 음악의 즐거움으로 향하였던 모든 능력은 빈 채로 남았다. 나는 이 모든 방향들에서 위축되었다. 이것은 필요한 일이었는데, 내 힘의 총합이 너무나 미미해서 그것들을 모두 사용해야 내 글의 목적을 절반쯤 충족시킬 수 있었기 때문이다.(1912년 1월 3일;D 163/TB 341)

예술적 소명은 완전한 자기희생, 모든 세속적인 즐거움에 대한 금욕적 거부를 요한다. 글쓰기는 음식, 음악, 다른 신체의 소비와 양립할 수 없는데, 이는 그 자체가 모든 것을 소모하기 때문이다. 그것은 독특한 반전으로, 카프카는 "자연스럽게, 나는 이 목적을 독립적으로 그리고 의식적으로 발견하지 않았다. 그것이 그 자신을 발견했다"라고 덧붙인다. 예술가가 되는 것은 선택이라기보다는 내적인 필요, 자기 통제인 양 행세하는 강박이다. 동일한 것이 단식 광대에게도 적용된다. 죽는 순간 그는 감시원에게 자신은 경탄받을 자격이 없다고 말한다. 왜냐하면 그는 사실 그저 "내 입맛에 맞는 음식을 찾을 수 없었기 때문에" 굶었을 뿐이다. "만약 내가 그것을 발견했더라면, 나는 소란을 피우지 않고 분명 당신과 다른 모든 사람들처럼 배불리 먹었을 것입니다."(HA 65/DL 349) 여기서 「어느 단식 광대」는 『변신』을 떠올리게 한다. 그레고르 잠자는 처음에는 여동생이 제공하는 악취 나는 음식을 먹지만, 나중에는 식욕을 잃어 결국에는 죽고, 그의 몸은 납작해지고 피골상접한다. 그가 죽기 직전에, 그는 여동생이 바이올린을 연주하는 것을 들으면서 이 음악이 "그가 갈망했던 미지의 영양분을 향한"(M 66/DL 185) 길을 가리키고 있음을 느낀다. 두 캐릭터 모두에게 굶주림은 그 자체로 목적이 아니라 일상을 넘어서는 무언가를 위한 탐구이다. 예술과 음악은 이러한 탐색의 이정표지만 말로 표현할 수 없는, 도달할 수 없는 궁극적인 목표는 아니다.

『변신』과 마찬가지로 「어느 단식 광대」는 에필로그 같은 것으로 끝난다. 그레고르가 죽은 후 잠자 가족은 활기를 되찾고 낙관으로 가득 차 그들의 집에서 나온다. 단식 광대의 공간은 결국 젊은 표범이 차지하는데, 이는 인기 볼거리가 된다. 두 텍스트 모두에서 삶과 생명력이 연약함, 금욕 그리고 죽음의 뒤를 잇는다. 게걸스러운 식욕을 가진 표범은 다윈주의 존재 모델의 적자생존, 먹이 사슬의 꼭대기에 있는 이들을 구현한다. 하지만 그 동물의 진정한 볼거리는 다른 곳에 있다.

이 동물은 아무것도 부족하지 않다. 사육사들은 그들의 입맛에 맞는 음식을 가져다주는 것에 대해 오래 생각할 필요가 없었다. 표범은 심지어 자유를 그리워하는 것처럼 보이지도 않았다. 필요한 것은 무엇이든, 물어뜯을 것까지도 갖춘 이 고결한 몸뚱이는 자유도 지닌 것처럼 보였다. 표범은 자유를 자기이빨 어딘가에 숨겨 둔 것처럼 보였다. 그리고 그것의 턱에서는 삶의 기쁨이 어떤 강렬한 격정과 더불어 흘러나왔는데, 구경꾼들이 이에 저항하기는 쉽지 않았다.(HA 65/DL 349)

단식 광대가 헛되이 적절한 음식을 찾는 반면, 표범은 그러한 갈망에서, 심지어는 자유에 대한 갈망에서까지도 자유롭다. 왜냐하면 그가 자신의 자유를 그의 안에 가지고 있기 때문이다 — 혹은 이것이 그의 인간 구경꾼들의 눈에는 그렇게 보인다. '~처럼 보이다'라는 뜻의 동사 'scheinen'이 이 짧은 구절에서 세 번이나 나온다. 여기서, 자주 그러하듯, 카프카는 양가적인 분위기로 끝낸다. 표범은 단식 광대의 정반대로 보이지만, 그럼에도 불구하고 그의 자유는 단식 광대의 금욕과 크게 다르지 않게 진정한 것이 아닐지도 모른다 — 더 복잡한 현실을 숨기고 있는 외관인 것이다.

「작은 여인」

이 두 예술가들과 함께, 카프카의 컬렉션에는 두 명의 여성 주인공도 등장한다 — 그의 작품에서 처음으로 말이다. 이 텍스트에서 젠더에 대한 질문이 대두되는데, 이는 초기 작품들에서 나타나는 성 고정관념을 재작업한 것이다. 그러나 남녀의 차이보다는 네 주인공 사이의 유사성이 더 크다. 공중 곡예사와 단식 광대는 둘 다 유약하고 연약하며, 그들은 이 연약함을 작은 여인과 노래하는 쥐 요제피네와 공유한다.

그러한 유사점에도 불구하고, 「작은 여인」은 이 모음집에서 다소 어울리지 않는 것처럼 보일 수 있다. 다른 세 텍스트들과 달리, 이 이야기는 예술을 중심으로 하는 것이 아니라 개인적인 관계 혹은 외려 대립을 중심으로 한다. 이름을 밝히지 않는 화자는 제목의 '작은 여인'이 그에 의해 그리고 바로 그의 존재 그 자체에 대해 얼마나 짜증 내고 괴로워하는지 묘사한다. 이 반감의 이유는 결코 명확하지 않고, 그들 관계의 정확한 본질도 분명하지 않다. 화자는 그들 사이에 로맨틱한 유대가 없다고 주장한다 — 사실, 그는 그녀를 거의 알지 못한다 — 그러나 그의 설명은 그들이 거의 계속적으로 접촉하고 있다는 것을 암시한다. 그의 설명은 '항상'과 '자주' 같은 반복적인 공식으로 가득 차 있는데, 이는 이 글을 묘하게 정적으로 만든다. "그녀는 항상 무언가에 대해 나를 비난하고, 나는 항상 그녀의 기분을 상하게 하고, 언제나 나는 그녀를 성가시게 한다. 만약 일상을 가장 작은 부분으로 나눌 수 있고, 각각의 작은 부분을 분리하여 판단할 수 있다면, 내 삶의 모든 입자는 확실히 그녀에게 짜증 나는 것이 될 것이다."(HA 51/DL 322) 화자의 설명이 어디에서 끝나고 작은 여인의 불평이 어디에서 시작되는지는 구별하기 어렵다. 화자는 일종의 복화술사처럼 보이며 적들의 목소리로 이야기한다.

그러므로 이야기를 읽을 때 우리는 행간을 읽어야 하고,

화자의 순수함에 대한 고백과 특정 표현에서 드러나는 이와 다른 대조적인 태도를 구별하려고 노력할 필요가 있다. 이 이야기는 가장 모호한 말로 시작한다. "그녀는 작은 여인입니다."(HA 50/DL 321) 이는 이 이야기의 제목으로 다시 돌아가고, 즉시 우리의 관점을 형성한다. 형용사 '작은'은 어쩌면 단순히 신체적 묘사일 수 있지만 또한 오해의 여지 없이 아랫사람을 다루는 듯한 감각이 있다. 이는 이 여인에게 어린애 같은, 유치한 성격을 부여하여 독자들이 그녀를 진지하게 받아들이기 어렵게 만든다. 그녀의 작은 체구는 그녀에게 중요하지 않은 분위기를 부여하고, 이것은 부정관사 'Eine'(한, 하나의)에 의해 강조된다. 그녀는, 글이 암시하듯, 많은 여성들 중 한 작은 여인이다. 그녀의 외모는 마찬가지로 독특하지 않다. 그녀의 머리는 "칙칙한 금발"이고, 그녀의 드레스는 "나무색 같다". 전반적인 인상은 단조로움과 다름없는, 완전한 대조의 결여이다 —— 혹은 화자가 그렇게 넌지시 암시한다. 그가 말하듯 "나는 항상 같은 드레스를 입고 있는 그녀를 본다"(HA 50/DL 321) —— 하지만 다른 이들은 다른 관점을 가질 수도 있다. 화자의 설명은 따라서 주관적으로 왜곡된 인식의 본질을 강조한다. 이 작은 여인은 불안한 존재지만 또한 화자의 투영을 위한 스크린인 빈 캔버스이기도 하다. 지금까지 우리는 암묵적으로 화자가 남성이라고 가정했지만, 이것은 본문 어디에도 명시되어 있지 않다. 화자가 그들 사이의 로맨틱한 관계를 부정하는 것은 이 방향을 가리킨다. 더 중요한 것은 작은 여인의 묘사가 거리감, 근본적인 소외감을 드러낼 뿐만 아니라 다양한 여성 혐오적 고정관념을 이용한다는 사실이다.

『실종자』와 『심판』에서, 여성들은 남성들의 적으로 묘사된다 — 교활하고, 교묘하게 조종하고, 비이성적이고, 유혹적이다. 『성』에서 여성 인물들은 그들 자신의 목소리와 역사를 가지고 있어 보다 입체적이고 복잡하지만, 「작은 여인」은 다시 한 걸음 물러나는 표시를 나타내는 것으로 보인다. 여기서, 다양한 여성성의 클리셰들이 나온다. 그녀는 비이성적이고, 예측할 수 없고, 히스테릭하고 교활하지만 또한 유약하고, 그녀가 발끈하면 "창백해지고, 게슴츠레한 눈에, 두통으로 괴로워하고, 무엇보다도 일을 거의 할 수 없게"(HA 51/DL 324) 만든다. 어떤 면에서는, 그녀는 자신의 드레스 색만큼이나 나무처럼 이 차원으로 남아 있지만, 그럼에도 그녀는 끝없이 수수께끼 같아 화자의 마음에서 집착 수준으로 떠나지 않는다. 사실, 일반화하는 주장과 잘난 체하는 어조의 그의 논거는 통제할 수 없는 상황을 통제하려는 시도에 불과하다.

「작은 여인」과 카프카의 초기 텍스트 사이의 차이점은 하나의 세부 사항으로 압축되는데, 바로 손이라는 모티프이다. 『심판』에서 레니가 물갈퀴가 있는 손가락을 가지고 있는 반면, 작은 여인의 손가락은 똑같이 두드러지지만, 완전히 다른 이유로 그러하다.

나는 손가락이 그녀의 손처럼 그토록 확연히 분리된 손을 본
적이 없다. 하지만 그녀의 손이 해부학적으로 특이한 점이 있
다거나 한 것은 전혀 아니다. 이것은 완전히 정상적인 손이다.
(HA 50/DL 322)

『심판』에서 여성은 동물적이고, 이국적이고, 유혹적이지
만, 그녀의 타자성에 있어 범주화가 가능하다. 이와 대조적으
로 작은 여인은 '완벽하게 정상적'이고, 그녀를 그렇게 불안한
존재로 만드는 것은 바로 이 정상성이다. 이 점에서 그녀는 카
프카의 예술가들을 닮았다. 그녀는 평범하지만 비범하다 —
요제피네의 삑삑거리는 소리와 단식 광대의 단식이 전혀 특별
하지 않으면서도 그들을 구분하는 것처럼 말이다.

「작은 여인」은 꽤나 불안한 글이다. 화자의 논거는 따라가
기 어렵고, 그의 주장은 반론으로 반박되는 경우가 많다. 그가
추론을 하면 할수록, 그는 더 불확실해 보인다. 자신의 신뢰와
좋은 평판을 강조한 그는, 무심코 "나를 제외한 누구라도" 이
여성을 "붙어 있는 덩굴"로 인식했을 것이며 "그의 장화 밑에
서 소리 없이 그리고 세상의 이목을 피해 짓밟았을 것"(HA 56/
DL 332)이라고 말한다.

이 추론 중 어떤 것도, 사실 이 갑작스러운 (상상 속의) 폭
력도, 이 상황이 야기하는 다가오는 위협을 제거하지 못한다.
처음에, 이야기는 단 두 사람을 포함하지만 곧 그들의 대립은
여성의 친척들, 그리고 나서 '스파이들' 또는 '고자쟁이들'(HA

52/DL 325) 같은 불특정 집단 그리고 일반 대중을 끌어들인다. 『심판』에서처럼 사적인 것은 공적인 것이 되고, 화자의 행동은 점점 더 많은 증인과 중재자의 그룹에 의해 판단된다. 마지막 에, 화자는 그런 거창한 단어를 사용한 것에 대해 스스로를 질 책함에도, 그는 "다가오는 결정"(HA 55/DL 331)을 암시한다. 그 렇다면 해결책은 무엇일까? 화자는 그의 자살은 말할 것도 없 고, 그 어떤 것도 이 여인의 분노를 가라앉힐 수 없다고 선언한 다. 결정을 연기하는 것은 하나의 가능성이지만, 이 연기 전략 은 그 자체로 위험을 초래한다. 화자가 오래 기다릴수록, 그의 결점은 더 분명해지기 때문이다.

만약 누군가가 소년으로서 다소 경계하는 눈을 가지고 있다 면, 아무도 그것에 대해 나쁘게 생각하지 않고, 그저 주목받지 도 않는다. … 그러나 그가 나이가 들면 남는 것은 찌꺼기이다. … 각각은 관찰 중이고, 나이 든 남자의 경계하는 눈은 바로 그 것, 꽤 분명히 경계하는 눈이고, 이것은 감지하기 어렵지 않다. (HA 56/DL 333)

본문이 끝날 무렵, 화자는 요제프 K.가 그의 처형을 받아 들이도록 하는 것과 같은 방식으로 그 작은 여인의 이미지를 받아들이고, 내면화한 것처럼 보인다. 하지만 한 가지 가능한 해결책 또는 오히려 탈출구라 할 수 있는 것이 있다. "그녀는 나의 존재를 잊기로 결심하기만 하면 되는데, 이는 결국 내가

그녀에게 강요한 적도 없고, 나는 결코 그렇게 하지도 않을 것
이다 ── 그러면 그녀의 모든 고통은 분명히 끝날 것이다."(HA
51/DL 322~323) 종결은 하나의 특정한 행동이나 사건에 의해서
는 이루어질 수 없고, 단지 점차적인 과정, 즉 망각으로 사라지
는 것에 의해서만 달성될 수 있다. 앞으로 보게 되겠지만, 카프
카의 마지막 이야기인 「요제피네, 여가수 또는 서씨족」은 매우
비슷한 분위기로 끝난다.

「요제피네, 여가수 또는 서씨족」

「요제피네, 여가수 또는 서씨족」[이하 「요제피네」]은 이 모음집
의 마지막 이야기로, 이전 텍스트들의 몇몇 주제를 함께 다루
고 있다. 익명의 일인칭 화자가 작품명과 동일한 이름의 주인
공인 요제피네와의 관계를 되돌아본다. 몇몇 비평가들은 화자
가 남성일 것이라 가정하긴 하지만, 텍스트는 화자의 성별을
명시하지 않는다. 엘리자베스 보아에게, 화자는 "비정상적인
암컷을 너그럽게 관찰하는 정상적인 수컷 쥐의 자기만족적 우
월성"을 보여 준다.[25] 여기서 화자는 혼자가 아니다. 그는 서씨
족 사람들 중 한 명이고 집단을 대표하여 말한다. 1924년 4월에
프라하의 한 신문에 이 이야기가 처음 발표되었을 때, 이 이야
기는 단순히 '요제피네, 여가수'라 불렸다. 5월에, 카프카는 부

---

25 Boa, *Kafka: Gender, Class, and Race in the Letters and Fictions*, Oxford: Clarendon Press, 1996,
p. 178.

제를 추가하기로 결정했다. 결핵이 악화되면서 그는 '대화 종이'conversation sheets를 통해 의사소통을 하였는데 이 종이 중 하나에 그가 적었듯이 "그런 '또는'이 들어간 제목은 분명 썩 보기 좋진 않지만 여기서는 어쩌면 특정 의미가 통할지도 모른다. 이것은 한 쌍의 저울을 닮았다".(DLA 463) 저울의 이미지는 이야기를 읽는 두 가지 방법이 있음을 암시하니, 하나는 예술가에 대한 이야기로서이고, 또 다른 하나는 그녀의 청중인 서씨족에 대한 이야기로서이다. 물론, 사실상 이 텍스트는 둘의 관계, 적대적이지만 친밀하고 배려하며 심지어 공생적인 관계인 둘 사이의 관계를 탐구한다.

많은 카프카의 후기 이야기들처럼, 「요제피네」는 전통적인 줄거리는 없지만 하나의 긴 독백, 일련의 미로와 종종 모순되는 성찰로 되어 있다. 화자는 요제피네의 예술과 그녀의 관객과의 관계를 설명하려 하지만 명확한 결론에 도달하지 못한다. 모든 주장에는 반론이 따르고, 모든 발견은 조건부이거나, 뉘앙스가 담겨 있거나 철회된다. 이것은 처음부터 분명하다. 화자는 "우리 가수는 요제피네라고 불린다. 그녀에 대해 들어보지 못했다면 당신은 노래의 힘을 모르는 것이다"(HA 65/DL 350)라는 확신에 찬 어조로 시작한다. 하지만 그 후 그의 주장에 의심이 싹트기 시작한다.

이것은 사실 노래이긴 한 걸까? 어쩌면 그저 휘파람 소리가 아닌가? 물론 우리는 휘파람 소리에 익숙하다. 그것은 우리 국민들의 진짜 기술, 아니면 오히려 기술이 아니라 우리 삶의 특징적 표현이다. 우리 모두는 찍찍거리는 휘파람을 불지만, 정말로 아무도 그것을 예술이라고 주장할 생각을 하지 않는다. 우리는 전혀 주의를 기울이지 않고 ─ 정말로 알아채지도 않고 ─ 휘파람을 불고, 심지어 우리 중에는 휘파람을 부는 것이 우리의 독특한 특성 중 하나라는 것을 전혀 모르는 이들도 많다.(HA 66/DL 351~352)

화자는 '기술'로서의 예술과 '우리 삶의 표현'으로서의 예술 사이의 구분을 무너뜨린다. 모든 쥐들은 휘파람을 분다 ─ 그들 중 일부는 심지어 모르는 사이에 ─ 하지만 요제피네는 어떻게든 대중들로부터 자신을 분리하여 그녀의 휘파람을 예술로 바꾼다. 이것의 핵심은 공연이다. 화자는 견과류 깨기(HA 67/DL 353)와 같이 "평소와 다를 바가 없는 것을 하기 위해 여기 누군가 의식적으로 자신을 내세우는 별난 상황"에 대해 말한다. 뒤집힌 소변기인 마르셀 뒤샹의 '레디메이드' 예술 작품「샘」(1917)에 의해 제시되듯, 올바른 맥락은 일상적인 것조차 예술로 바꿀 수 있고 ─ 어쩌면 일상적인 것이 예술이었다는 것을 드러낼 수도 있다. 예술과 비예술의 경계는 더 이상 절대적이지 않고, 표현 방식에 따라 다시 그려질 수도 있다. 이점에서, 요제피네의 휘파람은 사적 집착 이상으로 표시될 무대(또는 우리)가 필요한 단식 광대의 단식과 유사하다. 공연과 상연에 대한 의존은 잠재적 약점이다. 요제피네와 단식 광대는 얕고, 무례하며 쉽게 산만해지는 관객들과 마주한다. 단식 광대는 곧 그들을 포섭하는 데 실패하지만, 요제피네는 난국에 잘 대처한다. 화자가 인정해야 하듯, 그녀의 예술의 가치에 의문을 제기하는 비평가들마저도 그녀의 공연에 넘어간다. "반대하는 것은 멀리서만 가능하다. 만약 당신이 그녀 앞에 앉아 있다면, 그녀가 여기서 휘파람을 부는 것이 휘파람을 부는 게 아니라는 것을 알 것이다."(HA 67/DL 354) 공연자의 아우라적 존재 속에서, 모든 이성적 의심은 감정의 홍수 속에 녹아든다. "우리는 군중의 감정에 우리 자신을 너무 몰입시키고, 열렬히 듣고, 몸들은 빽빽이 차서, 숨 쉴 엄두가 나지 않을 정도이다."(HA 69/DL 356)

쥐들은 요제피네의 예술에 대해 의견이 분분할지 모르지만, 단식 광대의 변덕스러운 무리와는 매우 다르다. 그들은 공동의 목적에 의해 연합된 한 민족이다. 많은 카프카의 후기 이야기들과 마찬가지로, 「요제피네」는 점점 더 반유대주의가 되는 사회에서 유대인의 삶에 대한 우화로서 유대교에 대한 카프카의 증가하는 관심에 비추어 읽혔다. 화자가 시사하듯, 쥐들은 적에게 공격당하는 것에 대한 끊임없는 두려움 속에서 사는 취약한 집단이다. 이 상황에서 요제피네는 도움이 되기도 하고 방해가 되기도 한다. 그녀가 노래를 부를 준비가 되었을 때, 그녀는 그 순간이 맞는지 아닌지 개의치 않고 청중들이 모이기를 기대한다. 어떤 경우에는, 그녀의 공연이 쥐들을 공격에 노출시키기도 하지만, 그녀의 노래는 힘과 연대감을 주기도 한다. 이것은 "전투 전 함께하는 마지막 평화의 잔"을 선사하는 "독창회라기보다는 민중 대회"(HA 71/DL 361)이다. 마지막으로, 그녀의 노래는 상징적인 차원도 가지고 있다. 그 희미함과 무상함 속에서, 이는 서씨족의 불안정한 상황을 반영한다. "어려운 결정 한가운데에서 요제피네의 가냘픈 휘파람은 적대적인 세상의 소란 속 우리 민족의 비참한 존재와 거의 같습니다."(HA 72/DL 362)

위에서 언급한 것처럼, 이야기의 제목은 두 가지로 요제피네와 서씨족 둘 다에게 우리의 관심을 집중시킨다. 독일어 원본에서, 카프카는 쥐들의 국가에 Volk('민족')라는 단어를 사용하는데, 이는 감정적으로 고조된 용어로 나중에 국가사회주의자들에 의해 전유되면서 그 이후로는 사용할 수가 없게 되었다. 그러나 카프카의 시대에는 1910년대 후반과 1920년대 초반의 정치적 격변의 여파로 시오니스트 운동과 카프카가 이제 시민이었던 체코슬로바키아와 같은 새로운 유럽 국가들의 설립이 뜨거운 논쟁의 주제였다. 카프카의 마지막 이야기는 국가적 통합의 이상뿐만 아니라, 도전도 탐구하는 것이다.

사실, 이 이상의 우려스러운 본성은 주인공에게서 구체화된다. 개인으로서 쥐들은 끊임없이 다가오는 위험을 견디지 못하지만, 집단적 회복력조차도 한계가 있다. "때때로 천 명의 어깨도 한 사람에게만 주어졌던 부담에 떨린다."(HA 68/DL 356) 그러한 순간에 요제피네는 역량을 발휘한다.

그녀는 준비되어 있고 기다리고 있으며, 특히 가슴 아래를 불안하게 떨고 있는 섬세한 생명체이다. 마치 그녀가 그녀의 모든 에너지를 노래 부르는 데에 집중한 것처럼 말이다. 마치 그녀의 노래에 직접 봉사하지 않은 그녀의 모든 것이 그녀의 모든 에너지에서, 삶의 거의 모든 가능성에서 빠져나간 것처럼. 마치 그녀가 노출되고, 버려지고, 친절한 영혼의 보호에만 넘겨진 것처럼. 마치 그녀가 노래에 넋을 잃고 있는 동안, 차가운 숨소리가 그녀를 죽일 수도 있는 것처럼.(HA 68/DL 356)

예술가가 되는 것은 죽음의 근처에 사는 것이다. 『어느 단식 광대』 컬렉션의 네 가지 이야기는 모두 노화와 쇠퇴로 점철된 신체를 특징으로 하지만 또한 거꾸로 어린 시절의 상태를 가리킨다. 단식 광대와 '아이 같은 눈썹'이 주름으로 얼룩진 공중 곡예사는 모두 그들 단장의 부성적 보살핌에 의존하고, '작은' 여인은 가족 구성원들과 또 다른 후견인들로 이뤄진 수행단에 둘러싸여 있다. 비록 요제피네가 단식을 하거나 위험한 곡예를 하는 것은 아니지만, 그녀의 몸은 허약하고 연약하다고 묘사된다. 그녀는 아이 같고, 우리는 서씨족 사람들이 그녀를 아이의 아버지처럼 돌본다는 것을 알게 된다. 그러나 이 관계는 사실 상호적인데, 왜냐하면 요제피네가 매우 약한 상태에서도 보호자 역할 또한 채택하기 때문이다. "소식이 나쁠 때마다. … 그녀는 즉시 나타날 것이다. … 그리고 폭풍이 오기 전에 양치기처럼 그녀의 무리를 조사하려 할 것이다."(HA 71/DL

360) 여기서 카프카의 초기 텍스트에서 궁극적으로 움직이지 않는 계층 구조를 의미했던 아이와 부모의 역할은 고정된 것이 아니라 유동적이다. 이것은 차례로 서씨족 사이에서 어린 시절의 위태로운 역할을 반영한다. 수많은 적들과 엄청난 수의 자손들 때문에 쥐들은 진정한 청춘이랄 것이 없고, 실제로 "짧은 유년기조차 드묾"(HA 72/DL 363)지만, 결과적으로 "어떤 생존하고, 지울 수 없는 유치함이 우리 민족에 만연하다".(HA 73/DL 364) 그럼에도 불구하고, 화자는 "우리 민족은 유치할 뿐만 아니라, 어느 정도는 너무 일찍 늙었다"(HA 73/DL 365)고 덧붙인다. 예술가로서 요제피네는 아동기와 노년기의 이러한 역설적 혼합으로부터 혜택을 받는다. 쥐들은 너무 미성숙하고 너무 늙어서 진정한 음악을 감상할 수 없다. "감흥, 음악이 만들어 내는 고조된 비상은 우리의 중력에는 맞지 않는다. 우리는 그것을 피로한 손을 저어 거절한다. 우리는 휘파람 속으로 물러났다."(HA 73/DL 365) 요제피네의 '예술'은 수수하고 눈에 띄지 않으며 주의 집중 시간이 적은 청취자들을 겨냥하지만, 자신의 힘과 목소리가 퇴색되고 있는 예술가의 산물이기도 하다. 따라서 화자는 "지구상의 일반적인 임금 노동자"가 하루 종일 휘파람을 불 수 있는 반면에, 요제피네의 휘파람은 평범하기만 한 것이 아니라 "섬세함, 즉 가냘픔"을 통해 두드러진다고 말한다.(HA 66/DL 352)

죽음의 빛 속에서 글을 쓰는 것

카프카의 마지막 모음집에 등장하는 네 주인공들 중에서 단식 광대만이 실제로 죽는다. 나머지 세 명의 주인공들에게는 최종적인 결말은 없고, 단지 예감만이 있을 뿐이다. 요제피네의 경우 본문은 죽음의 전망, 죽음의 유령으로 가득 차 있다. 바로 도입부에서 화자는 "그녀가 떠나는 동시에 음악은 … 우리의 삶에서 사라질 것이다"(HA 65/ DL 350)라고 말하고, 마지막 부분에서 그는 "그러나 요제피네와 함께 모든 것은 내리막길로 가기 마련이다. 곧 그녀의 마지막 휘파람 소리가 들리고 영영 멎는 때가 올 것이다"(HA 79/DL 376)라고 결론짓는다. 실제로, 이야기의 이 시점에서 요제피네는 사라졌다. 그녀의 운명은 불확실하지만, 화자는 그녀가 "구원되고 변모되어 … 모든 그녀의 형제들처럼"(HA 80/DL 377) 곧 잊힐 것이라는 사실을 알고 있다. 잊히는 것은 죽음보다 더 나쁜 운명일 수도 있지만 단식 광대 이야기에서 이 상태는 자유, 해방감과 연관되어 있다. 그러므로 「작은 여인」의 화자는 이것이 그의 유일한 탈출구가 될 것이라는 것을 알고 그의 적에 의해 잊히기를 갈망한다. 요제피네의 경우 더구나 망각은 기억과 동의어가 되는데, 그녀는 한 사람으로서가 아니라 그녀의 예술로 기억되는 것이다. 화자의 말처럼, 그녀의 노래는 너무나 약하고 희미해서 심지어 그녀가 살아 있는 동안에도 간신히 추억에 지나지 않을 정도였지만 바로 이러한 이유로 이것은 기억될 것이다. "이런 식으로 그것은 결코 사라질 수 없었다."(HA 80/DL 377)

화자의 가볍게 조롱하는 어조에도 불구하고, 요제피네는 아마도 저자가 동일시하는 인물에 가장 가깝다고 볼 수 있다. 그녀의 예술의 매개체는 보통 사람들의 목소리와 다를 바 없고, 그들의 집단적 관심을 표현할 수 있는 목소리이다. 이는 1장에서 보았듯 금욕, 완전한 고독 및 고립을 수반했던 카프카의 초기 문학적 소명 모델의 큰 변화를 나타낸다. 그의 후기 글들에서 카프카는 공동체의 중심에 있으면서도 여전히 주변부에 있는 인물로서 예술가의 공공적 역할을 강조한다.

1923년 봄에 쓴 짧은 글에서 카프카는 이 긴장감을 다음과 같이 요약한다.

여기에는 많은 사람들이 기다리고 있다. 어둠 속에서 자신을 잃는 엄청난 군중이 있다. 그들은 무엇을 원하는가? 그들은 분명히 특정한 요구를 하고 있다. 나는 요구를 듣고 대답을 할 것이다. 하지만 나는 발코니로 나가지 않을 것이다. 나는 내가 원하더라도 그럴 수 없었다. 겨울에는 발코니 문이 잠겨 있고 열쇠는 손에 있지 않다. 그러나 나는 창문으로 올라가지도 않을 것이다. 나는 누군가를 보고 싶지도 않고, 누군가를 보고 혼란스러워하고 싶지도 않다. 책상에서는 그곳이 나의 자리이고, 내 머리는 내 손에 있고, 그것이 나의 자세이다.(NS II 16)

카프카가 이렇게 원대하고 공적인 규모로 문학적 소명을 제시하는 텍스트는 많지 않지만, 그 텍스트에는 우울함과 체념의 분위기가 배어 있다. 시간은 겨울이고 발코니 문(펠리체에게 보내는 편지에서의 지하실 문처럼)은 잠겨 있다 — 그렇지 않더라도 작가에게는 그렇게 보인다. 작가의 은둔은 선택이 아니라 불가피한 일이다. 요제피네와 그녀의 동료 예술가들과 달리 그는 자신의 청중들을 마주하지 않고, 그러한 만남들로 필연적으로 야기되기 마련인 정신 분산과 실망감을 감수하지 않는다. 그는 머리를 두 손에 묻은 채 책상에 머물러야만 자신의 천직에 충실할 수 있는 것이다. 그의 괴로움을 감수하는 자세는 카프카의 많은 등장인물들의 자세를 반영한다. 이와 대조적으로 요제피네의 머리는 숙이는 대신 쳐든 상태로, 반항적으로 뒤로 제껴져 있다. 카프카가 자신의 후기 이야기들에서 채택한 예술적 페르소나들과 목소리들 중 어느 것도 카프카는 아니지만 그들은 득의와 실망, 고독에 대한 갈구와 공동체에 대한 추구 사이의 긴장을 집단적이면서도 개인적으로 압축적으로 보여 주며, 이는 카프카 글에 처음부터 마지막까지 영향을 미친다고 할 수 있다.

4장

연구와 각색

카프카 연구의 규모는 너무나 방대하고, 예술과 문학에 대한 그의 영향력은 너무나 광범위하여 둘 다 어떠한 개관을 할 수 있는 범위를 훌쩍 넘어선다. 따라서 이 장은 필요에 의해 보다 더 선택적인 접근법을 추구할 것이다. 첫 번째 부분은 20세기와 21세기 카프카 연구의 주요 가닥을 요약하고, 두 번째 부분은 카프카 텍스트를 다른 매체로 '번역하는 것'의 도전을 그의 소설의 세 영화 각색 — 오손 웰즈의 「심판」(1962), 장-마리 스트로브와 다니엘 위예의 「계급 관계」(1984, 『실종자』를 바탕으로) 그리고 미하엘 하네케의 「성」(1997) — 을 통해 분석한다.

판본과 번역

카프카 연구에 대한 조사는 카프카 판본들의 복잡한 역사와 떼어 놓고 생각할 수 없다. 무엇이 '오리지널' 카프카 텍스트를 이루고, 무엇이 그렇지 않은지에 대한 문제가 독일어를 사용하는 독자들은 물론 번역에 의존하는 이들에게는 더욱 골치 아픈 문제로 남아 있다.

카프카의 작품 중 극히 일부만이 그의 생전에 발간되었지만, 그가 죽은 후 두 달도 채 되지 않은 1924년 7월에 막스 브로트는 카프카 작품의 사후 판본을 출판하기로 계약을 맺었다. 그렇게 함으로써 브로트는 카프카가 두 번이나 말한, 그의 모든 미발표 원고는 그의 사후에 파기되어야 한다는 명시적인 지시를 무시했다. 그러므로 카프카의 독자들은 카프카 텍스트 ─ 특히 그의 사적인 일기와 편지들 ─ 를 읽음으로써 그들이 작가의 명시적 바람을 위반한다는 도덕적 딜레마에 빠져 있다는 것을 알게 된다. 브로트 자신은 그가 당시 카프카에게 이 임무를 수행하지 않을 것이라고 말했다는 사실을 지적함으로써 자신의 결정을 변호했으니, 만약 카프카가 자신의 의도에 대해 진지했다면 이것을 달성할 다른 방법을 찾았을 것이라고 주장할 수 있을 터이다.

카프카의 편집자로서, 브로트는 기념비적인 과제로 자신의 책임이 막중하다고 느꼈다. 카프카의 산문 텍스트는 대부분 미완성이고, 많은 경우 원고의 상황이 모호하여, 무엇이 제대로 그 텍스트를 구성하고 또는 어떤 순서로 그것의 부분들을 배열해야 하는지 결정하기를 어렵게 만든다. 특히 1925년에 나온 『심판』이 그러하다. 여기저기에서 브로트는 자신의 판본에서 많은 자유를 취했다. 『심판』의 경우, 그는 다듬어지고 완성된 작품이라는 인상을 주기 위해 챕터의 순서를 바꾸고 미완성 부분을 생략했다. 그는 이름이 알려지지 않은, 완성되지 않은 단편 소설들에 제목을 붙였고, 카프카의 첫 소설의 이름을 수수께끼 같은 '실종자'에서 보다 명료한 '아메리카'로 바꾸었다. 그렇게 함으로써, 브로트의 목표는 카프카의 작품들을 그에 마땅한 성공을 보장할 일관성 있고 더 '독자 친화적인' 형식으로 보여 주는 것이었다. 그의 전략은 소기의 결과를 얻었지만, 곧 그의 접근 방식의 결함은 명백해졌다. 예컨대 『심판』의 첫 번째와 두 번째 판본(1925년과 1935년)을 비교한 결과, 총 1,778개의 설명할 수 없는 불일치가 드러났고, 브로트는 이전에 출판되지 않은 글들뿐만 아니라 카프카 자신이 출판을 위해 교정을 본 작품에도 광범위한 변경을 가했다.

이후 판본들에서 브로트는 부록에 단편들과 일부 변형들을 포함시켰지만, 1982년 『성』으로 시작하여 아직도 진행 중인 새로운 원전 비평 연구판Kritische Ausgabe이 출판되고 나서야 독자들은 카프카의 작업 방법, 변형과 삭제에 대한 완전한 통찰력을 얻을 수 있었다. 그러나 이 판본마저도 논란의 여지가 없는 것은 아니다. 예컨대 카프카의 철자와 구두점은 부분적으로 '정상화'되긴 했지만, 이것이 아이러니하게도 판본 중간에 바꿰게 되는 옛 독일 철자 관습에 따라 이루어지는 바람에 몇몇 카프카의 원래 철자들 중 일부는 이제 사실상 바뀐 규칙과 일치한다. 학술적 제시와 가독성 사이의 균형을 맞추기 위해, 원전 비평 연구판은 여전히 대부분의 단편과 선택 가능한 것들을 별도의 부록으로 밀쳐 내고, 독자는 책들 사이를 이리저리 오가야 하기에 독자가 원고에 대한 완전한 상을 갖는 것은 여전히 어렵다. 세 번째의, 진행 중인 카프카 판본은 대안적인 해결책을 제공한다. 역사 비평 판본Historisch-Kritische Ausgabe은 카프카의 원고를 스캔한 복사로 제시하고, 변형과 삭제를 포함한 타이핑된 사본을 반대편 페이지에 제시한다. 그 목적은 카프카 글을 가능한 원고에 가깝게 제시하는 것이며, 이는 또한 물리적인 책에 반영된다. 그러므로 『심판』의 판본은 소설을 한 권의 책으로 보여 주지 않는다. 오히려 각 챕터는 분리된 얇은 책으로, 각 챕터가 커버 페이지나 커버가 있는 느슨한 페이지 묶음으로 살아남았다는 사실을 반영한다. 이러한 챕터들의 정확한 순서가 불분명하게 남아 있기에, 이 판본의 독자는 순서를 자유롭게 결정하여 바꿀 수 있다.

독일어로 된 카프카 판본이 복잡한 문제로 남아 있다면, 이 상황은 번역에 있어서는 더욱 악화된다. 카프카는 모든 작가들 중에서 가장 널리 번역된 작가 중 한 명이며, 영어만 해도 그의 작품은 많은 다양한 버전으로 존재한다. 나치가 카프카의 책을 금지한 후 그 책들은 독일 밖에서만 나올 수 있었는데, 이를 기점으로 카프카 수용은 더욱 국제적이 되었고, 번역은 이 발전 과정에서 중요한 역할을 했다. 카프카의 최초 영어 번역가들은 1920년대에 여행 중 체계적이지 못한 식으로 독일어를 배운 에드윈 뮤어와 윌라 뮤어였다. 그들은 브로트가 강도 높게 편집한 판본에 의존해야 했고 또한 그의 종교적 해석을 따라가며 『성』을 존 버니언의 위대한 기독교 우화인 『천로역정』(1678)의 현대적 대응물로 제시한다. 그 이후로 카프카 텍스트는 여러 번 다시 번역되었는데, 이는 원전 비평 연구판의 출판에 도움을 받은 작업이지만, 현재도 일부 번역은 여전히 브로트의 판본을 기반으로 한다. 여기에는 다양한 항목이 누락된 일기의 영어판이 포함되는데, 그중 일부는 성적으로 노골적인지라, 이는 아마도 상황의 미묘성과 '신중을 기한다'는 판단에 따라 브로트가 생략한 것으로 보인다. 1917년 이후의 파란색 8절판octavo 사이즈 노트는 번역되었지만, 이전의 4절판quarto 사이즈 노트는 영어로 이용할 수 없다. 일반적으로, 영어를 사용하는 독자들은 원전 비평 연구판의 연구 자료에 포함된 카프카 글쓰기의 전략, 변형, 변경 및 삭제에 대한 실제적 인상을 얻기 어려울 것이다. 이 책의 도입부는 영어 본문에 없는 자료에 이따금 의존함으로써 적어도 부분적으로나마 이러한 갭을 메우고자 한다.

모든 카프카 텍스트가 영어로 제공되지 않는다는 사실은 한 가지 문제이고, 또 다른 문제로는 번역 작업을 둘러싼 보다 일반적인 어려움이 있다. 이것은 우리가 다양한 번역들에서 제목과 고유명사에 부여된 각기 다른 많은 것들을 비교할 때 곧 분명해진다. 카프카 글이 가지는 모호성의 일부는 그가 종종 다면적 단어를 사용한다는 사실에서 비롯된다. 따라서 독일어로 Process는 '심판'뿐만 아니라 '과정' 혹은 '절차'를 의미하는 반면, Schloss는 '성'뿐만 아니라 '자물쇠'도 의미한다. 악명 높은 예는 『변신』에서 그레고르 잠자를 묘사하는 데 사용된 단어이다. 독일어 구절 'ein ungeheures Ungeziefer'는 '괴물 같은 곤충' a monstrous insect(맬컴 패슬리)으로 혹은 '거대한 벌레' a giant bug(J. A. 언더우드)로 번역되어 왔다. 스탠리 콘골드는 아마도 '괴물 같은 해충' monstrous vermin으로 원작에 가장 근접했을 것이다. 카프카 캐릭터의 고유명사는 때때로 특정한 연상을 담고 있어 영어로 표현하기 불가능하고, 설명하기 위해서는 긴 각주를 필요로 한다. 하지만 영어로 번역하는 사람들에게 가장 큰 어려움은 카프카가 자주 사용하는 가정법일 것이다. 『심판』의 시작 부분과 관련하여 논의하였듯 이는 그의 내러티브에 특징적인 양면성을 부여하여 의심과 불확실성을 불어넣는데, 가정법이 결여된 언어로 재현하는 것은 거의 불가능하다.

카프카 연구: 해석의 도전

카프카 텍스트는 매우 다양하고 자주 상충되는 반응을 불러일으켜 왔는데, 이 상황은 그 자체로 카프카 연구에서 반복되어 나타나는 경우이다. 이론적 패러다임의 변화로 카프카 연구는 지난 세기 문학 비평 내의 더 일반적인 발전을 반영한다. 여기서 카프카는 물론 혼자가 아니다. 작가들과 그들의 텍스트는 항상 새로운 독자들에 의해 재발견되어 왔고, 실험적이고 다면적일 때가 자주 있는 모더니즘 텍스트는 이러한 프로젝트에 특히 적합하다. 카프카의 작품들은 모더니스트 규율canon의 일부이지만, 이러한 개방감의 감각을 더욱 악화시키는 특별한 특징들도 가지고 있다.

대부분의 저자들보다도 카프카는 해석의 도전 — 혹은 사실상 해석의 실패 — 을 더욱 구체화한다. 그의 텍스트의 특별한 매력은 설명을 촉발하면서도 설명에 저항하는 바로 그 방식에 있다. 어떤 텍스트는 언뜻 보기에 단순해 보이고 자세히 들여다볼 때에만 그 복잡성을 드러내는 반면, 또 다른 텍스트는 직접적으로 혼란스럽고 불투명하다. 어쨌든, 우리가 그 작품들을 이해해야 한다고, 그 내적 모순을 해결해야 한다고 느낄수록, 우리가 실패할 가능성은 더 커진다. 이전 챕터들에서 보았듯, 카프카는 이 해석의 문제를 명시적으로 다룬다. 대표적인 예는 요제프 K.와 사제가 시골에서 온 남자에 대한 전설을 논의하는 『심판』의 끝에서 두 번째 장이다. K.가 이야기를 이해하고자 어떤 방안을 추구하든 간에, 사제는 텍스트 속 세부 사항과 다른 이들의 해석을 들며 그것을 거부한다. 『심판』 속 이러한 교류가 보여 주듯 해석은 열린 과정이고, 모든 독자들은 텍스트에 자신의 선입견을 끌어들이는데, 이는 텍스트와 다른 사람들의 관점 둘 다와 다르다. 사제가 K.에게 말하듯 "쓰여진

것은 불변하고, 의견들은 자주 그것에 대한 절망의 표현일 뿐 이다".(T 157/P 198)

이 진술은 카프카 비평의 모토가 될 수 있다. 요제프 K.는 절망하여 대화를 멈추지만 카프카 텍스트가 양가적이고, 역설적이며, 열린 결말로 남도록 의도되었다는 사실을 받아들이는 것은 상당히 해방적일 수 있다. 그 결과 중 하나는 모든 연구가 아무리 철저하거나 정교하더라도 제한된 결론에 도달한다는 것이니, 우리는 우리 자신의 해석을 포함하여 어떤 해석을 평가하는 데에서 카프카 텍스트가 해석에 제기하는 자의식적인 도전을 염두에 둘 필요가 있다. 따라서 우리는 텍스트의 모티프, 스타일 및 구조뿐만이 아니라, 연구가 의미의 생성(및 중단)에 관련된 메커니즘과 얼마나 밀접하게 관련되어 있는지에 따라 모든 연구를 판단해야 한다. 또 다른 관련 질문은 해석이 카프카 텍스트의 복잡성을 최우선시되는 관심사로 축소하려는 유혹에 얼마나 효과적으로 저항하느냐 하는 것이다. 성공적인 독서는 카프카 텍스트에 더 가까이 다가가고 새로운 관점을 열어 주어 우리 자신의 질문을 추구할 수 있는 동기를 부여해 줄 것이다.

불행히도, 많은 카프카 연구들은 이러한 사항들에 실패한다. 카프카 텍스트의 자기 성찰적 성격을 무시한 결과는 비평가들이 텍스트의 체계로부터 (숨겨진) 층을 추정하여 그것들을 '해독'하려고 노력함으로써 그의 글의 불투명성에 대응했던 초기의 학문에서 특히 분명하게 드러난다. 이러한 독해는 문자적 차원의 텍스트가 암호화된 '알레고리적' 의미를 포함하는 것으로 가정되는 해석의 중세적 모델을 고집한다. 이 알레고리적 접근의 주창자 중 한 명은 막스 브로트였는데 그의 비판적 권위는 카프카의 친구, 편집자 및 집행자로서의 그의 역할에 의해 강화되었다. 1921년 초 브로트는 유대인, 시오니즘 작가로서 카프카의 지위를 강조하며 자신의 신학적 해석을 발전시키기 시작했다. 브로트에 따르면, 카프카의 두 번째와 세 번째 소설에 등장하는 기관들인 법원과 성은 카발라에 나오는 신의 두 가지 현현, 즉 심판과 은총을 상징한다. 브로트만이 이러한 일반화하는 접근을 한 것이 아니었다. 실존주의나 마르크스주의와 같은 다른 사상의 학파들도 비슷한 기술을 사용하여 카프카 텍스트가 두려움, 공허 또는 마르크스주의의 계급 투쟁과 소외를 표현했다고 주장했다.

벤야민과 아도르노: 텍스트로 돌아가기

초기의 그리고 가장 영향력 있는 카프카 비평가 중 한 명은 작가이자 사상가인 발터 벤야민이다. 1930년대에 쓰여진 두 작품에서, 즉 그의 라디오 에세이 「프란츠 카프카: 중국의 만리장성이 축조되었을 때」(1931)와 더 광범위하고 영향력 있는 「프란츠 카프카: 그의 10주기에 즈음하여」(1934)는 알레고리적 해석을 문제 삼는다. 『심판』이 신성한 심판을, 『성』이 신성한 은총을 묘사한다는 브로트의 주장이 사실 반증될 수 없다는 것을 인정하면서, 벤야민은 결론을 내린다. "유일한 문제는 그러한 방법들이 분명히 그의 이미지 세계의 중심에서 작가를 해석하는 훨씬 더 도전적인 작업보다 훨씬 덜 생산적이라는 것이다."[26] 벤야민은 그의 에세이에서 동물과 다른 비-인간 생명체의 역할로서의 측면, 카프카의 다양한 보조 인물 그리고 음성 대화를 보완하고 부정하는 그의 캐릭터들의 표현적이면서도 불투명한 몸짓인 연극과 연극-연기에 초점을 맞추어 그러한 텍스트-내재적 해석을 수행한다.

벤야민은 카프카의 장편 소설들과 짧은 이야기들을 매우 면밀히 다루는데 그 대부분은 최근에 출판되었고, 그는 그것으로부터 광범위하게 인용하여 텍스트가 스스로 말하게 한다. 벤야민이 마르크스주의에 속함에도 불구하고, 그는 카프카의 작업을 이론적 메타담론으로 번역하려고 하지 않고, 다른 문학적 텍스트들을 이용한다. 네 부분의 각각은 카프카의 작품 외부에서 가져온 예로 시작한다 — 일화, 이야기, 전래 동요 또는 비유를 그는 카프카 작품의 면면을 조명하기 위해 사용한다. 첫 번째 일화는 18세기 러시아의 정치가 포템킨을 다루며, 이 일화는 벤야민에 의해 "카프카 작품보다 200년 앞선, 카프카 작품의 사자herald"[27]로 묘사된 반면, 두 번째 일화는 사실 텍스트가 아니라 다섯 살 소년인 카프카의 사진으로, 벤야민은 이를 어린 시

---

26 Benjamin, "Franz Kafka: *Beim Bau der chinesischen Mauer*", *Selected Writings*, II, pp. 494~500(p.495).

27 *Ibid.*, II, pp.794~818(p.795).

절에 대한 카프카의 문학적 개념을 조명하기 위해 묘사한다. 그렇다면 벤야민의 목표는 설명이나 (결론적) 해석이 아니라 유추를 통한 조명이라는 간접적 방법이다. 그는 카프카 텍스트를 단독적 천재의 작품으로 제시하지 않고, 유대인과 기독교 종교 사상뿐만 아니라 일화와 민속을 포함하는 훨씬 더 넓은 전통의 일부로 제시한다. 그러나 벤야민의 관심은 서사적 인물과 모티프뿐만 아니라 카프카 텍스트를 형성하는 근본적인 인지 과정, 즉 주의 집중과 산만함의 변증법, 오드라덱과 같은 일그러진 생명체에 구현된 기억과 망각의 변증법에도 있다.

철학자 테오도어 W. 아도르노는 벤야민의 가까운 친구였다. 그의 「카프카 노트」(1953)는 벤야민의 생각을 기반으로 하지만 '비판 이론'의 마르크스주의적 원리에 영감을 받아 더욱 공공연하게 정치적이다. 아도르노는 벤야민의 많은 요점을 반영한다. 그래서 그는 카프카 텍스트의 궤적이 인간으로부터 동물 또는 무생물의 세계로 데리고 간다고 주장하고, 그의 서사의 흐름이 지극히 선명하면서도 불투명한 준-사진적 장면에 의해 포착되는 방식에 주목한다. 아도르노는 영화와 친하지 않았지만, 영화를 사용하여 그가 카프카 텍스트의 촉각적 강도라고 칭하는 것을 묘사하며 그의 글들이 "삼차원 영화의 기관차처럼" 독자를 향해 돌진한다고 주장한다.[28]

---

28 Theodor W. Adorno, "Notes on Kafka", *Prisms*, trans. Shierry Weber and Samuel Weber, Cambridge, MA: MIT Press, 1983, pp. 243~271 (p. 246).

아도르노는 어떠한 대가를 치르더라도 카프카 텍스트를 문자 그대로 받아들여야 한다는 점을 강조함으로써 벤야민의 반-알레고리적 요지를 계속한다. "각각의 문장은 문자 그대로이고 각각은 의미한다. … 각각의 문장은 '나를 해석하라'고 말하고, 어떤 문장도 그것을 허락하지 않는다."29 그러나 전반적으로, 아도르노의 카프카에 대한 비전은 벤야민의 비전보다 더 부정적이고, 그의 독해는 그 당시 일어난 홀로코스트 재앙에 대한 반향을 포함한다. 1970년 사후에 출판된 그의 후기의 미학 이론을 예견하는 한 논거에서, 아도르노는 카프카 텍스트 속 통찰력과 비판은 더 이상 긍정적으로 표현될 수 없고 오로지 부정적으로 표현될 수 있다고 주장한다. 그에게 카프카 텍스트는 인간 존재에 대한 보편적인 진리 — 현대의, 물화된reified 세계 속 개인의 소외 — 를 드러내지만, 대안을 제시하지 않은 채 그렇게 한다. "주체는 자신을 물화시킴으로써 물화의 주문을 끊으려 한다."30 소외를 카프카 텍스트의 핵심 관심사로 지목함으로써 아도르노는 설득력 있고 일관성 있는 읽기를 생성하지만, 그는 주장컨대 자신이 비판하는 전체화하는 해석의 덫, 즉 카프카 텍스트를 하나의 전체를 아우르는 메시지로 축소하려는 덫에 빠진다.

벤야민과 아도르노의 에세이는 후대의 카프카 학자들을

29 Ibid., p. 246.
30 Ibid., p. 270.

위한 기초를 마련한다. 그들의 주장과 면밀한 읽기의 방법은 문헌학적·문화사적 해석뿐만 아니라 반-해석학적, 후기-구조주의적 연구에서도 발견될 수 있다.

정신분석학: 오이디푸스 그리고 그 너머

벤야민은 카프카 글의 요점을 근본적으로 놓치는 방법 중 하나가 정신분석학적 비판을 통한 것이라고 주장했지만, 그와 아도르노는 둘 다 카프카 글 속 프로이트의 연구의 많은 반향을 인정했다. 아도르노는 카프카 텍스트에서 착행증錯行症, 꿈, 신경증의 역할을 강조하며 다음과 같이 결론짓는다. "마치 실험을 수행하는 것처럼, 그는 정신분석학의 결과가 단순히 은유적으로뿐만 아니라 실제에서 사실로 입증된다면 어떤 일이 일어날지 연구한다."[31] 정신분석학은 카프카 연구의 가장 오래 지속되는 줄기 중 하나로 남아 있으며, 그 패러다임은 다소 반복적이고 예측 가능한 듯 보일 수 있지만, 정신분석학적 비판은 텍스트의 모티프와 그 근본적('잠재적') 의미에만 관심이 있는 것이 아니라, 텍스트 의미가 생성되면서도 유예되는 왜곡distortion, 변위displacement 그리고 응축condensation과 같은 메커니즘, 즉 내러티브의 전반적인 구조와 관련이 있다.

프로이트의 틀에 대한 비평뿐 아니라 정신분석학적 비평

31 Ibid., p.251.

에 대한 중요한 공헌은 질 들뢰즈와 펠릭스 가타리의 『카프카: 소수적인 문학을 위하여』(1975)이다. 이 얇은 책은 방법론적으로 — 카프카 텍스트를 면밀히 연구 대상으로 함으로써 — 그리고 주제상으로 모두 벤야민에게 신세를 지고 있다. 그 주요 관심사 중 하나는 권력과 욕망의 밀접한 연관성이다. 프로이트의 오이디푸스 콤플렉스와 기저에 깔려 있는 근친상간 금기에 대한 논쟁적 거부 속에서, 저자들은 가부장적 권력이 욕망을 제한하거나 억압하는 것이 아니라 생산적이고, 증식하는 힘이라고 주장한다. 그들이 『심판』에 대해 쓸 때 "법이 있다고 믿었던 곳에는 사실 욕망이 있고, 욕망만이 있다"[32]고 쓴다. 카프카 텍스트에서 욕망은 '탈영토화'되는데, 이는 "옆집 사무실에서 일어난 무슨 일이든 그 원인이 되는 욕망의 연속성"[33]을 통해 수직적·위계적이 아니라 수평적으로 작동하는 연결 장치이다. 욕망이 전염적이고 어디에나 있는 것처럼, 카프카 텍스트에서 권력은 수직적 위계의 문제가 아니라 지배자와 억압받는 자 사이의 이항 대립의 문제이며, 모든 인물을 아우르는 내재적 힘의 장이다.

이러한 비계층적 구조는 카프카 텍스트의 구조를 형성하기도 한다. 저자들은 소개 글에서 그의 글을 카프카의 같은 제목의 후기 단편에 있는 굴에 비유한다. 그 굴처럼 카프카 텍스

32 Deleuze and Guattari, *Kafka: Toward a Minor Literature*, p. 49.

33 *Ibid.*, p. 50.

[276]

트에는 많은 입구와 출구가 있는데 이는 적을, 즉 정복하려 하고 그들의 의미를 저지하려 하는 비평가들을 속이기 위해 고안된 것이다. 들뢰즈와 가타리는 자신들의 글 여기저기에서 '리좀'rhizome이라는 용어를 사용하는데, 이는 모든 부분이 같은 무게를 지니고 각 요소가 다른 요소와 연결되는 수직적이고 뿌리와 같은 구조를 가리킨다. 그렇다면 카프카 글에는 "다른 것보다 중요한 것은 없"[34]기에, 특권적인 경로는 없다.

들뢰즈와 가타리의 카프카에 대한 독해는 비판적인 정통파에 도전하며 독특하고 도전적이다. 그들의 카프카는 매우 다른 카프카이다 — 실존적인 불안과 소외의 주창자가 아니라, 현대의 권력 구조를 유희적으로 전복시키는 텍스트의 작가이다. 그들의 리좀적 방식을 비난할 수 있는 한 가지 혐의는 그것의 임의성이다. 텍스트로 들어오는 모든 경로가 동일하게 무효하거나 유효하다면, 우리는 어떻게 그것들을 구별할 수 있을까? 그러나 들뢰즈와 가타리의 다소 유희적 접근은 더 심각한 시사점을 주기도 한다. 카프카 자신의 '소수적인 문학'에 대한 성찰을 확장하면서 그들은 카프카 텍스트의 정치적 차원, 집단을 대표하여 발언할 수 있는 그들의 능력을 강조한다. 그러면서도 그의 텍스트의 다중적 가치를 강조함으로써 그 복잡성이 특정한 목적을 위해 도구화될 수 없는 문학적 담론의 자율성을 옹호한다.

---

34 Deleuze and Guattari, *Kafka: Toward a Minor Literature*, p. 3.

해체

들뢰즈와 가타리의 연구는 1980년대와 1990년대에 특히 두드러
졌던 카프카에 대한 후기 구조주의적 접근에 큰 영향을 미쳤
다. 해체는 후기 구조주의의 주요 가닥 중 하나이다. 이는 자기
고유의 주장 또는 가정의 세트를 갖는 자립적인 이론의 담론
이라기보다는, 전통적인 문헌학의 가정에 도전하면서, 정상적
인 것에서 어긋나는 텍스트를 읽으려 시도하는 비판적인 방법
이다. '해체'라는 용어는 그것의 창시자인 프랑스 철학자 자크
데리다에 의해 만들어졌다. 그것의 핵심 개념 중 하나는 차이
와 유예를 모두 의미하는 '차연'différance이다. 단어와 기호는 서로
관계 속에서만 의미가 있고, 텍스트 외부의 의미를 소환하거나
포착할 수 없기 때문에 텍스트의 의미는 결코 텍스트 속에 '존
재'하지 않는다.

　데리다에게 카프카 텍스트는 해체의 원칙을 예시한다.
1982년의 강의 '법 앞에서'에서 그는 카프카의 같은 제목의 짧
은 이야기를 탐구한다. 그의 주장처럼 카프카 텍스트는 법을
묘사하는 것이 아니라 그 자체가 바로 법이며, 이는 카프카 텍
스트의 해석학적이고 자기 참조적인 특징을 설명하는 사실이
다. "텍스트는 법처럼 스스로를 지키고 유지한다. 즉 오직 그
자신에 대해서만 말하는 것이며, 그 자신과는 동일성이 없는
것이다. … 그것이 법이며, 법을 만들고, 법 앞에 독자를 두고
가는 것이다."35 그렇다면 법은 모든 의미 뒤에 있는 기준점이
지만 접근할 수도, 표현할 수도 없다. 해석학적 비평의 초석 중

하나는 '해석학적 원'인데, 이 개념은 우리가 전체적인 그림에 새로운 통찰력을 새로 계속 추가할 때마다 텍스트에 대한 이해가 꾸준히 증가한다는 개념이다. 카프카의 경우 다시-읽는 것은 더 포괄적인 이해로 이어지지 않으며, 각각의 독해는 다음의 독해와 다르고 양립할 수 없다고 데리다는 주장한다.

「법 앞에서」의 예가 보여 주듯, 카프카 텍스트는 특히 해체주의적 해석에 유용하다. 카프카는 어떤 의미에서 해체주의적 아방 라 레트르 avant la lettre 이지만, 결과적으로 해체주의적 방법은 텍스트에 이미 존재하는 것을 단지 반복할 위험이 있기 때문에 — 더 정교화되지만 자주 다소 반복적인 용어로 — 제한적으로 사용될 수밖에 없다. 그러나 해체는 다른 접근법들에 비해 카프카 텍스트의 내부 작용을 다루며, 자기 성찰적이고 반성적 성격을 끌어낸다는 장점을 갖는다.

문화사적 독해

해체가 문학 텍스트가 자기 반사적이고 궁극적으로 비-대표성이라는 전제하에 작동하는 반면, 1980년대 이후 카프카 비평은 보다 역사적으로 근거 있는 문학적 비평의 형태로 되돌아오고 있는 모습을 보인다. 여기서 문학은 다른 사회적 관행 및 표현

---

35 Jacques Derrida, "Before the Law", *Acts of Literature*, ed. Derek Attridge, London: Routledge, 1992, pp. 181~220(p. 211).

체계와 관련하여 고찰되니, 그 목적은 카프카 텍스트를 새로운 방식으로 맥락화하여 반향과 영향을 이끌어 내는 것이다. 이는 광범위하고 진화하는 연구 분야이다. 여기서는 몇 가지 예를 추려 보겠다.

한 비평의 줄기는 초기 비평의 알레고리적이고 사색적인 방법이 아니라 카프카 글의 모티프와 줄거리의 세부 사항까지 내려가는 것이다. 따라서 카프카 글을 형성했을 수 있는 출처, 텍스트 및 맥락에 대한 철저한 검토를 통해 철학 및 종교, 특히 유대교와 카프카의 관계를 재검토해 왔다. 두 번째 그룹의 연구는 (괴테, 클라이스트, 플로베르 그리고 도스토옙스키와 같은) 문학의 선대자들과 동시대의 작품에 대한 그의 수용을 포함하여 문학적 맥락에 대한 카프카의 관계를 추적한다. 마지막으로 세 번째 그룹은 표현주의와 팽 드 시에클fin de siècle과 같은 고급 예술 운동과 축음기, 영화 및 사진과 같은 기술 매체에 대한 대중 오락을 포함하여 동시대 문화와 카프카의 관계에 초점을 맞춘다. 그러나 이 연구들의 초점이 무엇이든 간에, 한 가지 점이 문화사적 카프카 비평 분야에 걸쳐 적용된다. 최고의 연구는 역사적 맥락이 명시적이고 주제적인 수준에서 카프카 텍스트에 어떻게 반영되는지를 보여 줄 뿐만 아니라 여타 문화적 담론과 패러다임이 그의 텍스트의 내적 작용, 그들의 시학적이고 자기 성찰적인 차원에 어떻게 영향을 미치는지를 보여 준다.

영화 속 카프카: 각색의 도전

카프카 텍스트가 흔적을 남기지 않은 예술 형식이나 매체는 아마도 없을 것이다. 그는 전 세계의 시각 예술가와 영화 제작자, 작곡가, 극작가와 소설가들에게 영감을 주었고 그의 영향력은 고급문화와 대중문화의 경계를 넘나든다. 따라서 그의 글은 그래픽 아티스트들에게 특히 강력한 영향을 미쳤고 카프카는 인터넷 도처에 존재하며 그곳에서 검색을 통해 그의 삶과 작품, 그의 그림과 사진, 카프카 연구뿐만 아니라 블로그와 모험 게임 같은 보다 기발하고 창의적인 사이트들을 찾아볼 수 있다.

예술에 대한 카프카의 엄청난 영향은 두 가지 요인의 결과이다. 그의 텍스트는 기이하고 충격적이며, 단순하지만 기억에 남는 스토리 라인은 각색하고 발전시키는 데 적합하다. 그러나 낯섦과 관계없이 그의 텍스트들은 보편적으로 인식될 수 있는 분위기와 경험을 묘사한다. 카프카 텍스트는 내심 오늘날에도 여전히 신선하고 유의미한 방식으로 현대적 삶의 위험성과 관련되어 있다. 카프카는 진정으로 세계적인 작가이고, 비록 그의 글들이 당대 시대와 맥락에 뿌리를 두고 있지만 (최소한 처음 읽을 때에는) 깊이 있는 역사적 지식을 필요로 하지 않으면서도 각계각층의 사람들에게 계속해서 반향을 일으키고 있다. 이것은, 주장컨대, 장점이자 단점이다. '카프카에스크'라는 용어는 1936년 영국 시인 세실 데이 루이스에 의해 만들어진 후 모든 종류의 이질적이거나 불안한 상황에 대한 깔끔한 축약어가 되었다. 또한 그 용어가 도처에 있음은 비록 카프카의 작품을 한마디도 읽지 않았더라도 우리가 카프카의 작품들에 어느 정도 익숙함을 암시하는, 문제의 징후를 나타내기도 한다.

카프카에게 응답하는 예술가들이 직면하는 도전들은 카프카 연구자들의 도전들과 매우 다를지라도, 이 둘 사이에는 많은 접촉점들이 있다. 예술가들의 반응은 자주 비판적 논쟁에 의해 알려지는 반면, 다양한 예술 형태에서 카프카를 수용하는 것은 카프카 연구의 중요한 부분이 되었다. 두 가지 형태의 응답은 유사한 질문, 가장 중요하게는 해석의 문제를 중심으로 전개되는데, 이는 창작 예술에서 카프카를 다른 매체로 각색하거나 '번역'하는 도전으로 이어진다. 이러한 상호 연관성을 보여 주기 위해 카프카의 소설을 바탕으로 하는 세 편의 획기적인 영화들을 살펴보겠다. 이는 40년에 걸친 다양한 각색 방식에 대한 통찰력을 제공한다.

오손 웰즈, 「심판」

오손 웰즈의 「심판」(프랑스·이탈리아·독일, 1962)은 현대 고전이자 모든 카프카 영화 각색 중 가장 유명하다. 관객의 반응은 엇갈렸지만, 웰즈는 한 인터뷰에서 「심판」을 그의 최고의 영화로 여긴다고 말했다. 카프카 순수주의자들은 웰즈가 소설 『심판』을 멋대로 바꾼 것을 싫어했고, 제2의 「시민 케인」을 찾는 영화 비평가들은 영화의 추상적 특성에 실망했다. 「심판」은 여기서 논의되는 세 각색 중 가장 초기의 것이며, 감독이 가장 자유롭게 그의 창조적 권한을 행사하는 작품으로, 그가 자기 방식으로 줄거리를 수정하긴 했지만 웰즈는 틀림없이 카프카 소설의 본질을 끌어내려 애썼다. 웰즈는 『심판』을 감시와 (정치적) 박해에 관한 매카시즘 스릴러로 바꾼다. 성적 죄책감에 대한 주제가 처음에 크게 나타나는데, 바로 첫 문장에서 뷔르스트너 양의 이름이 언급되고, 묻지도 않았는데 K.는 경찰들이 그의 방에서 어떤 포르노물도 찾지 못할 것이라고 주장한다. 그러나 그다음 K.는 그의 체포에 정치적 원인이 있을 수 있다고 암시하고, 이 폭로는 뷔르스트너 양과의 대화에서 어안이 벙벙한 반응을 촉발시킨다.

웰즈는 각본을 썼고 소설의 변호사 훌트를 기반으로 한 등장인물인 변호사 알버트 해슬러를 연기했다. 영화에서 그의 역할은 확장되는데 K.가 그를 해고한 다음, 그는 K.가 사제를 만난 후인 소설이 끝나기 직전에 또 다른 모습으로 등장하기 때문이다. 안소니 퍼킨스는 잘생기고 늘씬한 근육질의 요제프 K.이며, 우리가 사진으로 아는 카프카와 눈에 띄게 닮았다.(그림 6 참조) 그는 블랙 코미디의 감각으로 자신의 배역을 쓰지만, 영화가 진행되면서 초반의 그의 히스테리적 놀라움은 점점 더 공격적인 행동으로 바뀐다.

웰즈의 영화 배경은 카프카의 소설보다 더 매끈하게 현대적이면서도 더 황폐하다. 요제프 K.의 직장은 수백 명의 타이피스트들의 귀청 터질 듯한 소음으로 가득 찬 개방형 사무실에 있고, 웰즈는 또한 K.가 삼촌을 데리고 은행의 중앙 컴퓨터를 보는 장면도 추가하는데, 이 컴퓨터는 삼촌이 암시하듯 그의 사건에 대한 해답을 가지고 있을지도 모른다. 법률 사무소를 배경으로 한 장면들은 광활하고 미로 같은 공간인 파리의 (당시 사용되지 않았던) 오르세역에서 촬영되었다. 영화의 다른 부분들은 자그레브에서 촬영되었는데 K.가 살고 있는 아파트 블록은 도시 쓰레기 더미에 둘러싸인 구소련 스타일의 주택 단지로 냉전이 한창일 때의 비인간적인 생활 환경을 연상시킨다. 이 영화는 현대 생활의 보다 일반적인 익명성뿐만 아니라 매카시 시대의 정치적 마녀사냥을 암시하고 있지만 또한 더 구체적인 반향을 불러일으키는 짧고 모호한 장면을 포함한다. K.는 첫 번째 심리를 받으러 가던 중 번호를 매긴 표지판을 목에 걸고 밖에서 기다리는, 천을 두른 헝클어진 모습의 나이 든 남녀 군상을 지나치는데, 이는 히틀러 치하 제3제국의 추방을 상기시키는 장면이다. 수정된 결말은 결국 카프카의 소설을 업데이트하면서 동시대적 연관성을 부여하려는 시도를 보여 준다. 도살업자의 칼로 K.를 죽이는 대신, 그의 처형인들은 그에게 폭탄을 던지는데 K.는 이것이 버섯구름 모양으로 폭발하기 전에 집어 든다 — 핵 시대에 대한 『심판』인 셈이다.

그러나 아마도 웰즈가 소설의 구조에 가한 가장 기억에 남는 변형은 그의 영화에서 일종의 프롤로그로서, 끝날 즈음이 아니라 도입부에 나타나는 사제가 이야기하는 전설에 관한 것일 것이다. 웰즈가 직접 읽은 시골에서 온 남자에 대한 이야기에는 예술가 알렉산더 알렉세예프의 일련의 분위기 있는 흑백 타블로로 된 핀스크린pinscreen 장면이 따라온다. 이 장면들은 전설이 갖는, 시대를 초월한 정적인 특성을 강조하고 그것에 서사적 권두 삽화의 기능을 부여한다. 전설에서 영화로 이끌면서, 웰즈는 그것이 '꿈, 악몽의 논리'를 가지고 있다고 선언하고, 그래서 관객을 다음에 있을 꿈같은 사건들에 대비시킨다. 이 스틸들의 마지막 부분은 영화의 마지막 부분에서 "내 이름은 오손 웰즈입니다"라는 감독의 목소리와 함께 다시 나타나는데, 이것은 웰즈가 카프카 텍스트에 대한 그 자신의 창조적 권위를 주장하는 구두 서명이다.

스트로브-위예,「계급 관계」

프랑스 영화감독 부부 장-마리 스트로브와 다니엘 위예의 영화「계급 관계」(독일·프랑스, 1984)는 카프카의 첫 번째 소설『실종자』를 각색한 것이다. 이 영화의 제목은 사회적 비판의 요소를 명시한다. 흑백으로 촬영된 이 영화는 특히 연기 스타일뿐만 아니라 사운드트랙과 카메라 워크의 단절 그리고 이 감독들의 보다 일반적인 각색 원리에서 두드러지는, 브레히트의 소외 효과 기법Verfremdungseffekt을 사용한다. 인터뷰에서 분명히 말하듯, 그들의 목표는 텍스트를 해부하여 그것의 뼈대, 척추까지 벗겨 내고, 그렇게 함으로써 그것을 철저한 검토로까지 열어젖히는 것이다.[36]

배우들은 묘하게 작위적인 방식으로 연기하고, 이야기한다. 주연 배우인 크리스티안 하이니슈는 "마치 전시장의 인체 모형인 것처럼 카를의 역할을 연기한다".[37] 문장 중간에 그가 멈추는 것은 그의 화법을 일종의 부자연스러운 구절로 변형시키는데, 작은 멈춤은 관객에게 다음 단어를 예상하기에 충분한 시간을 주지만 이 기대는 자주 무시되며, 카프카 텍스트의 모호성을 강조한다. 화법 패턴이 사회적 지위의 차이를 나타내기 위해 사용되기에 많은 등장인물들이 이렇게 말하지만, 그렇다고 모든 등장인물들이 그러한 것은 아니다. 모든 이들 중 가장 짓밟힌 카를이 가장 멈칫거리며 말하는 반면, 마리오 아도르프가 연기하는 그의 부유한 삼촌은 활기차고 자연주의적으로 보인다.

카메라 워크는 영화의 정치적 메시지에 중심적이다. 관람자의 브레히트적 분리를 강제하기 위해, 장면들은 종종 중거리에서 촬영되고 카메라 워크는 매우 정적이다. 등장인물의 얼굴이 클로즈업되는 경우는 거의 없는데, 이 효과는 새로운 등장인물이 소개될 때 특히 혼란스럽지만 (설혹 그렇다 하더라도) 훨씬 나중까지 우리는 그들의 얼굴을 잘 볼 수 없다. 하지만 또

---

36 다음에서 인용. Martin Brady and Helen Hughes, "Kafka Adapted to Film", *The Cambridge Companion to Franz Kafka*, ed. Julian Preece, Cambridge: Cambridge University Press, 2002, pp. 226~241 (p. 234).

37 Marino Guida, "Resisting Performance: Straub/Huillet's Filming of Kafka's *Der Verschollene*", *Performance and Performativity in German Cultural Studies*, eds. Carolin Duttlinger, Lucia Ruprecht and Andrew Webber, Oxford: Lang, 2003, pp. 121~135 (p. 122).

어떠한 장면에서는 카메라가 거슬리고, 불안한 방식으로 남는다. 카를이 화부를 만날 때, 우리는 멀리 떨어진 브라스밴드가 연주하는 미국 국가 전체를 눈을 감은 채 듣고 있는 길고 정적인 장면을 보게 된다. 또 다른 정적인 장면은 — 비록 소설에서 전환점이 되는 이 편지의 내용이 결코 관객에게 전달되지는 않지만 — 카를이 삼촌의 작별 편지를 읽는 것을 보여 주는 부분이다.

관객으로서 우리는 사건에 너무 가깝거나 충분히 가깝지 않으며, 결코 '올바른' 거리에 있지 않다. 이러한 혼란은 소리와 이미지 사이의 반복적인 단절에 의해 강제된다. 두 등장인물들 사이의 대화에서 카메라는 둘 사이를 왔다 갔다 하지 않고 더 수동적인 인물에 초점을 맞추고 있는 반면, 화면 밖에서 말하는 화자의 소리는 뒤로 물러나 있어서is recessed, 우리로 하여금 그들이 무엇을 말하는지 애써 집중하도록 한다.

한 인터뷰에서, 감독들은 그들의 목표가 "오손 웰즈가 했던 것과 정반대의 일을 하는 것이다. 우리는 카프카가 묘사한 것을 어떤 식으로든 보여 주고 싶지 않았다"[38]라고 언명했다. 이는 그들의 각본에서 드러나는데, 카프카의 소설을 각색할 때 그들은 텍스트에서 혼란스러운 미국 생활의 역동성을 전달하는 모든 '시네마적으로' 생동화된 장면을 제외시킨다. 따라서 영화는 카를이 삼촌의 집 발코니에 서 있을 때 열중하는 뉴욕

---

38 *Ibid.*, p.121.

시의 북적거리는 파노라마뿐만 아니라, 소설에서 선장실에서의 논쟁이 펼쳐지는 항구의 움직이는 배들의 짧은 '컷들'을 빼놓는다. 영화에서, 이 후자의 장면은 카를의 왜소한 관점을 암시하는, 밑에서 촬영된 긴 추적 장면으로 대체된다. 뉴욕을 배경으로 한 이 장면들은 함부르크에서 촬영되었는데, 이는 카프카 자신이 미국을 여행한 적이 없다는 사실과 그의 주인공이 그의 (문학적이고 은유적인) 유럽의 짐에 짓눌리고 있다는 사실을 반영한다.

이 초기 시점에서, 카메라 워크는 카를의 여정이 여전히 활짝 열려 있다는 것을 암시하지만, 영화의 후반부에서는 장면들이 대부분 폐소공포증을 야기할 것만 같은 실내에서 촬영된다. 호텔 옥시덴탈을 배경으로 한 부분에서는 카프카의 소설에서 그토록 중요한 주제인 큰 호텔의 번잡함이랄 것이 전혀 보이지 않는다. 대신에 우리는 엘리베이터 옆에 홀로 서 있는 카를의 클로즈업 장면을 많이 보게 되는데 그는 술에 취한 로빈슨을 침대로 데리고 가면서 그를 붐비는 리프트보이들의 기숙사가 아닌 작고 조용한 방으로 데리고 간다. 영화는 아름답게 촬영되었지만, 드문드문하고 공허하다. 모든 감정이 고갈된 무표정한 주인공에 집중함으로써, 이 영화는 미국 삶의 끝없는 교통이 아니라 그것의 근본적인 고독을 묘사한다.

이것은 카메라 워크의 또 다른 측면에 의해 강조된다. 카메라는 종종 등장인물이 떠난 후 빈방이나 공간에 남아 있다. 공간과 사물들은 그들 속에서 사는 사람들이 접근할 수 없는 그들만의 괴상한 삶을 얻는다. 사실 황량한 풍경과 고속도로를 포함한, 길고 여운이 남는 빈 공간의 장면들은 인간이 없는 세상을 암시하는데, 이 장면들은 작품에서 소설 제목의 '사라짐'의 개념을 내포하고 텍스트에 실제로 묘사되지 않은 것, 즉 주인공의 죽음을 예시豫示하는 것이다. 감독들의 말처럼 "'카프카가 쓴 것은 오직 한 젊은 남자에게서 온 것일 수 있지만 정말로 카프카의 모든 것을 감지하거나 발견하기 위해서는 무덤 가까이에 있어야 한다".[39]

「계급 관계」는 주류 영화와는 근본적으로, 도발적으로 다르다. 영화를 보는 것은 즐거운 경험이 아니라 상당한 인내심을 요구한다. 스트로브-위예는 원작에 대한 문헌학적 존경심에서 영감을 받은 것이 아니며, 소설을 영화적 매체에 더 적합하게 만들고 독특한 특성을 이끌어 내는 방식으로 각색하고 변형하는데, 이는 환상주의적 몰입의 매개체가 아니라 우리의 보는 습관과 기대에 도전하는 — 이상하지만 묘하게 아름다운 — 시각적 대상으로서이다.

미하엘 하네케, 『성』

오스트리아의 감독 미하엘 하네케는 「베니의 비디오」(1992), 「퍼니 게임」(1997) 그리고 「히든」(2005)과 같은 냉혹하고 불안

---

39 다음에서 인용. *Ibid.*, pp. 123~124.

감을 주는 영화들로 유명하다. TV용으로 제작된 「성」(오스트리아, 1997)은 훨씬 더 절제된 것으로 그의 작품을 특징짓는 생생한 폭력이 결여되어 있다. 하네케의 「성」은 여기서 논의된 세 각색 중 가장 텍스트에 충실하지만, 다소 '길들여지'고 상상력이 부족하다는 비판을 받았다. 그렇기는 해도, 하네케는 자신의 강조점을 미묘하게 덧붙이고, 음향과 카메라 워크의 사용은 스트로브-위예의 브레히트적 번안을 연상시킨다.

영화가 소설에 근접하다는 것을 강조하기 위해, 스크린 밖의 화자(우도 자멜)는 텍스트에서 발췌한 내용을 소리 내어 읽는데 이는 전개되는 사건들에 대한 해석을 제공한다. 「계급 관계」에서와 마찬가지로, 시각적 경로와 청각적 경로는 자주 분리되어 있다. 따라서 화면 밖 화자에 의해 자세히 묘사되는 올가의 거친 하인들과의 춤은 배경에서 거의 보이지 않고, 대화에서 카메라 워크는 갈피를 잡지 못할 정도로 비대칭적이다. 어떤 장면에서는 K.가 대화하고 있는 사람은 비추지 않은 채 소리만 들리고, 심지어 대화하는 두 인물을 비추는 장면에서도 카메라는 대화의 리듬을 따라가기보다는 그들 중 한 명에만 머무른다.

하네케의 각색은 소설의 줄거리를 바짝 따라붙지만, 단축과 생략을 통해 자신만의 역점을 둔다. 가족이 마을 공동체에서 배척된 경위에 대한 올가의 설명은 소설에서는 대략 50쪽 분량을 차지하지만 영화에서는 몇 문장으로 요약되고 K.가 집주인 가르데나 부인과 나누는 대화와 비서 모무스, 뷔르겔과 나누는 대화도 단축된다. 배우 울리히 뒤에는 K.의 취약함, 교활함 그리고 공격성의 혼합을 효과적으로 전달한다. 하지만 전반적으로 성 당국에 대항하는 그의 투쟁 줄거리는 그의 개인적인 관계, 특히 K.와 프리다(수잔네 로타르) 사이의 관계를 더 자세히, 심리적으로 추적하기 위해 누그러진다.

그러나 하네케가 좀 더 분명한 방식으로 소설에서 벗어나는 경우도 있다. 영화에서는 마을 위에 분명히 보이는 성의 장면이 없고, 마찬가지로 K.가 훔쳐보는 구멍을 통해 클람을 관찰할 때도 클람의 모습을 비추는 장면은 나오지 않는다. 따라서 영화는 성과 클람의 육체적 존재의 모든 시각적 증거를 잘라 내어 K.와 관객의 상상의 산물로 남겨 둔다.

또 다른 개입은 영화에 삽입된 30개의 검은색 페이드아웃이며, 이는 각각 약 3초 동안 지속된다. 이는 장면들을 서로 분리하는 데 사용되지만, 때때로 장면 한가운데 놓이기 때문에 하나의 연속적인 텍스트로 쓰여진 소설의 내재적인 파편화를 강조한다. 소설을 단편적으로 강조하는 것은 맨 마지막에 가장 분명하게 나타난다. 영화의 사운드트랙은 갑자기 끝나고, 화자는 원고의 완성되지 않은 마지막 문장을 읽는다. 하지만 흥미롭게도 여기서 이미지와 사운드트랙은 다시 한 번 갈라진다. 화자가 읽은 부분은 K.가 게어슈테커의 오두막에 도착하는 것을 묘사하고 있고, 그는 그곳에서 게어슈테커의 늙은 어머니와 대화를 나누려고 한다. 그러나 마지막 장면은 줄거리보다 뒤처지는데, 왜냐하면 그것은 K.와 게어슈테커가 오두막으로 가는 길을 보여 주지만, 그들이 도착하기 전에 희미해지기 때문이다. 따라서 카프카 소설의 갑작스러운 결말은 영화의 열린 결말의 여행에 의해 — 즉 텍스트의 한계를 넘어서는 영화의 가능성으로 인해 — 균형을 이루게 된다.

그렇다면 여기서 논의된 세 가지 영화의 버전들은 카프카 비평의 방법만큼이나 다양하다. 어떤 배경의 독자일지라도 사로잡고 마는 카프카의 영원한 매력은 해석, 번역 그리고 각색에 대한 카프카의 저항에 그 뿌리를 두고 있다고 할 수 있으며, 이 저항은 계속해서 결실을 거두고 지속적인 참여와 논쟁을 불러일으킨다.

더 읽어 보기

카프카 작품의 판본

영어

The Blue Octavo Notebooks, ed. Max Brod, trans. Ernst Kaiser and Eithne

Wilkins, Cambridge, MA: Exact Change, 1991.

The Castle, trans. Anthea Bell, Oxford: Oxford University Press, 2009.

The Complete Stories, ed. Nahum N. Glatzer, New York: Schocken, 1976.

The Diaries of Franz Kafka, 1910–1923, ed. Max Brod, London: Minerva,

1992.

A Hunger Artist and Other Stories, trans. Joyce Crick, Oxford: Oxford Univer-

sity Press, 2012.

Letters to Felice, ed. Erich Heller and Jürgen Born, trans. James Stern and Elisabeth

Duckworth, London: Minerva, 1992.

Letters to Friends, Family and Editors, trans. Richard Winston and Clara Win-

ston, Richmond: Oneworld Classics, 2011.

Letters to Milena, ed. Willy Haas, trans. Tania and James Stern, London: Minerva, 1992.

The Man who Disappeared (America), trans. Ritchie Robertson, Oxford: Oxford University Press, 2012.

The Metamorphosis and Other Stories, trans. Joyce Crick, Oxford: Oxford University Press, 2009.

The Office Writings, eds. Stanley Corngold, Jack Greenberg and Benno Wagner, trans. Eric Patton with Ruth Hein, Princeton: Princeton University Press, 2008.

The Trial, trans. Mike Mitchell, Oxford: Oxford University Press, 2009.

독일어

Amtliche Schriften, ed. Klaus Hermsdorf and Benno Wagner, Franz Kafka: Schriften, Tagebücher, Briefe: Kritische Ausgabe, Frankfurt/Main: Fischer, 2004.

Briefe 1900–1912, ed. Hans-Gerd Koch, Franz Kafka: Schriften, Tagebücher, Briefe: Kritische Ausgabe, Frankfurt/Main: Fischer, 1999.

Briefe 1913–März 1914, ed. Hans-Gerd Koch, Franz Kafka: Schriften, Tagebücher, Briefe: Kritische Ausgabe, Frankfurt/Main: Fischer, 2001.

Briefe April 1914–1917, ed. Hans-Gerd Koch, Franz Kafka: Schriften, Tagebücher, Briefe: Kritische Ausgabe, Frankfurt/Main: Fischer, 2005.

Briefe 1902–1924, ed. Max Brod, Frankfurt/Main: Fischer, 1975.

Briefe an die Eltern aus den Jahren 1922–1924, ed. Josef Čermák and Martin Svatoš, Frankfurt/Main: Fischer, 1993.

Briefe an Felice und andere Korrespondenz aus der Verlobungszeit, ed. Erich

Heller and Jürgen Born, Frankfurt/Main: Fischer, 1998.

Briefe an Milena, ed. Jürgen Born and Michael Müller, extended and revised edn., Frankfurt/Main: Fischer, 1999.

Drucke zu Lebzeiten, eds. Wolf Kittler, Hans-Gerd Koch and Gerhard Neumann, Franz Kafka: Schriften, Tagebücher, Briefe: Kritische Ausgabe, Frankfurt/Main: Fischer, 1996.

Drucke zu Lebzeiten: Apparatband, eds. Wolf Kittler, Hans-Gerd Koch and Gerhard Neumann, Franz Kafka: Schriften, Tagebücher, Briefe: Kritische Ausgabe, Frankfurt/Main: Fischer, 1996.

Nachgelassene Schriften und Fragmente I, ed. Malcolm Pasley, Franz Kafka: Schriften, Tagebücher, Briefe: Kritische Ausgabe, Frankfurt/Main: Fischer, 1993.

Nachgelassene Schriften und Fragmente II, ed. Jost Schillemeit, Franz Kafka: Schriften, Tagebücher, Briefe: Kritische Ausgabe, Frankfurt/Main: Fischer, 1992.

Der Proceß, ed. Malcolm Pasley, Franz Kafka: Schriften, Tagebücher, Briefe: Kritische Ausgabe, Frankfurt/Main: Fischer, 1990.

Der Proceß: Apparatband, ed. Malcolm Pasley, Franz Kafka: Schriften, Tagebücher, Briefe: Kritische Ausgabe, Frankfurt/Main: Fischer, 1990.

Das Schloß, ed. Malcolm Pasley, Franz Kafka: Schriften, Tagebücher, Briefe: Kritische Ausgabe, Frankfurt/Main: Fischer, 1982.

Das Schloß: Apparatband, ed. Malcolm Pasley, Franz Kafka: Schriften, Tagebücher, Briefe: Kritische Ausgabe, Frankfurt/Main: Fischer, 1982.

Tagebücher, eds. Hans-Gerd Koch, Michael Müller and Malcolm Pasley, Franz Kafka: Schriften, Tagebücher, Briefe: Kritische Ausgabe, Frankfurt/Main:

Fischer, 1990.

Der Verschollene, ed. Jost Schillemeit, Franz Kafka: Schriften, Tagebücher, Briefe: Kritische Ausgabe, Frankfurt/Main: Fischer, 1983.

그 밖의 1차 자료

Adorno, Theodor W., *Prisms*, trans. Shierry Weber and Samuel Weber, Cambridge, MA: MIT Press, 1983.

Benjamin, Walter, *The Arcades Project*, ed. Rolf Tiedemann, trans. Howard Eiland and Kevin McLaughlin, Cambridge, MA: Harvard University Press, 1999.

_____, *Selected Writings*, ed. Michael W. Jennings, 4 vols, Cambridge, MA: Belknap Press of Harvard University Press, 1996~2003.

Freud, Sigmund, *The Standard Edition of the Complete Psychological Works of Sigmund Freud*, ed. and trans. James Strachey, 24 vols, London: Hogarth Press, 1973.

엄선된 2차 참고문헌 목록

전기

Adler, Jeremy, *Franz Kafka*, London: Penguin, 2001. 간결하고 풍부한 삽화를 곁들인 전기.

Brod, Max, *Franz Kafka: A Biography*, trans. G. Humphreys Roberts and Richard Winston, New York: Schocken, 1960. 편향적이지만 이해를 돕는, 카프카의 가까운 친구가 이야기하는 카프카의 삶.

Gilman, Sander L., *Franz Kafka*, London: Reaktion Books, 2005. 카프카의 삶과 그의 작품 사이의 관계를 탐구하며, 특히 그의 유대인으로서의 정체성과 그 자신의 몸에 대한 관계에 초점을 맞춤.

Hayman, Ronald, *K: A Biography of Kafka*, London: Weidenfeld & Nicolson, 1981. 독일어에 정통한 전문 전기 작가의 명확하고 상세한 설명.

Northey, Anthony, *Kafka's Relatives: Their Lives and His Writing*, New Haven: Yale University Press, 1991. 이 풍부한 삽화가 삽입된 책은 카프카 글에 흔적을 남긴 그의 일가친척들의 인생 이야기와 그들의 이색적인 경력과 경험을 추적한다.

Stach, Reiner, *Kafka: The Decisive Years*, trans. Shelley Frisch, San Diego: Harcourt, 2005. 1910~1915년 카프카 생애의 '중기'에 대한 슈타흐의 잘 연구되고 흡입력 있는 설명은 3부작 전기의 한 부분을 구성한다. 1916~1924년을 다룬 책은 2013년 프린스턴대학교 출판부에서 출판될 예정이며, 저자는 현재 카프카의 유년기와 청년기에 대해 연구하고 있다.

Wagenbach, Klaus, *Kafka*, trans. Ewald Osers, Cambridge, MA: Harvard University Press, 2003. 베테랑 카프카 평론가이자 전기 작가가 이야기하는 카프카의 생애.

역사적 맥락

Anderson, Mark M., *Reading Kafka: Prague, Politics, and the Fin de Siècle,* New York: Schocken, 1989. 게르하르트 노이만, 라이너 슈타흐, 클라우스 바겐바흐와 같은 독일의 중요한 비평가들의 작업에서 발췌한 번역본을 포함하는, 카프카의 문화적 맥락에 대한 에세이 모음.

Kieval, Hillel J., *The Making of Czech Jewry: National Conflict and Jewish Society in Bohemia, 1870–1918,* New York: Oxford University Press, 1988. 변화하는 환경에 대한 보헤미안 유대인들의 두 지배적인 반응으로서 체코-유대인 운동과 프라하 시오니즘에 초점을 맞춤.

Spector, Scott, *Prague Territories: National Conflict and Cultural Innovation in Franz Kafka's Fin de Siècle,* Berkeley: University of California Press, 2000. 20세기 초 프라하의 카프카와 독일어를 사용하는 여타 유대인 지식인들의 작품을 형성한 민족적·언어적·정치적 조건의 탐구.

비판적 연구

Anderson, Mark M., *Kafka's Clothes: Ornament and Aestheticism in the Habsburg Fin de Siècle,* Oxford: Clarendon Press, 1992). 카프카를 현대 문학 담론과 문화적 실천의 맥락 속에 위치시키는 광범위하고 독창적인 독서.

Beck, Evelyn Torton, *Kafka and the Yiddish Theatre: Its Impact on his Work,* Madison, WI: University of Wisconsin Press, 1971. 이디시어 극단에 대

한 카프카의 열정과 이것이 그의 글에 남긴 흔적에 대한 탐구.

Bernheimer, Charles, *Flaubert and Kafka: Studies in Psychopoetic Structure,* New Haven: Yale University Press, 1982. 플로베르와 카프카 텍스트의 언어적 구조 및 압축과 전치 같은 정신분석학적 과정 사이의 유사성을 강조하는, 정신분석학에 정통한 연구.

Boa, Elizabeth, *Kafka: Gender, Class, and Race in the Letters and Fictions,* Oxford: Clarendon Press, 1996. 카프카 글에서 성별, 계층, 인종을 둘러싼 복잡한 아이디어의 네트워크를 밝히는 흥미롭고도 읽기 쉬운 연구.

_____, "Karl Rossmann, or the Boy who Wouldn't Grow Up: The Flight from Manhood in Kafka's *Der Verschollene*', *From Goethe to Gide: Feminism, Aesthetics and the Literary Canon in France and Germany 1770–1930,* ed. Mary Orr and Lesley Sharpe, Exeter: University of Exeter Press, 2005, pp. 168~183. 카프카의 첫 소설에 대한 페미니즘적 독해.

Bruce, Iris, *Kafka and Cultural Zionism: Dates in Palestine,* Madison, WI: University of Wisconsin Press, 2007. 시오니즘에 대한 카프카의 관심과 그의 문학 작품에 나타난 유대인 모티프의 존재에 대한 탐구.

Canetti, Elias, *Kafka's Other Trial: The Letters to Felice,* trans. Christopher Middleton, London: Penguin Classics, 2012. 1969년에 처음 출판된 카네티의 지각심리학 연구는 카프카를 '권력에 가장 위대한 전문가'로 묘사한다.

Corngold, Stanley, *Franz Kafka: The Necessity of Form,* Ithaca: Cornell University Press, 1988. 카프카 텍스트에서 (은유와 교차 배열법 같은) 수사학적 비유의 역할에 초점을 맞춘 후기 구조주의적 독해.

_____, *Lambent Traces: Franz Kafka*, Princeton: Princeton University Press, 2004. 카프카의 문학적 혁신이 시사하는 바를 그의 '황홀한' 글쓰기의 모델인 「선고」로 추적한다.

_____ ed. and trans., *Franz Kafka, The Metamorphosis: Translation, Backgrounds and Contexts, Criticism*, New York: Norton, 1996. 카프카의 중편 소설 번역본과 최근의 영향력 있는 비판적 연구의 발췌본이 수록되어 있다.

Corngold, Stanley and Benno Wagner, *Franz Kafka: The Ghosts in the Machine*, Chicago: Northwestern University Press, 2011. 저자들은 카프카가 노동자 산재 보험 기관에 남긴 글을 시작점으로 삼아 개인과 통계 사이의 갈등이 카프카 작업의 중심이라고 주장한다.

Deleuze, Gilles and Félix Guattari, *Kafka: Toward a Minor Literature*, trans. Dana Polan, Minneapolis: University of Minnesota Press, 1986. 프로이트의 고전적인 오이디푸스적 해석에 도전하는 영향력 있는 연구로, 카프카 텍스트가 욕망의 '탈영토화'를 촉진한다고 주장한다.

Derrida, Jacques, "Before the Law", *Acts of Literature*, ed. Derek Attridge, London: Routledge, 1992, pp. 181~220. 카프카에 대한 해체적 접근의 영향력 있는 예.

Dodd, William J., *Kafka: Der Proceß*, Glasgow: University of Glasgow French and German Publications, 1991. 카프카의 소설에 대한 개론서.

_____, *Kafka and Dostoevsky: The Shaping of Influence*, London: Macmillan, 1992. 도스토옙스키가 1912~1915년 카프카에게 미친 지대한 영향력을 살펴본다.

_____ ed., *Kafka: The Metamorphosis, The Trial and The Castle*, London: Longman, 1995. 이 책은 초기 반응 및 논평과 함께 이 세 카프카

텍스트에 대한 영향력 있는 최근의 비판적 연구물의 발췌문을 모은다.

Dowden, Stephen D., *Kafka's 'The Castle' and the Critical Imagination*, Columbia: Camden House, 1995. 카프카의 마지막 소설에 대한 비판적 반응에 관한 조사로, 이 반응을 문화적·지적 맥락에 배치하고 이에 대한 작가 자신의 해석이 뒤따른다.

Duttlinger, Carolin, *Kafka and Photography*, Oxford: Oxford University Press, 2007. 카프카는 사진에 매료되었을 뿐만 아니라 불안해했다. 이 연구는 소설, 일기, 편지 등에서 그가 되풀이해서 평생에 걸쳐 매체와 맺은 인연을 추적한다.

_____, 'Franz Kafka, *Der Proceß*', *Landmarks in the German Novel*, vol. I, ed. Peter Hutchinson, Oxford: Lang, 2007, pp. 135~150. 소설의 미완성 장과 그것들이 카프카 소설의 (공간적·시간적·심리적) 경계를 넘어 지시하는 방식에 초점을 맞춘다.

Engel, Manfred and Ritchie Robertson eds., *Kafka and Short Modernist Prose*, Würzburg: Königshausen & Neumann, 2010. 이 이중 언어(영어와 독일어) 책의 에세이들은 다른 모더니즘 작가들에 의해 야기된 맥락 속 카프카의 짧은 산문 작품들을 탐구한다.

Gelber, Mark H. ed., *Kafka, Zionism and Beyond*, Tübingen: Niemeyer, 2004. 이 에세이 모음집은 시오니즘에 대한 카프카의 태도를 그의 삶, 작품 그리고 다른 작가들과의 관계에서 추적한다.

Gilman, Sander L., *Franz Kafka: The Jewish Patient*, New York: Routledge, 1995. 길먼은 1900년경 반유대주의 담론을 재구성하여, 이것이 많은 유대계 동시대인에게 그러했던 것과 마찬가지로 카프카 에게 영향을 끼쳤으며 그의 정체성과 작품에 반영되었다고 주장한다.

Marson, Eric L., *Kafka's Trial: The Case against Josef K.*, St Lucia, Queensland: University of Queensland Press, 1975. 『심판』 속 모티프와 사건 사이의 연관성 및 그것의 가장 중요한 관심사를 끌어내는 상세한 연구.

Pascal, Roy, *Kafka's Narrators: A Study of his Stories and Sketches*, Cambridge: Cambridge University Press, 1982. 초기 작품들의 대부분 비인칭적인 서사적 관점에서부터 1920년 이후에 쓰여진 텍스트 속 개인적인 서사에 대한 그의 증가하는 선호도에 이르기까지, 짧은 산문 작품들 속 카프카의 서사적 목소리의 전개를 추적한다.

Politzer, Heinz, *Franz Kafka: Parable and Paradox*, extended and revised edn., Ithaca: Cornell University Press, 1966. 역설적 우화가 카프카 산문의 핵심 형태 중 하나라고 주장하는 고전적이고 광범위한 연구.

Preece, Julian ed., *The Cambridge Companion to Kafka*, Cambridge: Cambridge University Press, 2002. 카프카의 허구적이고 자전적인 글, 카프카 독해의 다양한 방법, 판본, 번역, 수용에 대한 에세이들을 담고 있다.

Robertson, Ritchie, *Kafka: Judaism, Politics, and Literature*, Oxford: Oxford University Press, 1985. 카프카 글에서 유대교의 역할에 대한 중대한 연구.

_____, "Reading the Clues: Kafka, *Der Proceß*", *The German Novel in the Twentieth Century: Beyond Realism*, ed. David Midgley, Edinburgh: Edinburgh University Press, 1993, pp. 59~79. 『심판』이 사실주의 문학 전통에서 나왔음에도 어떻게 그것의 계율을 전복시키는지를 보

여 주는 『심판』에 대한 좋은 개론서.

_____, "In Search of the Historical Kafka: A Selective Review of Research, 1980-92", *The Modern Language Review*, 89, 1994, pp. 107~137. 카프카 텍스트를 역사적이고 문화적 맥락과 연관 지어 탐구하는 연구 조사.

_____, *Kafka: A Very Short Introduction*, Oxford: Oxford University Press, 2004. 카프카의 삶과 작품에 대해 주제별로 구성된 광범위하면서도 간결한 개론서.

Rolleston, James, *A Companion to the Works of Franz Kafka*, Rochester, NY: Camden House, 2002. 일기와 편지에 대한 것은 아니지만, 카프카의 주요 산문 텍스트에 대한 에세이와 그의 작품에 대한 비판적 판본에 관한 두 편의 논문도 포함되어 있다. 케임브리지 컴패니언Cambridge Companion과 비교할 때, 몇몇 에세이의 관점이 보다 의도적으로 구체적이다.

Sheppard, Richard W., *On Kafka's Castle: A Study*, London: Croom Helm, 1973. 소설의 '암묵적 화자'와 카프카의 '소외 장치'가 제공하는 독립적인 관점에 특히 중점을 둔다.

Sokel, Walter H., *The Myth of Power and the Self: Essays on Franz Kafka*, Detroit: Wayne State University Press, 2002. 이 베테랑 카프카 비평가의 에세이집은 카프카 글에서 권력과 자아 사이의 관계를 탐구한다.

Speirs, Ronald and Beatrice Sandberg, *Franz Kafka*, Macmillan Modern Novelists, Basingstoke: Macmillan, 1997. 카프카의 세 소설에 대한 이해하기 쉬운 해석들.

Triffitt, Gregory B., *Kafka's 'Landarzt' Collection: Rhetoric and Interpreta-

tion, New York: Lang, 1985. 『시골 의사』 모음집의 내부 논리와 특정 이야기 간의 대응에 초점을 맞춘다.

Webber, Andrew, "Kafka, Die Verwandlung", Peter Hutchinson ed., *Landmarks in German Short Prose*, Oxford: Lang, 2003, pp. 175~190. 특히 줄리아 크리스테바의 아브젝시옹abjection 이론과 관련된 중편 소설의 이론적 독해.

Zilcosky, John, *Kafka's Travels: Exoticism, Colonialism, and the Traffic of Writing*, New York: Palgrave, 2003. 이국적인 장소를 배경으로 한 모험 소설에 대한 그의 특히 개인적인 관심과 식민주의에 대한 현대적 담론에 비추어 카프카 텍스트에서 여행이라는 주제를 탐구한다.

Zischler, Hanns, *Kafka Goes to the Movies*, trans. Susan H. Gillespie, Chicago: University of Chicago Press, 2003. 흥미로운 아카이브 자료의 도움으로 카프카의 일기와 편지 속 영화에 대한 언급을 추적하는, 풍부한 삽화가 담긴 연구.

찾아보기

지은이 **캐롤린 두틀링어** Carolin Duttlinger

옥스퍼드대학교 독문과 교수이자 동대 워드햄 칼리지의 독어독문학 선임 연구원으로, 2009년부터 옥스퍼드 카프카 연구소의 공동 소장을 맡고 있다. 『카프카와 사진』 *Kafka and Photography*(2007)의 저자이며, 벤 모르건Ben Morgan, 안소니 펠란Anthony Phelan과 함께 『발터 벤야민의 인류학적 사유』 *Walter Benjamins anthropologisches Denken*(2012)를 편찬했다.

옮긴이 **이하늘**

연세대학교에서 정치외교학, 독어독문학, 국문학을 공부하고, 동대에서 독문학 석사 과정을 밟은 후 국비유학생으로 독일 로이파나대학교에서 박사 학위를 받았다. 그 후 옥스퍼드대학교 및 옥스퍼드 카프카 연구소에서 학술 방문자로 연구한 후 독일 포츠담대학교에서 강의를 하였고, 현재는 연세대학교에서 강의를 하고 있다. 주요 저서로 『발터 벤야민의 카프카 독서에 나타난 이미지 세계』 *Die Bildwelt in Walter Benjamins Kafka-Lektüre*(Wilhelm Fink, 2023)가 있다.

케임브리지 카프카 입문

초판 1쇄 펴냄 2024년 05월 24일

지은이 캐롤린 두틀링어
옮긴이 이하늘
펴낸이 유재건
펴낸곳 (주)그린비출판사
주소 서울시 마포구 와우산로 180, 4층
대표전화 02-702-2717 | **팩스** 02-703-0272
홈페이지 www.greenbee.co.kr
원고투고 및 문의 editor@greenbee.co.kr

편집 이진희, 구세주, 정미리, 박선미 | **디자인** 이은솔, 박예은
마케팅 육소연 | **물류유통** 류경희 | **경영관리** 이선희

독자의 학문사변행學問思辨行을 돕는 든든한 가이드 _(주)그린비출판사